KB089346

청년 시절

YOUTH
by J. M. Coetzee

Copyright ⓒ J. M. Coetzee, 2002
By arrangement with Peter Lampack Agency, Inc.
350 Fifth Avenue, Suite 5300
New York, NY 10118 USA

Korean Translation Copyright ⓒ MUNHAKDONGNE Publishing Corp., 2018
Korean translation rights arranged with Peter Lampack Agency, Inc.
through EYA(Eric Yang Agency).
All rights reserved.

이 도서의 국립중앙도서관 출판예정도서목록(CIP)은
서지정보유통지원시스템 홈페이지(http://seoji.nl.go.kr)와
국가자료공동목록시스템(http://www.nl.go.kr/kolisnet)에서 이용하실 수 있습니다.
(CIP제어번호: CIP2018026690)

청년 시절

J. M. 쿳시 장편소설

왕은철 옮김

Youth

Scenes from Provincial Life II

문학동네

일러두기

1. 주석은 모두 옮긴이주다.
2. 본문 중 고딕체는 원서에서 이탤릭체로 강조한 부분이고, 볼드체는 원서에서 대문자로 강조한 부분이다.
3. 본문 중 아프리칸스어 음독 표기 뒤에 나오는 괄호 속의 번역은 처음 나오는 곳에만 병기했다.
4. 장편소설과 기타 단행본은 『 』, 시와 희곡 등의 작품명은 「 」, 연속간행물, 방송 프로그램명, 곡명 등은 〈 〉로 구분했다.

시인을 이해하고 싶은 사람은 누구든

시인의 나라에 가야 한다.

괴테

차례

1

그는 모브레이역 근처의 원룸 아파트에 산다. 월세는 11기니다. 월말이 되면 그는 기차를 타고 시내에 있는 루프 스트리트로 간다. 그곳에 부동산 중개업자인 A. 레비와 B. 레비 형제의 자그만 사무실이 있다. 사무실에는 상호가 새겨진 동판이 걸려 있다. 그는 레비 형제 중 동생인 B. 레비 씨에게 월세가 든 봉투를 건넨다. 레비 씨가 어질러진 책상에 돈을 쏟아놓고 센다. 그러고는 땀을 흘리고 중얼거리며 영수증을 쓴다. "부알라*, 젊은이!" 그리고 이렇게 말하며 과장된 몸집으로 영수증을 건넨다.

---

* voilà. 주로 전치사로, 이따금 감탄사로 쓰이는 프랑스어. 여기서는 '자', '짜잔' 정도의 감탄사.

그는 월세를 늦게 내지 않으려 몹시 애를 쓴다. 입주할 때 거짓말을 했기 때문이다. 계약서에 서명하고 부동산 중개업자에게 보증금을 지불할 때, 직업란에 '학생'이 아니라 '도서관 보조'라 쓰고 직장을 대학도서관이라고 했던 것이다.

완전히 거짓말은 아니다. 그는 월요일부터 금요일까지 저녁에 열람실에서 근무한다. 대부분이 여자들인 정규직 사서들은 산중턱의 캠퍼스가 너무 으스스하고 적막해서 밤에는 근무를 하고 싶어하지 않는다. 그조차도 뒷문을 열고 칠흑같이 어두운 복도를 더듬으며 주 전원 스위치가 있는 곳으로 갈 때면 등골이 서늘해진다. 직원들이 다섯시에 퇴근하면, 서가에 숨어 있던 나쁜 사람이 빈 사무실들을 샅샅이 뒤지고 어둠 속에서 기다리고 있다가 야간 보조인 그를 불러세워 열쇠를 빼앗는 건 너무나 쉬운 일일 듯하다.

저녁에 도서관을 이용하는 학생들은 거의 없다. 그 사실을 알고 있는 학생도 거의 없다. 그가 할일은 거의 없다. 그는 매일 저녁 쉽게 10실링을 번다.

때때로 그는 흰 드레스를 입은 아름다운 여자가 열람실로 들어와 폐관시간이 지나서까지 이리저리 서성이는 장면을 상상해본다. 그녀에게 비밀스러운 제본·정리 부서를 보여준 뒤 함께 별이 총총한 어둠으로 나오는 장면을 상상해본다. 그런 일은 결코 일어나지 않는다.

그는 도서관에서만 일하는 것이 아니다. 수요일 오후에는 (일주일에 3파운드를 받으며) 수학과 신입생 개별지도 조교를 하고, 금요일에는 (일주일에 2파운드 10실링을 받고) 연극 전공 졸업학기 학생들에게 셰익스피어의 희극 선집을 지도한다. 그리고 늦은 오후에는 (한 시간에 3실링을 받고) 론데보스에 있는 입시학원에서 멍청이들의 대학입학시험 준비를 도와준다. 방학 때는 시청(공공주택과)에서 가구 설문조사 통계자료 정리하는 일을 한다. 이것들을 다 합하면 수입은 대체로 괜찮은 편이다. 월세도 내고 등록금도 내고 입에 풀칠도 하고 약간의 저축까지 할 수 있을 정도로 괜찮은 편이다. 그는 아직 열아홉 살에 불과하지만 아무에게도 의존하지 않고 자립해 있다.

그는 몸이 필요로 하는 것들에 단순한 상식선에서 접근한다. 일요일마다 소뼈와 콩과 셀러리를 삶아 일주일 동안 먹을 만큼의 수프를 만든다. 금요일에는 솔트리버 시장에 가서 사과나 구아바 혹은 제철과일을 상자째 산다. 매일 아침, 우유배달부가 현관 계단에 0.5리터짜리 우유를 갖다놓는다. 남는 우유가 있으면 낡은 나일론 스타킹에 넣고 싱크대 위에 걸어 치즈로 만든다. 그 외에 빵은 모퉁이에 있는 가게에서 산다. 루소나 플라톤이 인정할 만한 식단이다. 옷에 대해 말할 것 같으면 강의에 입고 가는 괜찮은 재킷과 바지가 있다. 다른 때는 낡은 옷을 입는다.

그는 무언가를 증명해가고 있다. 개개인은 하나의 섬이며, 부모가 필요 없다는 것을.

어떤 때는 저녁에 레인코트와 반바지를 입고 샌들을 신고서 메인 로드를 따라 걷는다. 머리는 비 때문에 납작해져 있다. 지나가는 차들의 헤드라이트가 그를 비춘다. 그럴 때면 그는 자신이 얼마나 이상해 보일지 의식한다. 괴짜는 아니고(괴짜로 보이려면 특징이 있어야 할 것이다) 그저 이상해 보일 것 같다. 그러자 그는 분해서 이를 갈며 걸음을 재촉한다.

그는 날씬하고 유연하지만 활기가 없다. 매력적이고 싶지만 자신이 그렇지 못하다는 걸 안다. 그에게는 무언가 근본적인 것이 결여되어 있고 이목구비에는 명확함이 떨어진다. 그에게는 아직도 어린애티가 남아 있다. 얼마나 있어야 어린애티를 벗을까? 어떻게 해야 어린애 시기를 지나 남자가 될까?

사랑이 찾아온다면 그를 치료해줄지도 모른다. 그는 신은 믿지 않을지 몰라도 사랑과 사랑의 힘은 믿는다. 그가 사랑하게 될 운명적인 한 사람은 이상하고 둔하기까지 한 그의 겉모습을 꿰뚫어 내면에 타고 있는 불길을 즉시 알아볼 것이다. 한편 둔하고 이상해 보이는 겉모습은 그가 어느 날 빛 속으로, 사랑의 빛이자 예술의 빛 속으로 나오기 위해 거쳐야 하는 고난의 일부다. 그가 예술가가 되리라는 것은 오래전에 정해진 일이기 때문이다. 만약 그가 당분간 애매하고 우스꽝스러워야 한다면, 그것은 그의 진정한 힘이 발휘되어 그를 비웃고 조롱하던 사람들이 찍소리도 못하게 되는 날까지 애매함과 우스꽝스러움을 견뎌내는 것이 예술가의 운명이기 때문이다.

그의 샌들은 2실링 6펜스짜리다. 고무 샌들이고 아프리카 어딘가에서 만들어졌다. 어쩌면 니아살랜드*에서 만들어졌는지도 모르겠다. 물에 젖으면 발바닥이 자꾸 미끄러진다. 케이프에는 겨울에 몇 주 동안 계속해서 비가 내린다. 비를 맞으며 메인 로드를 걷다보면 때때로 걸음을 멈추고 미끄러져 벗어진 샌들을 다시 신어야 한다. 그럴 때면 케이프타운의 살찐 시민들이 편안하게 차를 타고 가면서 껄껄 웃는 모습을 볼 수 있다. 웃어라! 그는 생각한다. 나는 곧 사라질 테니까!

그에게는 폴이라는 가장 친한 친구가 있다. 그처럼 수학을 전공하는 친구다. 폴은 키가 크고 가무잡잡하며 자기보다 나이가 많은 여자와 연애중이다. 엘리너 로리어라는 이름의 금발에 몸집이 작고 새처럼 민첩해 보이는 아름다운 여자다. 폴은 엘리너

---

* 말라위의 옛 이름.

의 변덕스러운 기분과 자신에게 하는 요구들에 불평을 한다. 그
래도 그는 폴이 부럽다. 만약 그에게 파이프 담배를 피우고 프랑
스어를 할 줄 아는 아름답고 세상물정에 밝은 애인이 있다면, 분
명 그도 금세 완전히 바뀌어 겉모습마저 달라 보일 것이다.

엘리너와 그녀의 쌍둥이 동생은 영국에서 태어났다. 그들은
전쟁이 끝난 후 열다섯 살 때 남아프리카에 왔다. 폴에 따르면,
그리고 엘리너에 따르면, 그들의 어머니는 처음에는 한쪽을, 다
음에는 다른 쪽을 사랑하고 인정해주면서 그들을 혼란스럽게 하
고 그들이 계속 자신에게 의존하게 만들어 서로 티격태격 다투
게 했다고 했다. 아직도 자다가 울음을 터뜨리고 서랍에 곰인형
을 간직하긴 하지만, 둘 중 더 강한 쪽인 엘리너는 제정신을 잃
지 않았다. 그러나 그녀의 동생은 한동안 갇혀 있어야 할 정도로
미치고 말았다. 동생은 죽은 어머니의 유령과 싸우며 아직도 치
료를 받는 중이다.

엘리너는 시내에 있는 어학원 강사다. 폴은 그녀와 가까워지
면서 그녀의 패거리에 흡수되어버렸다. 가든스 지역에 살며 검
정 스웨터와 청바지를 입고 로프 샌들을 신고, 시큼한 레드와인
을 마시며 골루아즈 시가를 피우고, 카뮈와 가르시아 로르카를
인용하고, 프로그레시브재즈*를 듣는 예술가들과 지식인들 패
거리다. 그들 중 하나는 클래식 기타를 치는데, 요청하면 칸테 혼

도**를 흉내내기도 한다. 제대로 된 직장이 없는 그들은 밤새도록 놀다가 한낮까지 잔다. 그들은 '민족주의자'를 혐오하지만 정치적이진 않다. 그들은 자기들한테 돈이 있다면 미개한 남아프리카를 떠나 몽마르트르나 발레아레스제도로 영원히 이주하겠다고 말한다.

폴과 엘리너가 그를 클리프턴 해변의 방갈로에서 열리는 모임에 데려간다. 무리 중에 불안정하다는 엘리너의 동생이 있다. 폴에 따르면, 그녀는 방갈로 주인과 열애중이다. 그 주인은 〈케이프 타임스〉에 글을 쓰는 혈색 좋은 얼굴의 남자다.

동생의 이름은 재클린이다. 그녀는 엘리너보다 키가 크다. 엘리너만큼 예쁘지는 않지만 그래도 아름답다. 그녀는 신경질적인 활력으로 가득차 있고, 이야기를 할 때는 줄담배를 피우고 몸짓을 많이 한다. 그는 그녀가 마음에 든다. 그녀는 엘리너와 달리 빈정거리지 않아 마음이 놓인다. 빈정거리는 사람들은 그를 불편하게 한다. 그가 돌아서면 그런 사람들은 그에 대해서 뒷말을 할 것만 같다.

재클린이 해변 산책을 제안한다. 그들은 달빛 속에서 손을 잡

---

* 1940년대 후반부터 1950년대 초 미국에서 유행한 재즈 양식으로, 기존 재즈에 근대적인 요소를 접목시켰다. 쿨재즈, 모던재즈라고도 한다.
** 스페인 플라멩코 음악의 일종.

고(어떻게 된 걸까?) 해변을 따라 거닌다. 바위가 많은 으슥한 곳에 이르자, 그녀가 그를 향해 몸을 돌리더니 허락의 뜻으로 입술을 내민다.

그는 응하지만 불편하다. 다음은 어떻게 되는 거지? 그는 연상의 여자와 자본 적이 없다. 기준에 못 미치면 어떻게 되지?

결국 끝까지 가게 된다. 그는 저항하지 않은 채 따르고, 최선을 다하고, 그짓을 하고, 막판에는 흥분한 척하기까지 한다.

사실 그는 그다지 흥분하지 않았다. 아무 곳이나 비집고 들어오는 모래 때문만이 아니다. 전에 만난 적도 없는 이 여자가 어째서 자기한테 몸을 허락하는지 이유를 알 수 없어서다. 일상적인 대화를 나누던 중에 그녀가 그의 내면에 불타고 있는 은밀한 불길을, 그를 예술가로 보이게 하는 그 불길을 감지한 것일까? 혹은 단순히 여자색정증 환자인 것일까? 그녀가 "치료를 받고 있다"던 폴의 말은, 그에게 나름 조심스럽게 그런 경고를 해준 것이었을까?

섹스에 관한 한 그는 대단히 훈련이 안 되어 있다. 남자가 섹스를 즐기지 않으면 여자도 즐기지 않을 것이다. 그도 그것쯤은 안다. 섹스의 규칙 중 하나다. 하지만 그 게임에 실패한 남자와 여자 사이에는 그후로 무슨 일이 벌어질까? 다시 만날 때마다 자신들의 실패를 떠올리며 당황스러워할까?

시간이 늦었다. 밤공기가 차가워지고 있다. 그들은 침묵 속에서 옷을 입고 방갈로로 돌아간다. 파티가 끝나가기 시작한다. 재클린이 자신의 신발과 가방을 챙긴다. 그녀는 "잘 자요"라고 말하며 파티 주최자의 볼에 입을 맞춘다.

"가려고요?" 주최자가 묻는다.

"네, 존을 태워다주려고요."

주최자는 전혀 당황하지 않고 이렇게 말한다. "그럼 좋은 시간 보내요. 두 사람 다."

재클린은 간호사다. 그는 지금껏 간호사를 만나본 적이 없지만, 주워들은 이야기에 따르면 간호사들은 아픈 사람들과 죽어가는 사람들 사이에서 일하며 그들의 육체적 요구를 보살펴줘야 하기 때문에 점점 도덕에 냉소적이게 된다고 한다. 그래서 의대생들은 병원에서 야간당직을 설 때를 기다린다고 한다. 그들이 말하길 간호사들은 섹스에 굶주려 있기 때문이다. 그래서 때와 장소를 가리지 않고 섹스를 한다는 것이다.

하지만 재클린은 평범한 간호사가 아니다. 그녀는 자신이 런던의 가이즈병원에서 조산사 수련을 받은 가이즈 출신 간호사라고 그에게 즉각 알려준다. 그녀의 간호사복 어깨에는 붉은 기장이, 가슴에는 작은 청동 배지가 달려 있다. **페르 아르두아**[*]라는 표어가 새겨진 배지다. 그녀는 공립병원인 흐루트 슈르가 아니라 급료를 더 많이 주는 개인 요양원에서 일한다.

클리프턴 해변에서 그 사건이 있고 나서 이틀 후, 그는 간호사 숙소를 찾아간다. 재클린이 외출 준비를 하고 현관홀에서 그를 기다리고 있다. 그들은 지체 없이 떠난다. 위층 창문에서 사람들이 고개를 내밀고 그들을 내려다본다. 그는 다른 간호사들이 호기심어린 눈으로 자신을 쳐다보는 것을 의식한다. 서른 살 먹은 여자에게 그는 너무 어리다. 정말 너무 어리다. 게다가 우중충한 옷에 차도 없으니 별로 좋은 상대가 아닌 게 분명하다.

일주일도 안 되어 재클린은 간호사 숙소에서 나와 그의 아파트로 들어온다. 돌이켜보니 그는 그녀에게 들어오라고 한 기억이 없다. 그저 거절하지 못했을 뿐이다.

그는 전에 다른 사람과 같이 살아본 적이 한 번도 없다. 여자하고, 애인하고 살아본 적은 더더욱 없다. 어렸을 때도 문을 잠글 수 있는 자기 방이 있었다. 모브레이역 근처에 있는 아파트는 기다란 방 하나로 되어 있고, 입구 쪽에 부엌과 욕실이 있다. 어떻게 살지?

그는 갑작스러운 새 동반자를 환영하려 노력한다. 그녀를 위해 공간을 만들어보려 노력한다. 하지만 며칠이 지나자 상자들과 여

---

* 라틴어로 '역경을 이겨내자'는 의미.

행가방들, 아무 곳에나 널려 있는 옷들, 난장판이 된 욕실이 못마땅해지기 시작한다. 그는 재클린이 주간 근무를 끝내고 돌아오는 것을 알리는 스쿠터 소리가 두렵다. 그들은 여전히 섹스를 하지만, 그들 사이에 점점 더 침묵이 깃들기 시작한다. 그가 책상 앞에 앉아 책에 열중하는 척하면, 그렇게 무시당한 그녀는 한숨을 쉬고 줄담배를 피우며 목적 없이 돌아다닌다.

그녀는 한숨을 많이 쉰다. 그녀의 신경증은 그런 식으로 나타난다. 그게 신경증이라면 말이다. 증상은 한숨을 쉬고 기진맥진해지고 때로는 소리 없이 우는 것이다. 그들이 처음 만났을 때의 활력과 웃음과 대담함은 사라졌다. 그날 밤의 쾌활함은 우울의 그림자가 잠시 걷혀서 그랬던 것뿐이었다. 어쩌면 술을 마셔서 그랬거나 그런 척 연기를 했던 건지도 모른다.

그들은 일인용 침대에서 같이 잔다. 침대에서 재클린은 자기를 이용했던 남자들이나 자신의 마음을 사로잡아 꼭두각시로 만들려 했던 치료사들에 관한 이야기를 끝없이 늘어놓는다. 그는 궁금해진다. 그도 그런 남자들 중 하나일까? 그도 그녀를 이용하는 걸까? 혹시 그에 관해 불평을 늘어놓을 수 있는 다른 남자가 있는 건 아닐까? 그는 그녀가 이야기를 하는 중에 잠이 들고, 아침에 수척한 모습으로 일어난다.

재클린은 어느 모로 봐도 매력적인 여자다. 아니, 그에게 과

분할 정도로 매력적이고 세련되고 세상물정에 밝은 여자다. 솔직히 말해서 쌍둥이 자매가 서로 경쟁 관계에 있지 않다면, 그녀는 그와 한 침대를 쓰지 않을 것이다. 그 두 사람이 벌이는 게임에서 그는 볼모다. 그 게임은 그가 거기에 나타나기 훨씬 전부터 계속된 것이다. 그는 그것에 관한 환상은 없다. 그럼에도 불구하고 그 혜택을 누리고 있다. 그가 운이 좋은 것은 분명하다. 그는 자기보다 열 살 더 먹은 여자와 아파트를 같이 쓰고 있다. 그녀는 가이즈병원에 근무할 때 영국인, 프랑스인, 이탈리아인, 심지어 페르시아인과도 잠자리를 같이한(그녀의 말에 의하면) 경험이 많은 여자다. 그가 스스로 매력이 있어서 사랑을 받는다고 할 수는 없지만, 적어도 성적인 영역에서 배움을 확장할 기회를 갖게 되었다.

그것이 그의 희망이다. 그러나 요양원에서 열두 시간 근무를 끝내고, 흰 소스를 곁들인 콜리플라워로 저녁식사를 하고 우울한 침묵 속에서 저녁을 보내고 나면, 재클린은 자신을 내어주는 데 너그러워지지 않는 경향이 있다. 그래서 그를 껴안을 때도 마지못해 그렇게 한다. 낯선 두 사람이 그처럼 비좁고 불편한 공간에 갇혀 있는 게 섹스를 위해서가 아니라면, 같이 있을 이유가 뭘까?

그런데 그가 아파트에 없을 때, 재클린이 그의 일기장을 찾아 그들의 삶에 대해 써놓은 걸 보게 되면서 모든 게 곪아터진다. 그가 돌아와 보니 그녀가 짐을 싸고 있다.

"무슨 일이죠?" 그가 묻는다.

그녀는 입술을 다물고 책상 위에 펼쳐져 있는 일기장을 손으로 가리킨다.

그는 노발대발한다. "내가 글쓰는 걸 당신이 막을 수는 없어요!" 그가 소리친다. 지금 상황과 무관한 말이다. 그도 안다.

그녀도 화가 나 있다. 그러나 더 냉랭하고 깊이 화가 나 있다. 그녀가 말한다. "당신이 말하는 것처럼 내가 그렇게 짐스럽고 당신의 평화와 사생활과 글쓰는 능력을 파괴하고 있다면, 나도 내 입장을 말해주지. 나도 당신과 같이 사는 게 매 순간 싫었어, 어서 빨리 자유로워지고 싶어."

그는 다른 사람의 사적인 글을 읽어서는 안 된다고 말했어야 했다. 사실 볼 수 있는 자리에 일기장을 둘 게 아니라 숨겨놨어야 했다. 하지만 이제 너무 늦었다. 이미 벌어진 일이다.

그는 재클린이 짐 꾸리는 모습을 바라보다가, 스쿠터 뒷자리에 가방 묶는 걸 도와준다. "당신이 허락해준다면 남은 내 물건을 가지러 올 때까지 열쇠는 갖고 있을게." 그녀가 말한다. 그러고는 헬멧을 획 쓴다. "잘 있어. 존, 정말 실망이야. 당신은 아주 영리할지는 모르지만, 사실 나는 그것도 잘 모르겠어, 많이 커야 할 거야." 그녀가 출발을 위해 페달을 밟는다. 그런데 엔진이 살아나지 않는다. 그녀가 다시 페달을 밟고 또 밟는다. 기름냄새가 진동한다. 카뷰레터에 기름이 넘치고 있다. 기름이 마르기를 기다리는 것 외에 달리 방법이 없다. "안으로 들어와요." 그가 말한다. 그녀는 무표정한 얼굴로 거절한다. "미안해요," 그가 말한다. "모든 게."

그는 그녀를 골목에 남겨둔 채 집안으로 들어온다. 오 분 후 엔진소리와 스쿠터가 떠나는 소리가 들려온다.

그는 유감스러운 걸까? 재클린이 읽은 것을 읽게 한 일은 분명히 유감이다. 하지만 진짜 질문은 이것이다. 그가 쓴 것을 쓴 동기가 무엇일까? 그는 그녀가 읽으라고 그걸 써놓은 걸까? 그의 진짜 속마음을 그녀의 눈에 띌 수밖에 없는 곳에 놓아둠으로써 너무 비겁해서 면전에 대고는 차마 말하지 못하는 것을 그런 식으로 전달하려 했을까? 여하튼 그의 진짜 속마음은 무엇일까? 어떤 날은 아름다운 여자와 사는 것이, 적어도 혼자 살지 않는 것이 기분좋고 특권을 누리는 듯한 느낌이다. 그런데 또 어떤 날은 다른 느낌이다. 진실은 행복일까, 불행일까, 아니면 둘의 평균치일까?

어떤 걸 일기장에 들어가게 하고 어떤 걸 영원히 감춰놓느냐 하는 문제가 그가 쓰는 모든 글의 핵심이다. 그의 아파트에 재클린이 무턱대고 들어온 것에 대한 불만이나 연인으로서의 실패에서 느껴지는 수치심 같은 천한 감정들을 표현하지 못하도록 스스로 억제한다면, 어떻게 그런 감정들이 시로 바뀌고 변형될 수 있을까? 그가 천한 사람에서 고귀한 사람으로 바뀌는 데 시가 매개 수단이 되어주지 않는다면, 왜 시를 신경써야 할까? 게다가 일기장에 기록한 감정들이 그의 진짜 감정들이라고 누가 말할 수 있을까? 펜이 움직이는 매 순간 그가 진정한 그 자신이라고 누가 말할 수 있을까? 어떤 순간에는 진정한 그 자신일지 모르지만, 또 어떤 순간에는 단순히 무언가를 만들어내고 있는지도 모를 일이다. 어떻게 확신할 수 있을까? 어째서 확실히 알고 싶어 해야 하는 걸까?

사물은 겉보기와 다른 법이에요. 그는 재클린에게 이렇게 말했어야 한다. 하지만 그녀가 이해할 가능성이 얼마나 될까? 그의 일기장에서 읽은 것이 침묵과 한숨의 무거운 저녁시간 동안 동반자의 마음속에서 일어나던 진실, 천한 진실이 아니라는 것을 그녀가 어떻게 믿을 수 있을까? 반대로 그것이 가능한 많은 허구 중하나이자 예술작품이 진실―그 자체로 진실하고 스스로의 내재적인 목적에 대해 진실―하다는 의미에서 진실하다는 것을 어떻게 믿을 수 있을까? 일기장을 천하게 읽으면 동반자가 자신을 사랑하지 않을 뿐 아니라 좋아하지도 않는다는 의심과 너무 잘 맞아떨어지는데도?

재클린은 그가 스스로를 믿지 않는다는 단순한 이유로 그를 믿지 않을 것이다. 그는 자신이 무엇을 믿는지 알지 못한다. 때때로 자신이 아무것도 믿지 않는다고 생각한다. 하지만 결국 처음으로 여자와 살려고 했던 시도가 실패와 치욕으로 끝났다는 사실이 남는다. 그는 혼자만의 삶으로 돌아가야 한다. 거기에는 아무 위안도 없을 것이다. 하지만 영원히 혼자 살 수는 없다. 애인을 사귀는 것은 예술가 삶의 일부다. 그가 맹세했던 것처럼 결혼의 함정을 완전히 피해간다고 해도, 아마 그럴 테지만, 그도 여자들과 같이 살 방법을 찾아야 한다. 예술은 결핍과 열망과 고독만 먹고는 살 수 없다. 친밀감과 열정, 사랑이 있어야 한다.

위대한 예술가, 어쩌면 가장 위대한 예술가인 피카소가 생생한 예다. 피카소는 여자들과 연이어 사랑에 빠진다. 여자들은 잇따라 그와 함께 살기 위해 들어오고 그의 삶을 공유하고 그의 모델이 된다. 새로운 여인과 더불어 새롭게 타오르는 열정 속에서, 우연히 그의 집 현관에 다다른 도라와 필라르 들은 영원한 예술로 재탄생한다. 그런 것이다. 그런데 그는 어떤가? 그는 자기 삶 속의 여인들, 재클린뿐 아니라 이후에 올 미지의 여자들이 그런 운명을 맞게 되리라 약속할 수 있을까? 그렇게 믿고 싶지만 미심쩍다. 그가 위대한 예술가가 될지 어떨지는 시간만이 말해줄 수 있을 것이다. 하지만 한 가지 분명한 점은 그는 피카소가 아니라는 것이다. 그의 모든 감성은 피카소의 것과 다르다. 그는 더 조용하고 더 우울하고 더 북쪽 스타일이다. 또한 그에게는 사람을 최면에 빠지게 하는 피카소의 검은 눈이 없다. 그가 여자를 변모시키려 한다 해도, 피카소가 그랬듯 여자의 몸이 불타는 용광로속의 금속인 양 비틀고 꼬아서 잔인하게 변모시키지는 않을 것이다. 여하튼 작가들은 화가들과 다르다. 그들은 더 끈덕지고 더섬세하다.

예술가들과 얽히는 여자들의 운명이란 전부 이런 것일까? 예술가들이 그녀들의 최악 혹은 최선의 모습을 이끌어내 허구로만들어버리는 것? 그는 『전쟁과 평화』에 나오는 옐렌을 생각한다. 옐렌도 처음에는 톨스토이의 애인 중 하나였을까? 그녀는자신이 죽은 지 오랜 후에, 만난 적도 없는 남자들이 자신의 아름다운 맨어깨를 갈망하리라는 걸 짐작이나 했을까?

모든 게 그렇게 잔인해야 하는 걸까? 남자와 여자가 같이 먹고 같이 자고 같이 살면서도 각자의 내면 탐구에 몰두할 수 있는동거 형태가 분명 있을 것이다. 재클린과의 연애는 실패할 수밖에 없었던 걸까? 재클린이 예술가가 아니라서 예술가에게 필요한 내면의 고독을 존중해주지 못했던 걸까? 예를 들어 재클린이조각가였다면, 그래서 아파트 한쪽 구석을 치워 그녀는 대리석을 다듬고, 그는 다른 쪽 구석에서 단어와 운뺴을 가지고 씨름했다면, 그들 사이에 사랑이 꽃피었을까? 예술가들은 예술가들하고만 연애하는 것이 최선이라는 게 그와 재클린 이야기의 교훈일까?

2

재클린과의 연애는 과거가 되었다. 몇 주간에 걸친 답답한 친밀감 이후 그는 다시 자기 방을 갖게 된다. 그는 재클린의 상자들과 여행가방들을 구석에 쌓아놓고 가져가기를 기다린다. 그런 일은 일어나지 않는다. 대신, 어느 날 저녁 재클린이 다시 나타난다. 그녀는 그와 함께 살려고 온 게 아니라("당신과 같이 사는 건 불가능해") 화해를 하러 왔다고("나는 나쁜 감정은 싫어, 우울해지니까") 말한다. 그런데 화해라는 게 처음에는 그와 같이 침대로 가고, 그다음에는 그녀에 관해 그가 일기장에 써놓은 것을 가지고 침대에서 열변을 토하는 것이다. 그녀의 말은 끝없이 이어진다. 그래서 그들은 새벽 두시가 넘어서야 겨우 잠이 든다.

그는 늦게 일어난다. 여덟시 강의에 가기에는 너무 늦다. 재클린이 삶 속에 들어온 이래로 그가 강의를 빼먹은 게 이번이 처음은 아니다. 공부도 밀려 있고 어떻게 따라잡아야 하는지도 모르겠다. 그는 대학에 들어와서 처음 이 년은 학과에서 스타 중 한 명이었다. 모든 것이 쉬웠고, 교수보다 늘 한 단계 앞서 있었다. 하지만 최근에는 마음에 안개가 내려앉은 것 같다. 그들은 점점 더 근대적이고 추상적인 수학을 공부하고, 그는 당황하기 시작한다. 칠판에 적힌 설명은 아직 한 줄 한 줄 따라갈 수 있지만, 더 큰 논증은 이따금 따라가지 못한다. 그는 강의시간에 갑작스러운 공포감을 느끼고, 그걸 숨기려 최선을 다한다.

이상하게도 그만 괴로워하는 것 같다. 동료 학생들 중 노력파들조차 보통 이상의 어려움을 겪지는 않는다. 그의 점수는 매달 내려가는데 그들의 점수는 흔들리지 않는다. 결국 그들이 스타, 진짜 스타다. 그는 그들이 지나간 자리에서 허덕인다.

그는 평생 최대한의 힘을 발휘할 필요가 없었다. 최선을 다하지 않아도 늘 충분했다. 그런데 이제는 살려고 몸부림을 치고 있다. 공부에 완전히 매진하지 않으면 점점 더 내려갈 것이다.

하지만 암담한 피로감의 안개 속에 하루하루가 지나간다. 그는 그렇게 비싼 값을 치르는 연애 속으로 다시 빨려들어간 자신을 저주한다. 이게 애인을 사귀는 것에 수반되는 결과라면, 피카소와 다른 사람들은 어떻게 해낸 걸까? 그에게는 강의에서 강의로, 일에서 일로 줄달음을 칠 에너지도 없고, 하루가 끝난 뒤 행복과 지독한 우울증의 발작 사이를 오가고 평생의 불평불만을 곱씹으며 몸부림치는 여자한테 관심을 돌릴 에너지도 없다.

공식적으로는 더이상 그와 같이 살지 않지만, 재클린은 밤낮으로 시도 때도 없이 자기 마음대로 그의 집에 온다. 때로는 그가 무심코 한 말의 모호한 의미를 이해하지 못했다가 나중에야 이해하고 그를 비난하러 온다. 때로는 기분이 우울해져 위로를 받으려고 온다. 최악은 치료를 받고 난 후 며칠이다. 그녀는 치료사의 진료실에서 오간 것들을 거듭해서 연습하며 그의 미세한 몸짓이 의미하는 바를 짚어내려고 한다. 그러고는 한숨을 쉬고 울고 와인을 여러 잔 들이켠 뒤 섹스를 하다가 잠들어버린다.

"당신도 치료를 받아야 해." 그녀가 담배 연기를 뿜으며 말한다.

"생각해볼게요." 그가 말한다. 토를 달지 않는 게 좋다는 걸 이제 너무 잘 알고 있다.

치료는 꿈도 꾸지 않을 것이다. 치료의 목적은 사람을 행복하게 만드는 것이다. 그게 무슨 의미가 있는가? 행복한 사람들은 흥미롭지 않다. 불행의 짐을 받아들이고 그것을 시든 음악이든 그림이든, 무언가 가치 있는 것으로 바꾸려고 노력하는 게 더 낫다. 그는 그렇게 믿는다.

그럼에도 불구하고, 그는 가능한 한 인내심을 갖고 재클린의 말에 귀를 기울인다. 그는 남자이고 그녀는 여자다. 그는 그녀에게서 즐거움을 느꼈고, 그러니 이제 값을 치러야 한다. 그게 연애가 진행되는 방식인 것 같다.

매일 밤 잠에 취한 그의 귀에 대고 하는 반복적이면서 때로는 상반되는 이야기들을 종합해보면, 그녀는 박해자에게 자신의 진정한 자아를 강탈당했다. 박해자는 때로 그녀의 포악한 어머니이기도 하고, 때로는 그녀의 달아난 아버지이기도 하고, 때로는 이런저런 사디스트적인 애인이기도 하고, 때로는 메피스토펠레스 같은 치료사이기도 하다. 그녀가 말하길, 그가 품에 안고 있는 건 그녀의 진정한 자아의 껍데기일 뿐이며, 자신은 자아를 되찾을 때에만 사랑할 힘을 되찾게 될 것이라고 말한다.

그는 듣지만 믿지 않는다. 치료사가 그녀에게 음모를 꾸미고 있다고 느껴진다면, 치료사를 그만 만나면 되지 않는가! 언니가 그녀를 얕보고 무시한다면 언니를 그만 만나면 되지 않는가! 그는 재클린이 자신을 애인이라기보다 막역한 친구로 대하는 게 그가 좋은 애인이 아니라서, 격렬하지도 열정적이지도 못해서라고 생각한다. 그가 애인에 더 가까워진다고 해서 재클린이 잃어버린 자아와 잃어버린 욕망을 곧 되찾게 될지는 의심스럽다.

그는 어째서 그녀가 문을 두드리면 계속 열어주는 걸까? 그것이, 그러니까 밤새도록 자지 않고 기진맥진해서 자신들의 삶을 뒤죽박죽으로 만드는 것이, 예술가들이 해야 하는 일이기 때문일까? 혹은 그 모든 것에도 불구하고, 그가 쳐다보는 중에도 발가벗고 돌아다니는 것에 아무 수치심을 느끼지 않는 매끈하고 의심할 나위 없이 아름다운 이 여자한테 사로잡혀 있기 때문일까?

어째서 그녀는 그가 있음에도 그렇게 자유로운 걸까? 그를 조롱하기 위해서일까(그녀는 그의 눈이 자신을 향하고 있다는 걸 느낄 수 있고, 그도 그걸 안다)? 아니면 간호사들은 모두 사적으로는 이렇게 옷을 벗어던지고 가려운 데를 긁고 대소변에 대해 직설적으로 얘기하고 남자들이 술집에서 하는 것과 비슷한 상스러운 농담을 하는 걸까? 하지만 그녀가 실제로 모든 억압으로부터 자유로워졌다면, 어째서 섹스는 그토록 산만하고 성의 없으며 실망스러운 걸까?

연애를 시작하는 것은 그의 생각이 아니었다. 그걸 지속하는 것도 그의 생각이 아니었다. 하지만 그는 지금 그것의 한가운데에 있고 탈출할 힘이 없다. 운명론이 그를 사로잡는다. 재클린과의 삶이 일종의 병이라면, 병이 진행되도록 그냥 놔두자 싶다.

그와 폴은 자신들의 애인을 비교하지 않을 만큼은 신사다. 그럼에도 불구하고 그는 재클린 로리어가 자기 언니한테 그에 관한 얘기를 하고, 언니는 폴에게 그 얘기를 전하지 않을까 의심한다. 폴이 그의 사생활에 무슨 일이 일어나는지 안다는 게 당혹스럽다. 그는 그들 두 사람 중에서 폴이 여자를 더 능숙하게 다룬다고 확신한다.

재클린이 요양원에서 야간근무를 하던 어느 날 저녁, 그는 폴의 아파트에 들른다. 그리고 폴이 세인트제임스에 있는 어머니 집에서 주말을 보내기 위해 떠날 준비를 하고 있는 걸 본다. 폴이 그에게 적어도 토요일만이라도 같이 가면 어떻겠느냐고 묻는다.

그들은 마지막 기차를 간발의 차이로 놓친다. 아직도 세인트제임스에 가고 싶다면, 20킬로미터를 꼬박 걸어가야 한다. 날씨도 좋다. 안 될 게 뭐가 있을까?

폴은 배낭과 바이올린을 챙겨서 간다. 바이올린을 가져가는 것은 이웃집들끼리 다닥다닥 붙어 있지 않은 세인트제임스에서 연습을 하는 게 더 편하기 때문이다.

폴은 어렸을 때부터 바이올린을 켰지만 높은 수준까지 올라간 적은 없다. 그는 십 년 전처럼 지그와 미뉴에트 소품을 연주하는 것에 아주 만족하는 것 같다. 음악가로서 그의 야망은 훨씬 더 크다. 그의 아파트에는 어머니가 사준 피아노가 있다. 열다섯 살 때 피아노 레슨을 받겠다고 조르기 시작하자 어머니가 사준 것이다. 레슨은 성공적이지 못했다. 음악 선생이 천천히 단계별로 가르치는 방식에 그는 너무 조급해했다. 그럼에도 불구하고 그는 언젠가 서툴더라도 베토벤의 작품 111번을 연주할 작정이다. 그다음에는 부소니가 편곡한 바흐의 D 마이너 샤콘을 연주할 작정이다. 그는 일반적으로 거치는 체르니와 모차르트를 하지 않고 그 목적을 달성할 것이다. 대신, 두 곡을 혼자서 꾸준히 연습할 것이다. 처음에는 아주 천천히 음정을 익히고 그다음에는 필요한 만큼, 날마다 속도를 빨리해서 연주할 것이다. 그것은 그가 직접 창안한, 피아노를 배우는 그만의 방식이다. 흔들리지 않고 스케줄대로만 하면 목적을 달성하지 못할 이유는 없을 것 같다.

그러나 불행히도 느리기 짝이 없는 속도를 조금만 빨리하려고 하면, 팔목이 아프고 손가락 마디가 굳어서 결국 연주를 전혀 할 수 없게 된다는 사실을 깨닫는다. 그는 화가 솟구쳐 건반을 주먹으로 치고 절망감에 밖으로 뛰쳐나간다.

자정이 지났지만 그와 폴은 와인버그까지밖에 가지 못한다. 차들은 점점 보이지 않고, 메인 로드에는 빗자루로 도로를 청소하는 사람 외에 아무도 없다.

딥 리버에서 그들은 마차를 모는 우유배달부를 만난다. 그들은 잠시 걸음을 멈춰 우유배달부가 말을 세우고, 정원으로 난 길을 달려가 병 두 개를 내려놓고, 빈병을 수거하고, 동전을 빼내고, 마차로 되돌아오는 모습을 바라본다.

"500밀리리터짜리 하나 주시겠어요?" 폴이 이렇게 말하고 4펜스 은화를 건넨다. 우유배달부는 그들이 우유를 마시는 모습을 미소 지으며 바라본다. 우유배달부는 젊고 잘생기고 에너지가 넘치는 사람이다. 발굽에 털이 수북한 거대한 흰말도 한밤중에 깨어 있는 걸 개의치 않는 것 같다.

그는 놀란다. 도로를 청소하고 현관 계단에 우유를 배달하는 일처럼 그가 전혀 알지 못했던 일들이 사람들이 잠을 자는 사이에 행해지다니! 그런데 한 가지 어리둥절한 점이 있다. 어째서 우유를 훔쳐가지 않을까? 어째서 우유배달부의 발자국을 졸졸 따라다니며 그가 배달하는 우유병을 훔쳐가는 도둑이 없는 걸까? 재산을 소유하는 것이 범죄이고 무엇이든 도둑맞을 수 있는 이 나라에서, 무엇이 우유를 예외로 만드는 걸까? 우유를 훔치는 게 너무 쉬워서일까? 도둑들 사이에도 행동의 기준이 있는 걸까? 아니면 도둑들이 대부분 젊고 검고 힘이 없는 우유배달부들을 동정하는 걸까?

그는 마지막 설명을 믿고 싶다. 흑인들을 향한 동정심도 충분히 있고 그들과 공정하게 거래함으로써 법의 잔인함과 흑인들의 비참함을 보상해주고픈 욕구도 충분히 있다고 믿고 싶다. 하지만 현실은 그렇지 않다는 걸 안다. 흑인과 백인 사이에는 결코 메울 수 없는 간극이 있다. 양쪽 모두, 피아노를 치고 바이올린을 켜는 폴이나 그 같은 사람들이 이 땅에, 남아프리카라는 땅에 불확실하기 짝이 없는 핑계를 대며 존재하고 있다는 사실을 알고 있다. 그 사실은 동정심보다 깊고, 공정한 거래보다 깊고, 호의보다도 깊은 것이다. 일 년 전만 해도 트란스케이의 오지에서 가축을 치는 보이*였을 게 분명한 이 젊은 우유배달부도 그것을 분명 알고 있을 것이다. 사실 그는 대부분의 아프리카인에게서, 혹은 혼혈인에게서조차 흥미롭고 즐거운 부드러움이 발산되는 것을 느낀다. 그런데 발밑의 땅이 피로 흥건하고 역사의 광활한 골짜기가 분노의 함성으로 메아리치는 상황에서, 솔직한 표정과 공정한 거래만으로 살아갈 수 있다고 상상한다면 그는 보호가 필요한 바보임이 틀림없다. 그렇지 않다면 어째서, 새벽바람을 맞으며 말의 갈기를 쓰다듬고 있는 이 젊은이가 자기가 건네준 우유를 마시는 두 사람을 바라보며 그렇게 부드러운 미소를 지을 수 있겠는가?

그들은 동이 틀 때에야 세인트제임스에 있는 집에 도착한다. 그는 곧 소파에서 잠이 들어 정오까지 잔다. 폴의 어머니가 그들을 깨워 팔스 베이가 바라다보이는 베란다에 아침을 차려준다.

폴과 그의 어머니는 자연스럽게 이야기를 나눈다. 그도 쉽게

---

* 남아프리카공화국에서 '보이(boy)'는 나이 구분 없이 백인이 아닌 남자를 낮춰서 지칭하는 말로도 쓰인다.

대화에 끼어든다. 폴의 어머니는 자기 스튜디오를 갖고 있는 사진작가다. 그녀는 아담하고 옷을 잘 차려입었다. 목소리는 담배를 피우는 사람처럼 허스키하고 들뜬 분위기가 난다. 식사가 끝나자 그녀는 할일이 있다며 자리를 뜬다.

그와 폴은 해변으로 내려가 수영을 하고 돌아와서 체스를 둔다. 그리고 그는 기차를 타고 집으로 돌아온다. 폴이 집에서 어떻게 지내는지 본 것은 처음이다. 너무 부럽다. 어째서 그는 자신의 어머니와 좋고 정상적인 관계를 맺을 수 없는 걸까? 그의 어머니가 폴의 어머니 같았으면 싶다. 그녀가 가정이라는 좁은 테두리를 벗어나 자신의 삶을 살았으면 싶다.

그가 집을 떠난 것은 가족이 주는 압박감을 벗어나기 위해서였다. 지금 그는 부모를 보는 일이 거의 없다. 조금만 걸으면 되는 곳에 살고 있음에도 불구하고, 그는 가지 않는다. 폴에게 가족을 보여준 적도 없다. 재클린에게는 말할 것도 없고 다른 친구들에게도 마찬가지다. 자신의 수입이 생기자 그는 삶에서 부모를 배제시키기 위해 독립을 활용한다. 그는 어머니가 자신의 쌀쌀맞은 태도에 괴로워하고 있다는 사실을 안다. 그는 평생 그녀의 사랑에 쌀쌀맞게 응수했다. 그녀는 그를 평생 응석받이로 키우고 싶어했다. 그리고 그는 평생 그것을 거부했다. 그가 아무리 우겨도, 그녀는 그에게 충분한 생활비가 있다고 믿지 않는다. 그래서 그를 볼 때마다 "몇 푼 안 된다"며 그의 주머니에 1파운드나 2파운드씩 넣어주려 한다. 조금만 기회를 줘도 그녀는 그가 사는 아파트로 와서 커튼을 달아주고 빨래를 해줄 것이다. 그는 그녀에게 독한 마음을 먹어야 한다. 지금은 경계를 늦출 때가 아니다.

3

그는 『에즈라 파운드 서간집』을 읽고 있다. 에즈라 파운드는 방에 여자가 있다는 이유로 인디애나주 워배시 칼리지의 직장에서 쫓겨났다. 그는 그런 촌스러운 편협함에 분개하며 미국을 떠나버렸다. 그리고 런던에서 아름다운 도러시 셰익스피어를 만나 결혼한 뒤 이탈리아로 가서 살았다. 제2차세계대전이 끝난 후 그는 파시스트를 지원하고 선동했다는 혐의를 받았다. 사형선고를 피하기 위해 그는 정신병이 있다는 구실을 대고 정신병원에 갔었다.

1959년 현재, 파운드는 석방되어 이탈리아로 돌아가 평생의 과제인 『캔토스』를 계속 쓰고 있다. 지금까지 발표된 모든 『캔토스』가 케이프타운대학 도서관에 비치되어 있다. 우아한 검은 활자로 쓰인 시행의 흐름이 커다란 중국 문자에 의해, 징을 울리듯

이따금 끊어지는 형태로 된 파버출판사 판본이다. 그는 『캔토스』에 정신이 팔려 있다. 휴 케너가 파운드에 관해 쓴 책을 안내삼아 그걸 읽고 또 읽는다(판뷰렌과 말라테스타 가문에 관한 지루한 부분은 죄책감을 느끼며 건너뛴다). T. S. 엘리엇은 관대하게도 파운드가 일 미글리오르 파브로il miglior fabbro, 즉 더 나은 장인이라고 했다. 그는 엘리엇의 작품도 상당히 좋아하지만, 엘리엇의 말이 맞는다고 생각한다.

에즈라 파운드는 대부분의 삶을 박해받으며 살았다. 망명을 하고 감옥에 갇히고 나중에는 조국에서 두 번이나 추방당했다. 하지만 미친 사람이라는 꼬리표에도 불구하고 파운드는 자신이 위대한 시인이라는 것을 증명해냈다. 어쩌면 월트 휘트먼만큼 위대한 시인인지도 모른다. 그는 자신의 신에 복종하면서, 인생을 예술에 희생시켰다. 엘리엇도 마찬가지였다. 하지만 엘리엇의 고통은 좀더 개인적인 성격의 것이었다. 엘리엇과 파운드는 슬픔의 삶을, 때로는 치욕의 삶을 살았다. 거기에는 그를 위한 교훈이 있다. 그들 시집의 모든 페이지마다 그 교훈이 설득력 있게 제시된다. 그는 수업중 엘리엇의 시에 열광했고, 지금은 파운드의 시에 빠져 있다. 파운드와 엘리엇처럼 그는 삶이 그를 위해 비축해놓은 모든 걸 견딜 준비를 해야 한다. 설령 그것이 망명과 천한 노동과 비방이라 할지라도 말이다. 만약 그가 예술의 지고 한 시험을 통과하지 못하고, 축복받은 재능을 타고나지 못했다는 사실이 마침내 드러나면 그것까지 견딜 준비를 해야 한다. 현재와 미래의 모든 고통에도 불구하고 역사의 준엄한 심판, 이류라는 운명을 견딜 준비를 해야 한다. 많은 사람들이 부름을 받지만 선택받는 건 극소수다. 사자 주변에서 앵앵거리는 모기들처럼, 일류 시인은 하나지만 이류 시인들은 구름처럼 많다.

그는 파운드에 대한 자신의 열정에 대해 친구 노르베르트하고만 이야기한다. 체코슬로바키아에서 태어난 노르베르트는 전쟁이 끝난 후 남아프리카로 왔다. 그는 독일식 억양이 희미하게 들어간 영어로 말한다. 그리고 아버지처럼 엔지니어가 되기 위해 공부중이다. 또한 우아한 유럽풍 옷차림을 하고, 좋은 가문의 아름다운 여인과 아주 격조 높은 연애를 하고 있다. 노르베르트는 일주일에 한 번 그녀와 산책을 한다. 그와 노르베르트는 산기슭에 있는 찻집에서 만나 서로가 최근에 쓴 시에 대해 의견을 주고받고 자신들이 좋아하는 파운드의 시구절을 서로 큰 소리로 읽어준다.

그가 아는 다른 학생 시인들은, 그러니까 문학을 공부하고 대학의 문학지를 운영하는 학생들은 제라드 맨리 홉킨스를 좋아하는 반면, 엔지니어가 될 노르베르트와 수학자가 될 그는 에즈라 파운드의 사도라는 사실이 몹시 흥미롭다. 그 자신도 수업중 홉킨스에 잠시 빠진 적이 있었다. 그때는 시에 강세가 있는 단음절어를 많이 쓰고 로맨스어*에서 유래한 말들은 피했다. 하지만 시간이 지나면서 홉킨스에 흥미를 잃어버렸다. 요즘 셰익스피어에 대한 흥미를 잃어가는 것처럼 말이다. 홉킨스의 시에는 자음이 너무 많고, 셰익스피어의 시에는 은유가 너무 많다. 또한 홉킨스와 셰익스피어는 평범하지 않은 말을 너무 많이 쓴다. 특히 maw, reck, pelf 같은 고대영어 단어를 너무 많이 쓴다. 그는 어째서 시가 항상 웅변조로 올라가야 하는지, 어째서 평범한 목소리의 굴절을 따르는 데 만족할 수 없는지 모르겠다. 사실 시가 산문과 그렇게 달라야 하는 이유도 잘 모르겠다.

그는 셰익스피어보다 포프를, 포프보다 스위프트**를 더 좋아하기 시작했다. 잔인할 정도로 정밀한 포프의 어법이 마음에 들지만, 포프가 아직도 사교계 남녀들 사이에서 너무 편안해한다는 점이 충격적이다. 반면 스위프트는 여전히 야생의 남자이자 외톨이다.

또한 초서***도 좋아한다. 중세는 따분하고 순결 문제에 강박적

---

* 로마 제국 멸망 후 라틴어가 분화하여 이루어진 언어를 통틀어 이르는 말.

** 차례로 영국 시인 알렉산더 포프(1688~1744)와 아일랜드 작가 조너선 스위프트(1667~1745).

*** 영국 시인 제프리 초서(1343~1400).

이며 너무 많은 성직자가 나온다. 중세 시인들은 대부분 소심하다. 라틴어 저술가들의 안내를 받으려고 늘 안달한다. 하지만 초서는 그 저술가들로부터 적당히 아이로니컬한 거리를 지킨다. 그리고 셰익스피어와 다르게 사물에 관한 하찮은 생각에 매달려 난리법석을 떨지도 않는다.

다른 영국 시인들에 관해 파운드는 그에게 낭만주의 시인들과 빅토리아조 시인들의 한가로운 작시는 말할 것도 없고, 그들이 탐닉하는 태평한 감정을 감지하라고 가르쳤다. 파운드와 엘리엇은 프랑스어의 엄격함을 다시 불러옴으로써 영미시에 다시 생기를 불어넣고자 한다. 그는 전적으로 동의한다. 그는 자신이 어떻게 이해도 못하는 키츠*식 소네트를 쓸 정도로 키츠한테 빠져 있었는지 모르겠다. 키츠는 부드럽고 달콤한 붉은 수박 같다. 그러나 시는 불길처럼 강렬하고 맑아야 한다. 대여섯 페이지에 걸친 키츠의 시를 읽는 일은 유혹에 굴복하는 것과 같다.

그가 실제로 프랑스어를 읽을 수 있다면, 더 확실한 파운드의 사도가 될 수 있을 것 같다. 하지만 독학을 해보려던 그의 모든 노력이 무위로 끝난다. 그에게는 언어 감각이 없다. 시작은 대담하지만 끝에 가서는 우물거리고 만다. 그래서 보들레르, 네르발,

---

* 영국 시인 존 키츠(1795~1821).

코르비에르, 라포르그*가 그가 가야 할 길을 제시해줄 거라는 파운드와 엘리엇의 말을 신뢰할 수밖에 없다.

대학에 입학했을 때 그의 계획은 일단 수학자의 자격을 갖춘 다음, 해외로 나가 예술에 전념하는 것이었다. 계획은 그 정도까지였다. 아직까지는 그 길에서 멀리 벗어나지 않았다. 해외에서 시적 기술을 숙달하는 사이, 미천하지만 괜찮은 일을 하며 생계를 유지할 것이다. 한동안 인정받지 못하는 게 위대한 예술가들의 운명이기 때문에, 그는 자신도 뒷방에서 비천하게 숫자 계산이나 하는 사무원으로 몇 년을 보내게 될 거라 상상한다. 보헤미안, 즉 술주정뱅이이자 식객이자 부랑자가 되지 않을 것은 확실하다.

그를 수학으로 끌어당기는 것에는 수학에서 쓰는 불가해한 기호들 외에도 그것의 순수성이 있다. 만약 대학에 '순수사고'학과가 있다면, 그는 아마 그 학과에 등록할 것이다. 하지만 대학이 그것에 가장 근접하게 제공할 수 있는 형식이 순수수학인 듯하다.

불행하게도 그의 학업 계획에는 장애물이 있다. 다른 것은 전부 제쳐두고 순수수학만을 공부하는 것이 규정상 허용되지 않

---

* 차례로 샤를 보들레르(1821~67), 제라르 드 네르발(1808~55), 트리스탄 코르비에르(1845~75), 쥘 라포르그(1860~87). 모두 프랑스 시인.

는다. 그의 학과에 있는 대부분의 학생들은 순수수학, 응용수학, 물리학을 섞어서 공부한다. 그것은 그가 따를 수 있는 방향이 아니다. 어렸을 때 로켓공학이나 핵분열에 단편적으로 관심을 가진 적은 있지만, 소위 현실세계라고 하는 것에 별 감흥도 없고, 물리학에서는 개념이 왜 그렇게 되는지도 잘 이해되지 않는다. 예를 들어 그의 동료 학생들은 통통 튀는 공은 어째서 결국 튀는 걸 멈춰야 하는가?라는 질문에 전혀 어려움을 느끼지 않는다. 그들은 탄성계수가 1 미만이기 때문이라고 답한다. 하지만 그는 묻는다. 어째서 그래야 하지? 왜 계수가 정확히 1이거나 그 이상일 수 없는 거지? 그들은 어깨를 으쓱한다. 그들은 우리가 현실세계에 살고 있고, 현실세계에서는 탄성계수가 언제나 1 미만이라고 말한다. 그것은 그에게 답변처럼 들리지 않는다.

그는 자신이 현실세계에 아무것도 공감하지 못하는 것 같아 과학을 피하고 교과과정의 빈자리를 영어, 철학, 고전 과목들로 채운다. 남들이 자신을 예술 과목을 몇 개 수강하는 수학과 학생으로 봐줬으면 싶다. 하지만 유감스럽게도 과학을 전공하는 학생들 사이에서 그는 아웃사이더이자 수학 강의에 나타났다가 어딘가로 사라지는 딜레탕트로 보일 뿐이다.

그는 수학자가 되고자 하기 때문에 수학에 대부분의 시간을 쏟아야 한다. 그런데 수학은 쉽지만 라틴어는 어렵다. 라틴어는 그가 가장 약한 과목이다. 가톨릭 학교를 몇 년 다니면서 훈련이 되었기 때문에 라틴어 구문의 논리는 잘 안다. 그리고 느리긴 해도 키케로식의 산문은 정확하게 쓸 수 있다. 하지만 제멋대로인 어순과 매력적이지 않은 어휘들이 계속 그를 좌절시킨다.

그는 라틴어 개별지도 그룹에 배정된다. 그런데 그 그룹의 다른 학생들은 대부분 그리스어도 수강한다. 그리스어를 알면 라틴어도 쉬워지는 탓이다. 웃음거리가 되지 않기 위해서는 열심히 따라잡으려고 노력해야 한다. 그리스어를 가르치는 학교를 다녔더라면 싶다.

수학의 매력 중 하나는 그리스어 알파벳을 사용한다는 것이다. 그는 hubris, arete, eleutheria 같은 단어 외에는 그리스어 단어를 전혀 모르지만, 그리스어 필기체를 익히며 몇 시간을 보낸다. 보도니체처럼 보이도록 획을 꾹꾹 눌러쓴다.

그가 보기에 그리스어와 순수수학은 대학에서 공부할 수 있는 가장 고상한 과목이다. 그는 그리스어를 가르치는 교수들을 멀찍이서 존경한다. 그는 그들이 가르치는 과목을 수강할 수 없다. 파피루스 학자인 앤턴 파프, 소포클레스 번역자인 모리스 포프, 헤라클레이토스 주석자인 모리츠 힘스트라가 그들이다. 순수수학과 교수인 더글러스 시어스와 더불어, 그들은 한 차원 높은 영역에 산다.

최선을 다했음에도 그의 라틴어 학점은 결코 높지 않다. 매번 그를 좌절시키는 것은 로마사다. 로마사를 가르치는 교수는 창백한 얼굴에 불행해 보이는 젊은 영국인이다. 그 교수의 진짜 관심사는 「디게니스 아크리타스*」다. 라틴어를 필수로 수강하는 법학과 학생들은 교수의 약점을 간파하고 그를 괴롭힌다. 그들은 늦게 와서 일찍 나간다. 그들은 종이비행기를 접어 던진다. 그가 말할 때 큰 소리로 이야기를 한다. 그가 서투른 재담을 하면 발을 구르고 떠들썩하게 웃으며 끝없이 법석을 떤다.

사실대로 말하면 그도 법학과 학생들처럼 지루하다. 어쩌면 교수도 콤모두스** 통치 시기의 밀값 파동 어쩌고 하는 것에 지루해하고 있는지 모른다. 사실이 없으면 역사도 없다. 그런데 그는 사실에 밝았던 적이 결코 없다. 시험이 다가온다. 제국 말기에 어떤 사건이 어떤 이유로 발생했는지 서술하라는 문제가 나온다. 그는 텅 빈 종이를 비참하게 바라본다.

그들은 타키투스를 번역본으로 읽는다. 황제들의 범죄와 무절제가 건조하게 서술되어 있다. 이어지는 문장들이 혼란스러울 만큼 후다닥 넘어가는 것만이 아이러니를 암시할 뿐이다. 그가 시

---

* 비잔틴제국 시대에 쓰인 영웅서사시.

** 로마제국 제17대 황제(161~192).

인이 되려면, 개별지도 수업에서 번역하고 있는 사랑의 시인 카툴루스로부터 교훈을 얻어야 한다. 하지만 그의 마음을 진정 사로잡는 인물은 역사가 타키투스다. 그런데 그 사람이 구사하는 라틴어가 너무 어려워서 따라갈 수가 없다.

파운드의 충고에 따라 그는 플로베르*를 읽었다. 처음에는 『마담 보바리』를 읽고 그다음에는 고대 카르타고에 관한 소설 『살람보』를 읽었다. 그리고 빅토르 위고를 읽는 걸 단호하게 참았다. 파운드에 따르면 위고는 수다쟁이인 반면, 플로베르는 보석세공인의 기술만큼이나 어려운 시의 기법을 산문에 도입한다. 플로베르에게서 제일 먼저 헨리 제임스가 나오고, 이어서 콘래드**와 포드 매독스 포드가 나온다.

그는 플로베르가 좋다. 특히 에마 보바리가 좋다. 그녀의 검은 눈과 안주할 줄 모르는 관능, 자신을 기꺼이 내주려는 마음이 그를 사로잡는다. 그는 에마와 침대에 들고 싶다. 그녀가 옷을 벗을 때, 그 유명한 허리끈에서 뱀처럼 쉭쉭 소리가 나는 걸 듣고 싶다. 하지만 파운드가 인정해줄까? 에마를 만나고 싶어 안달하는 것이 플로베르를 좋아하는 이유로 충분한 것인지는 잘 모르

---

* 프랑스 소설가 귀스타브 플로베르(1821~1880).
** 영국 소설가 조지프 콘래드(1857~1924).

겠다. 그는 자신의 감성 속에 아직도 타락한 무언가, 키츠식의 무언가가 있다고 생각한다.

물론 에마 보바리는 허구적 창조물이다. 그가 거리에서 그녀를 만날 일은 없을 것이다. 하지만 에마는 무無에서 만들어진 창조물이 아니었다. 그녀는 작가의 실제 경험에서 나온 인물이었다. 예술이라는 변화의 불을 거친 경험에서 나온 것이었다. 에마의 원형이 하나 혹은 여러 개 있다면, 그것은 에마나 에마의 원형 같은 여자들이 현실세계에 존재한다는 의미다. 그리고 설령 그렇지 않다 해도, 현실세계에는 에마를 꼭 닮은 여자들이 없다고 해도, 『마담 보바리』를 읽고 너무나 깊이 감동받아 에마의 마력에 빠져 또 한 명의 그녀처럼 변화하는 많은 여자들이 있을 게 틀림없다. 그들은 진짜 에마가 아닐지 모르지만, 어떤 의미에서는 그녀의 살아 있는 화신이 된 것이다.

그의 소망은 해외로 가기 전에 읽을 가치가 있는 모든 걸 읽는 것이다. 촌놈인 채로 유럽에 도착하지 않기 위해서다. 그는 엘리엇과 파운드를 독서의 안내자로 삼는다. 그들의 권위 있는 말에 따라 스콧, 디킨스, 새커리, 트롤럽, 메러디스*가 있는 서가는 눈

* 차례로 월터 스콧(1771~1832), 찰스 디킨스(1812~70), 윌리엄 새커리 (1811~63), 앤서니 트롤럽(1815~82), 조지 메러디스(1828~1909). 모두 영국 소설가.

길 한 번 주지 않고 무시한다. 19세기 독일, 이탈리아, 스페인, 스칸디나비아반도에는 관심을 둘 만한 가치가 있는 게 전혀 없다. 러시아는 몇몇 흥미로운 거장들을 낳았을지 모르지만, 러시아인들이 예술가로서 가르쳐줄 것은 아무것도 없다. 18세기 이래 문명은 영국과 프랑스의 문제였다.

다른 한편으로, 결코 무시할 수 없는 먼 과거에 고도로 발달했던 문명들도 있었다. 중국의 당나라와 인도의 무굴, 스페인의 알모라비드*는 말할 것도 없고, 아테네와 로마뿐만 아니라 발터 폰 데어 포겔바이데의 독일, 아르노 다니엘의 프로방스, 단테와 귀도 카발칸티의 피렌체가 그것이다. 그래서 중국어와 페르시아어와 아랍어를 배우지 않으면, 혹은 적어도 주해서를 갖고도 그들의 고전을 읽지 못할 만큼 그 언어들을 잘 모른다면, 그도 야만인이 될지 모른다. 어디에서 시간을 빼야 할까?

처음에 그는 영문학 과목을 잘하지 못했다. 그의 문학 개별지도 강사는 젊은 웨일스인 존스 선생이었다. 존스 선생은 남아프리카에 처음 온 사람이었다. 그리고 그것이 제대로 된 첫 직업이었다. 라틴어처럼 영문학이 필수과목이라서 그 수업을 신청한

---

*1056~1147년에 걸쳐 스페인과 북아프리카 지역을 통치하던 이슬람 왕조.

법학과 학생들은 즉시 그의 불안정한 처지를 알아차렸고, 때때로 그가 눈에 띄게 필사적이 될 때까지 그의 얼굴에 대고 하품을 하고 바보 행세를 하고 말투를 흉내냈다.

첫번째 개별지도 과제는 앤드루 마벌의 시를 비판적으로 분석하는 글을 쓰는 것이었다. 비판적 분석이 정확히 무슨 의미인지 알 수 없었지만, 그는 최선을 다했다. 존스 선생은 그에게 감마를 줬다. 감마가 가장 낮은 점수는 아니었다. 여러 등급의 델타는 말할 것도 없고 감마 마이너스도 있었다. 하지만 좋은 점수도 아니었다. 법학과 학생들을 포함한 많은 학생들은 베타를 받았다. 알파 마이너스를 받은 사람도 하나 있었다. 그의 동료 학생들은 시에 무관심할지 몰라도, 그가 알지 못하는 무언가를 알고 있었다. 그런데 그게 뭐지? 어떻게 하면 영문학을 잘할까?

존스, 브라이언트, 윌킨슨. 이 강사들 모두가 젊은 사람들이었다. 그들은 무력해 보였다. 법학과 학생들이 결국 지쳐서 누그러질 것이라는 희망 아닌 희망을 품으며 무력한 침묵 속에서 박해를 견디고 있는 듯했다. 그는 그들의 고난에 아무 동정심도 느끼지 않았다. 그가 선생들에게 원했던 것은 취약함을 드러낸 모습이 아니라 권위였다.

존스 선생의 수업을 들은 후로 삼 년 동안, 그의 영문학 학점은 서서히 올라갔다. 하지만 반에서 일등을 해본 적이 없었다.

어떤 의미에서 보면 문학 공부가 어떤 것이어야 하는지 확신하지 못해 늘 허우적거렸다. 문학비평과 비교하면, 영어학 공부는 위안이 되었다. 적어도 고대영어의 동사변화나 중세영어의 소리 변화와 관련해서는 확실히 알고 있었으니까.

4학년이 되자, 그는 가이 하워스 교수가 초기 영국 산문작가들에 관해 가르치는 강의에 등록했다. 그런데 그가 유일한 학생이다. 하워스 교수는 건조하고 현학적인 것으로 유명하지만 그는 개의치 않는다. 학자인 체하는 이들에게 반감은 없다. 과시적인 사람들보다는 좋다.

그들은 하워스의 연구실에서 일주일에 한 번씩 만난다. 하워스가 큰 소리로 강의 원고를 읽고 그는 받아 적는다. 그렇게 몇 번 만나고 나자, 하워스는 그에게 강의 원고를 주며 집에 가서 읽으라고 한다.

누리끼리하고 바짝 마른 종이에 희미한 잉크로 타이핑된 강의 원고들이 캐비닛에서 나온다. 캐비닛에는 오스틴에서 예이츠*까지 모든 영어권 작가들에 관한 파일이 있는 것 같다. 영문학 교수가 되려면 이렇게 해야 되는 걸까? 고전적인 작가들을 읽고 각 작가에 대한 강의 원고를 작성해야 하는 걸까? 그렇게 하는 데

---

* 차례로 제인 오스틴(1775~1817), 윌리엄 버틀러 예이츠(1865~1939).

인생에 몇 년을 써야 할까? 그것이 그 사람의 마음에는 어떤 영향을 미칠까?

오스트레일리아 사람인 하워스는 그를 좋아하는 것 같다. 그는 그 이유를 알 수 없다. 그의 입장에서는 하워스를 좋아한다고 말할 수 없지만, 남아프리카 학생들이 개스코인이나 릴리*나 셰익스피어에 대한 자신의 견해가 어떤지 조금이라도 신경쓴다고 착각하는 하워스의 어수룩함을 보호해주고 싶다는 생각은 든다.

학기 마지막 날, 마지막 수업을 한 후 하워스가 그를 초대한다. "내일 저녁에 우리집에서 한잔하세."

그는 그러겠다고 하지만 가슴이 철렁한다. 엘리자베스시대의 산문작가들에 관해 의견을 주고받는 것 외에는 하워스와 할 이야기가 아무것도 없다. 게다가 그는 술을 좋아하지 않는다. 심지어 와인도 그에게는 첫 모금부터 시큼한 맛, 아니 시큼하고 무겁고 불쾌한 맛이 난다. 사람들이 왜 그걸 좋아하는 척하는지 이해할 수 없다.

하워스의 집은 가든 지역에 있다. 그들은 천장이 높고 어둑한 거실에 앉아 있다. 그가 초대받은 유일한 사람인 것 같다. 하워

---

* 차례로 조지 개스코인(1525~77), 존 릴리(1554~1605). 모두 영국 극작가 겸 소설가.

스는 오스트레일리아 시인들인 케네스 슬레서와 A. D. 호프에 대해 이야기한다. 하워스 부인이 빠르게 들어왔다가 나간다. 그는 그녀가 자신을 좋아하지 않는다는 느낌을 받는다. 그가 점잔이나 빼며 주아 드 비브르[*]도 없고 재치 있는 말솜씨도 없는 사람이라는 걸 알아차린 것이다. 릴리언 하워스는 하워스 교수의 두 번째 부인이다. 젊었을 때는 틀림없이 미인이었을 것이다. 하지만 지금은 그저 작고 땅딸막한 몸에 다리는 가녀리고 얼굴에는 분을 잔뜩 바른 여자일 뿐이다. 소문에 의하면 그녀는 술을 마시면 당혹스러운 장면을 연출하는 주정뱅이라고 한다.

그를 초대한 목적이 드러난다. 하워스 부부는 육 개월 동안 해외로 나갈 예정이다. 그에게 들어와 살면서 집을 돌볼 수 있겠느냐고 제안한다. 집세나 아무 비용도 낼 필요 없고 할일도 거의 없을 거란다.

그는 그 자리에서 수락한다. 단지 자신이 둔하고 믿을 만하다는 이유만으로 그런다고 해도, 그런 부탁을 받는다는 사실에 우쭐한다. 게다가 모브레이에 있는 아파트에서 나오게 되면 영국행 여객선 티켓값을 더 빨리 모을 수 있을 것이다. 복도는 어둡고 사용하지 않는 방들에서는 곰팡내가 나고 산의 아래쪽 경사

---

[*] 프랑스어로 '삶의 환희'라는 의미.

면에 지어진 거대하고 산만한 집이지만 나름 매력이 있다.

한 가지 함정이 있다. 처음 한 달은 하워스의 손님과 집을 같이 써야 한다고 한다. 뉴질랜드에서 온 여자와 그녀의 세 살짜리 딸이 그 손님이다.

뉴질랜드에서 온 여자도 술꾼이라는 게 드러난다. 그가 들어온 직후, 그녀는 한밤중에 그의 방에 들어와 침대로 파고든다. 그녀는 그를 껴안고 밀어붙이며 뜨거운 키스를 퍼붓는다. 그는 어떻게 해야 할지 모른다. 그는 그녀를 좋아하지 않고 원하지도 않는다. 그의 입술을 찾는 그녀의 벌어진 입술이 혐오스럽다. 처음에는 차가운 전율이 그의 몸을 훑더니 돌연한 공포감이 밀려온다. 그가 소리친다. "안 돼요! 나가요!" 그는 공처럼 몸을 웅크린다.

그녀가 비틀거리며 침대에서 기어나간다. "개자식!" 그녀가 씩씩거리며 방을 나선다.

그들은 서로를 피하고, 마루가 삐걱거리는 소리를 듣고, 만나도 눈길을 외면하면서 월말까지 집을 같이 쓴다. 그들은 스스로를 우습게 만들었다. 적어도 그녀는 무모하기 짝이 없는 바보였다. 그건 용서할 수 있다. 하지만 그는 얌전한 척하는 얼간이였다.

그는 평생 술에 취해본 적이 없다. 그는 술에 취하는 걸 혐오한다. 파티에 가면 일찍 자리를 뜬다. 술을 너무 많이 마신 사람들이 더듬거리며 횡설수설하는 소리를 듣지 않기 위해서다. 그는 음주운전을 하는 사람들의 형기를 반으로 줄일 게 아니라 두 배로 늘려야 한다고 생각한다. 하지만 남아프리카에서는 술에 취해 저지른 모든 무절제한 행위에 대해 관대한 경향이 있다. 술에 취하면 농부는 일꾼을 죽을 만큼 팰 수도 있다. 못생긴 남자는 여자에게 강제로 몸을 들이밀 수 있고, 못생긴 여자는 남자에게 치근댈 수 있다. 저항하면 술의 규칙을 지키지 않는 것이다.

그는 헨리 밀러를 읽었다. 술에 취한 여자가 헨리 밀러와 침대로 갔다면 틀림없이 섹스와 음주가 밤새도록 계속되었을 것이다. 헨리 밀러가 단순히 무절제한 성욕을 가진 괴물 사티로스라면 신경쓰지 않아도 된다. 하지만 헨리 밀러는 예술가다. 그의 과도한 이야기는 거짓말로 가득할지 몰라도 예술가의 삶에서 나온 이야기다. 헨리 밀러는 예술가들과 그들을 사랑했던 여자들의 도시, 1930년대의 파리에 관해 쓴다. 만약 당시에 헨리 밀러한테 몸을 던진 여자들이라면, 무타티스 무탄디스*, 파블로 피카소는 말할 것도 없고 에즈라 파운드, 포드 매독스 포드, 어니스트 헤밍웨이, 그리고 그 당시 파리에 살았던 다른 위대한 예술가들한테도 몸을 던졌을 게 틀림없다. 파리나 런던에 가게 되면 그는

---

* 라틴어로 '필요에 따라'라는 의미.

뭘 할까? 그때도 계속 술의 규칙을 지키지 않겠다고 고집할까?

그는 술에 취하는 것 외에도, 못생긴 얼굴을 혐오한다. 비용*의 「유언」을 읽을 때면 쭈글쭈글하고 씻지도 않고 입이 거친 벨 오미에르**가 얼마나 못생겼는지밖에 생각할 수 없다. 예술가가 되려면 닥치는 대로 여자들을 사랑해야 할까? 예술가의 삶이란, 삶이라는 이름으로 누구하고나, 모든 사람과 잠자리를 같이하는 것을 포함하는 걸까? 섹스에 대해 까다로우면 삶을 거부하는 걸까?

또하나의 의문. 뉴질랜드에서 온 마리는 무슨 근거로 그가 섹스를 할 만한 상대라고 생각했을까? 단지 그가 거기에 있었기 때문일까? 아니면 하워스로부터 그가 시인 혹은 미래의 시인이라는 말을 들었기 때문일까? 여자들이 예술가들을 사랑하는 이유는 그들의 내부에 불길이 타고 있기 때문이다. 그 불길은 닿는 것은 무엇이든 다 태워버리지만 역설적이게도 그것을 다시 부활시킨다. 마리가 그의 침대로 들어왔을 때, 그녀는 어쩌면 넘실거리는 예술의 불길과 말로 표현할 수 없는 황홀경을 느낄 수 있다고 생각했을지 모른다. 그러나 그녀는 공황 상태가 된 애송이한테 거부당하고 말았다. 분명히 그녀는 어떤 식으로든 복수하려

---

* 프랑스 시인(1431~?).

** 프랑스어로 '투구제조업자의 아내'라는 의미.

할 것이다. 분명히 하워스 부부에게 보내는 다음 편지에서 그가 멍청해 보일 사건들을 꾸며낼 것이다.

못생겼다는 이유로 여자를 비난하는 것이 도덕적으로 야비하다는 것은 그도 알고 있다. 하지만 다행스럽게도 예술가가 도덕적으로 훌륭한 사람일 필요는 없다. 중요한 건 그들이 위대한 예술을 창조한다는 사실이다. 그의 예술이 그의 더 경멸스러운 면에서 태어난다면, 그렇게 되도록 놔두자. 셰익스피어가 끊임없이 하는 말처럼, 꽃은 퇴빗더미에서 가장 잘 자란다. 자신이 단도직입적이고, 몸매나 몸집에 상관없이 아무 여자하고나 섹스할 준비가 되어 있는 사람이라고 말하는 헨리 밀러조차. 어쩌면 어두운 면을 갖고 있고 그걸 신중하게 숨기고 있을지도 모른다.

정상적인 사람들은 나쁘기 어렵다. 정상적인 사람들은 속에서 나쁜 것이 타오르면, 술을 마시고 욕을 하고 폭력을 저지른다. 나쁜 것은 그들에게 열기와 같다. 그들은 그걸 자기 몸에서 몰아내 정상으로 돌아가려 한다. 하지만 예술가들은 그 열기의 본질이 좋든 싫든, 그것과 함께 살아야 한다. 그 열기가 그들을 예술가로 만들어준다. 열기가 계속 살아 있게 해야 한다. 바로 그래서 예술가들이 완전히 현실적일 수 없는 것이다. 한쪽 눈은 늘 내면을 향해야 한다. 예술가들에게 몰려드는 여자들을 전적으로 신뢰할 수는 없다. 예술가의 정신이 불길과 열기인 것처럼, 그 불길의 혀로 자신을 핥아주기를 바라는 여자는 동시에 그 불을 끄고 예술가를 평범한 땅으로 끌어내리기 위해 최선을 다할 것이기 때문이다. 따라서 예술가는 여자를 사랑할 때조차 저항해야 한다. 불길을 꺼버릴 만큼 가까이 오게 해서는 안 된다.

4

완벽한 세계에서 그는 완벽한 여자들하고만 잠을 잘 것이다. 완벽한 여성성을 갖췄지만 더 어두운 그의 자아에 반응할 모종의 어둠을 중심에 가진 여자들 말이다. 그러나 그는 그런 여자들을 알지 못한다. 재클린의 중심에서는 아무런 어둠도 찾아낼 수 없었는데, 그녀는 아무 예고도 없이 더이상 그를 찾아오지 않았다. 그는 그 이유를 알려고 하지 않을 만큼의 분별은 있다. 그래서 이제 다른 여자들로 대신해야 한다. 사실 그들은 아직 여자도 아니고 확실한 중심도 전혀 없고, 혹은 아무것도 없는 여자들이다. 그 여자들이 남자와 마지못해서 잠을 자는 이유는 설득을 당해서거나, 친구들은 그걸 하고 있는데 뒤처지고 싶지 않거나, 때로는 그것이 남자친구를 붙드는 유일한 방법이기 때문이다.

그는 그 여자들 중 하나를 임신시킨다. 그녀가 전화로 그 사실을 알리자, 그는 깜짝 놀라서 쩔쩔맨다. 어떻게 그가 누군가를 임신시킬 수 있을까? 어떤 의미에서는 어떻게 해서 그렇게 된 건지 정확히 안다. 서두르고 당황해서 생긴 사고다. 그가 읽는 소설에는 결코 나오지 않는 종류의 혼란에서 기인한 사고다. 하지만 동시에 그는 그 사실을 믿을 수 없다. 그는 속으로 자신이 여덟 살 이상은 아닌 것 같다고 느낀다. 많아야 열 살 정도밖에 안 된 것 같다. 어떻게 어린아이가 아버지가 될 수 있을까?

어쩌면 사실이 아닐 거야. 그는 속으로 이렇게 생각한다. 어쩌면 떨어졌다고 확신하지만 결과가 나오면 결국 그다지 못 본 건 아닌 걸로 드러나는 시험 같은 것일지도 몰라.

하지만 그런 식으로 흘러가지 않는다. 다시 전화가 걸려온다. 여자가 사무적인 어조로 병원에 다녀왔다고 알려준다. 그녀는 그가 그 말을 받아들이고 입을 뗄 정도로 아주 잠깐 뜸을 들인다. "내가 지켜줄게." 그는 이렇게 말할 수 있을 것이다. "모든 걸 나한테 맡겨." 하지만 '그녀를 지켜주겠다'는 생각이 실제로는 그를 불길한 예감으로 채우고 전화기를 내려놓고 도망가고 싶은 마음만 들게 할 텐데, 어떻게 그녀를 지켜주겠다는 말을 할 수 있을까?

뜸들이기가 끝난다. 그녀가 그 문제를 해결해줄 사람의 이름을 알고 있다고 말한다. 다음날로 약속을 잡아놓았다고 한다. 그녀가 그에게 약속 장소로 자기를 태워다주고, 끝난 다음에 다시 태워 올 수 있겠느냐고 묻는다. 그 일이 끝나고 나면 운전할 상태가 아닐 거라는 말을 들었다고 한다.

　그녀의 이름은 세라다. 그녀의 친구들은 샐리라고 부르는데, 그는 그 이름이 마음에 들지 않는다. 그 이름은 그에게 "샐리 가든으로 와요"라는 시구를 떠올리게 한다. 도대체 샐리 가든이 뭐지? 그녀는 요하네스버그 출신이다. 사람들이 말을 타고 다니면서 서로에게 "아주 좋아요!"라고 외치며 일요일을 보내고, 흰 장갑을 낀 흑인 남자 하인들이 그들에게 마실 것을 가져다주는 요하네스버그 근교 말이다. 세라는 어렸을 때 말을 타다가 떨어져 다쳐도 울지 않았다고 한다. 그래서 듬직한 사람이 되었단다. "샐은 진짜 듬직한 사람이야." 그는 그녀의 요하네스버그 친구들이 그렇게 말하는 걸 상상할 수 있다. 그녀는 아름답지 않다. 그러기에는 너무 골격이 단단하고 얼굴이 상큼하다. 그러나 그녀는 철두철미 건강하다. 또한 그녀는 가장하지 않는다. 재앙이 닥쳤지만 아무 일도 없었던 척 방안에 틀어박혀 있지 않는다. 오히려 필요한 것, 즉 케이프타운에서 낙태를 할 방도를 찾아내 필요한 준비를 마쳤다. 사실 그녀는 그를 부끄럽게 만들었다.

　그들은 그녀의 조그만 차를 타고 우드스톡으로 가서 비슷비슷하게 생긴 작고 반쯤 분리된 집들이 늘어선 곳 앞에서 멈춘다.

그녀가 차에서 내려 그중 하나의 문을 두드린다. 그는 누가 문을 여는지 보지 않지만, 낙태를 해주는 사람일 게 분명하다. 그는 낙태를 해주는 사람들이 전부 염색 머리에 화장을 덕지덕지 하고 손톱은 그다지 깨끗하지 않은 뚱뚱하고 추레한 여자일 거라고 상상한다. 그들은 여자에게 아무것도 타지 않은 진을 한 잔 준 뒤 눕혀서 그녀의 몸안에 철사를 집어넣고, 걸고, 잡아당기는 걸 포함한, 말로 표현할 수 없는 어떤 섬세한 행위를 한다. 그는 차 안에 앉아 몸을 부르르 떤다. 정원에는 수국이 피어 있고 석고상이 있는 평범한 집에서 그런 끔찍한 일들이 진행될 거라고 누가 짐작하랴!

반시간이 지난다. 그는 점점 더 불안해진다. 그는 자신에게 요구되는 일을 할 수 있을까?

그때, 세라가 나오고 그녀의 등뒤로 문이 닫힌다. 천천히, 집중력을 발휘하여, 그녀가 차를 향해 걸어온다. 그녀가 더 가까이 오자, 그는 그녀의 창백하고 땀을 흘리는 얼굴을 본다. 그녀는 아무 말도 하지 않는다.

그는 그녀를 하워스 교수의 저택으로 데려가 테이블 베이와 항구가 내려다보이는 침실에 눕힌다. 그가 차와 수프를 가져다주지만 그녀는 아무것도 원하지 않는다. 그녀는 여행가방을 가져왔다. 수건도 가져오고 시트도 가져왔다. 그녀는 모든 걸 준비해놓았다. 그는 옆에 있으면서 무언가 잘못될 경우만 대비하면 된다. 별로 기대하는 게 없는 것이다.

그녀가 따뜻한 수건을 달라고 한다. 그는 수건을 전기오븐에 넣는다. 타는 냄새가 난다. 그가 위층으로 가져올 때쯤, 그 수건은 도저히 따뜻하다고는 할 수 없는 상태다. 하지만 그녀는 그걸 배에 대고 눈을 감는다. 그걸로 고통이 덜어지는 모양이다.

몇 시간마다 그녀는 여자가 준 알약을 먹고 물을 여러 컵 마신다. 그리고 나머지 시간은 고통을 견디며 눈을 감고 누워 있다. 그녀는 그의 비위가 약하다는 것을 알아채고 자기 몸속에서 일어나는 일의 증거들, 즉 피 묻은 패드 같은 것들이 그의 눈에 보이지 않도록 한다.

"몸은 어때?" 그가 묻는다.

"괜찮아." 그녀가 속삭인다.

그녀가 더이상 괜찮지 않으면 그가 어떻게 할 것인가? 그는 아무 생각이 없다. 낙태는 불법이다. 하지만 얼마나 불법일까? 그가 의사를 불러오면, 의사는 그들을 경찰에 신고할까?

그는 침대 옆 매트리스에서 잠을 잔다. 간호사로서 그는 쓸모가 없다. 아니, 쓸모없는 것보다도 못하다. 그가 하는 건 사실 간호라고 할 수도 없다. 참회일 뿐이다. 어리석고 허망한 참회.

사흘째 되는 날 아침, 그녀가 아래층 서재 문 앞에 나타난다.

얼굴은 창백하고 서 있는 자세가 불안정하지만 옷을 전부 차려입은 모습이다. 그녀는 집에 갈 준비가 되었다고 말한다.

그는 여행가방, 피 묻은 수건과 시트가 들어 있을 빨래 주머니와 함께 차로 그녀를 숙소까지 데려다준다. "내가 잠시 같이 있어줄까?" 그가 묻는다. 그녀가 고개를 젓는다. "괜찮을 거야." 그는 그녀의 볼에 입을 맞추고 걸어서 집으로 간다.

그녀는 아무 비난도 하지 않았고 아무 요구도 하지 않았다. 낙태 비용까지 자기가 냈다. 사실 그녀는 그에게 어떻게 행동해야 하는가에 대한 교훈을 가르쳐줬다. 그는 자신이 수치스러워졌음을 부인할 수 없다. 그가 그녀에게 준 도움은 비겁했고, 심지어 무능하기까지 했다. 그녀가 아무에게도 그 이야기를 하지 않았으면 좋겠다.

생각이 계속 그녀의 안에서 파괴된 것으로 향한다. 누에고치 같은 살, 말랑말랑한 인체. 그는 그 작은 존재가 우드스톡에 있는 집 화장실 변기 속으로 들어가고, 미로 같은 하수구로 굴러떨어졌다가, 결국 모래톱으로 던져지고, 갑작스러운 햇볕에 눈을 깜빡거리면서 만(灣)으로 자신을 떠밀어내려고 하는 파도에 몸부림치는 모습을 상상한다. 그는 그것이 사는 걸 원치 않았다. 그런데 지금은 그것이 죽는 걸 원치 않는다. 하지만 그가 해변으로 달려가 그걸 찾아내 바다로 떠내려가지 않도록 구해준다고 해도, 그걸 갖고 어쩔 것인가? 집으로 데려와 면으로 감싸 몸을 따뜻하게 해주고 키울까? 아직도 아이인 자신이 어떻게 아이를 키울 수 있단 말인가?

그의 능력 밖이다. 그 역시 세상에 막 나온 상태다. 그런데 벌써 하나의 죽음이 그에게 기록되었다. 그가 거리에서 보는 남자들 중 얼마나 많은 남자들이 갓난애의 신발을 목에 걸듯 죽은 아이들을 데리고 다니는 걸까?

세라를 다시 보지 않았으면 좋겠다. 혼자 있을 수 있으면 그는 원래의 자신을 되찾고 자기 모습으로 돌아갈 수 있을지 모른다. 하지만 지금 그녀를 버리는 것은 너무 수치스러운 일일 것이다. 그래서 그는 매일 그녀의 방에 들러 적당한 시간 동안 그녀의 손을 잡고 앉아 있는다. 그가 아무 말도 하지 않는 이유는 그녀에게, 그녀의 내부에 무슨 일이 일어나고 있는지 물어볼 용기가 없어서다. 그는 속으로 궁금해한다. 지금 그녀는 회복중인 걸까? 아니면 그것은 절단 수술과 같아서 결코 회복될 수 없는 걸까? 낙태와 유산과 책에서 말하는 아이를 잃는 것 사이에는 무슨 차이가 있는 걸까? 책에서는, 아이를 잃은 여자는 세상으로부터 자신을 차단시키고 애도에 들어간다고 한다. 세라는 앞으로 애도의 시기에 접어들게 될까? 그는 어떨까? 그도 애도를 하게 될까? 애도를 하게 되면, 얼마나 오래하는 걸까? 애도에는 끝이 있을까? 애도를 끝낸 다음에도 사람은 전과 똑같을까? 아니면 배 밖으로 떨어져도 아무도 몰라줬던 어린 객실 급사처럼, 우드스톡에서 파도에 쓸려 몸을 깐닥이는 작은 것을 영원히 애도하게 되는 걸까? 흑, 흑! 하고 흐느껴 우는, 가라앉지도 않고 가만히 있지도 않을 객실 급사처럼.

그는 돈을 더 벌기 위해 오후에 수학과에서 또다른 개별지도를 맡게 된다. 그의 지도를 받는 신입생들은 순수수학뿐 아니라 응용수학에 관한 질문도 자유롭게 할 수 있게 되어 있다. 그도 응용수학 강의를 일 년밖에 이수하지 않았기 때문에 그가 도와줘야 하는 학생들보다 별로 나을 게 없다. 그래서 그는 매주 몇 시간씩 준비를 해야 한다.

개인적인 일들로 걱정이 많은 그의 눈에도 나라가 혼란에 빠져 있다는 것이 보인다. 아프리카인을 대상으로, 아프리카인만을 대상으로 하는 통행법이 훨씬 더 엄격해지고 있다. 도처에서 시위가 벌어진다. 트란스발에서는 경찰이 군중을 향해 발포한다. 달아나는 남자들과 여자들과 아이들의 등을 향해 계속해서 미친듯이 총을 발사한다. 처음부터 끝까지 모든 게 혐오스러워진다. 법 자체도 그렇고, 깡패 경찰, 살인자들은 요란스럽게 두둔하면서 죽은 사람들은 비난하는 정부, 너무 두려워서 머리에 눈이 달린 사람이라면 누구나 볼 수 있는 것도 나서서 말하지 못하는 언론도 그렇다.

샤프빌 학살*이 있은 후로 아무것도 전과 같지 않다. 평온한 케이프에서조차 파업과 시위가 잇따른다. 시위가 있을 때마다, 총을 든 경찰들이 발포할 구실을 찾으며 주변을 서성인다.

어느 날 오후 그가 개별지도를 하고 있을 때, 그 모든 것이 정점에 다다른다. 개별지도 강의실은 조용하다. 그는 책상마다 돌아다니며 학생들이 주어진 연습문제를 어떻게 푸는지 점검하고 어려움을 겪는 학생들을 도와주려고 한다. 그런데 갑자기 문이 활짝 열린다. 교수 중 하나가 들어오더니 책상을 두드리며 큰 소리로 말한다. "여러분 주목해주세요!" 그의 목소리는 갈라지고 얼굴은 붉어져 있다. "연필을 놓고 내 말 들으세요! 지금 이 순간, 드발 드라이브에서 노동자들의 시위가 벌어지고 있어요. 나는 안전상의 이유로 통보가 있을 때까지 여러분이 캠퍼스를 떠나면 안 된다는 메시지를 전달하러 온 거예요. 다시 반복하는데, 아무도 나갈 수 없어요. 경찰의 명령이에요. 질문 있나요?"

적어도 한 가지는 묻고 싶다. 하지만 그 질문을 하기에 적절한

---

* 1960년 남아프리카 샤프빌에서 인종차별정책 폐지, 민주화를 외치는 학생들과 흑인들에게 경찰이 무차별 발포한 사건.

때가 아니다. 질문은 이것이다. 수학 개별지도도 평화롭게 진행할 수 없다면, 도대체 이 나라는 어떻게 되어가고 있는 것인가? 경찰의 명령 어쩌고 하는데, 그는 경찰이 캠퍼스를 봉쇄하는 게 학생들을 위해서라는 걸 잠시도 믿을 수 없다. 그들이 캠퍼스를 봉쇄한 것은 악명 높은 좌파의 온상인 이 학교 학생들이 시위에 동참하지 못하도록 하기 위해서다, 그게 전부다.

수학 개별지도를 계속 이어갈 가망은 없다. 강의실은 이야깃소리로 가득하다. 학생들은 무슨 일이 벌어지고 있는지 보기 위해 벌써 가방을 싸서 교실을 떠나고 있다.

그는 군중을 따라 드발 드라이브 너머 둑까지 간다. 차들은 모두 멈춰 서 있다. 시위자들은 열 명, 스무 명씩 나란히 열을 지어 구불구불한 울색 로드를 올라간 뒤 북쪽으로 방향을 바꿔 자동차도로로 진입한다. 그들은 대부분 작업복과 불용군수품 외투를 우중충하게 입고 모직 모자를 쓴 남자들이다. 일부는 몽둥이를 들고 있다. 모두가 빠르고 조용하게 걷는다. 행렬이 끝도 없다. 그가 경찰이라면 무서울 것 같다.

"PAC*래요." 근처에 있던 혼혈인 학생이 말한다. 그의 눈이 반

---

* Pan-Africanist Congress, 범아프리카회의. 1959년에 결성된 남아프리카 흑인 해방 조직.

짝인다. 골똘한 눈길이다. 그의 말이 맞을까? 그걸 어떻게 알지? 알아볼 수 있는 무슨 신호라도 있는 걸까? PAC는 ANC*와 다르다. 더 불길하다. PAC는 말한다. 아프리카인을 위한 아프리카! 백인을 바다로 몰아내자!

수많은 남자들이 언덕을 줄지어 구불구불 올라가고 있다. 군대처럼 보이지는 않지만, 실제로는 군대다. 케이프 플래츠의 황무지에서 갑자기 소집된 군대다. 도시에 도착하면 그들은 뭘 할까? 그게 무엇이든, 그들을 제지하기에 충분한 경찰이 이 나라에는 없다. 그들을 죽이기에 충분한 총알도 없다.

열두 살 때 그는 다른 학생들과 함께 버스를 타고 애덜리 스트리트에 간 적이 있다. 그곳에 가자 오렌지색과 흰색과 청색의 종이 깃발을 나눠주면서 행렬(얀 반 리베이크**와 수수한 농민 드레스를 입은 그의 아내, 구식 소총을 든 푸어르트레커르***들, 풍채 좋은 폴 크루거****)이 지나가면 흔들라고 했다. 정치인들은 아프리

---

* African National Congress, 아프리카민족회의. 1912년에 결성된 남아프리카 흑인 해방 조직.

** 네덜란드 동인도회사 출신으로 케이프 식민지 최초의 지도자가 되었다. 남아프리카 네덜란드계 백인 아프리카너(보어인)의 시조.

*** 1830~40년대 그레이트 트렉 시기에 케이프 식민지에서 북방 내륙으로 대거 이주를 감행한 보어인. 아프리칸스어로 '개척자'라는 의미.

**** 남아프리카공화국 건국 전 백인들이 세운 나라인 트란스발공화국의 대통령

카 남단에 삼백 년의 역사, 삼백 년의 기독교 문명을 이룩한 것에 대해 하느님께 감사를 드리자고 연설했다. 그런데 지금, 그의 눈앞에서 하느님이 인자한 손을 거둬들이고 있다. 산그늘 아래에서 그는 역사가 해체되는 것을 바라보고 있다.

한 시간 전만 해도 벡터의 각을 계산하고 토목기사로서의 삶을 꿈꾸느라 바빴을, 말쑥하게 차려입은 론데보스남자고등학교와 교구학교 출신 학생들 사이에 깃든 침묵 속에서 그는 똑같은 실망의 충격을 느낄 수 있다. 그들은 이런 험상스러운 군중이 아니라, 정원 보이들의 행렬을 보고 킬킬거리며 즐기는 것을 기대했다. 그들의 오후는 엉망이 되었다. 그들은 집에 가서 코카콜라를 마시고 샌드위치를 먹으며 오늘 있었던 일을 잊고 싶다.

그는 어떤가? 그도 다르지 않다. 내일도 여전히 배가 출항할까? 그는 이런 생각을 한다. 너무 늦기 전에 떠나야겠다!

다음날, 모든 것이 끝나고 시위자들이 집에 돌아갔을 때, 신문에 시위에 관한 기사가 실린다. 신문들은 그걸 울분의 표출이라고 보도한다. 그들은 샤프빌 사건의 여파로 전국에서 일어난 수많은 시위 중 하나가 이번에는 경찰의 분별 있는 대처와 시위 지도자들의 협

(1825~1904)으로, 보어전쟁(보어인과 영국인 사이에서 벌어진 전쟁)에서 영국에 대항한 것으로 명성이 높다.

조로 진정되었다고 보도한다. 또한 정부는 정신을 바짝 차리고 주의해야 할 것이라고 말한다. 그들은 그 일을 실제보다 시시한 것으로 만들어버림으로써 그것의 기세를 꺾어버린다. 그는 속지 않는다. 휘파람만 아주 살짝 불어도 케이프 플래츠의 판잣집들과 엉성한 건물들에서 똑같은 사람들이 전보다 더 강력하게, 더 많은 수로 뛰쳐나올 것이다. 또한 중국제 총으로 무장까지 하고 있을 것이다. 자기가 지지하는 것을 믿지 못한다면, 그들에게 대항하는 것에 무슨 희망이 있을까?

국방 문제가 있다. 그가 학교를 졸업할 당시, 그들은 백인 남학생 세 명 중 한 명씩을 징집해 군사훈련을 시켰다. 그는 운이 좋아 뽑히지 않았다. 그런데 지금은 모든 것이 변하고 있다. 새로운 규칙들이 생겼다. 그의 우편함에 징집통지서가 날아오는 것은 시간문제다. 모일 오전 아홉시까지 병무청에 출석할 것. 세면도구만 지참할 것. 그는 트란스발 어딘가에 있다는 푸어르트레커르후흐테 훈련소에 대한 이야기를 가장 많이 듣는다. 그들은 케이프의 징집병들을 집에서 멀리 떨어진 그곳으로 보내 길들인다. 일주일 후면 그도 푸어르트레커르후흐테의 철조망 안에서 흉악하게 생긴 아프리카너들과 텐트를 같이 쓰고 소고기 통조림을 먹고 스프링복 라디오에서 흘러나오는 조니 레이의 노래를 듣고 있을지도 모른다. 그는 견뎌내지 못할 것이다. 팔목을 칼로 그어버릴 것이다. 길은 하나뿐이다. 도망가는 것이다. 하지만 학위를 받지 않고 어떻게 도망갈 수 있는가? 그것은 긴 여행, 인생의 여행을 옷도 없고 돈도 없고 무기도(이런 비교를 하려니 더 망설여진다) 없이 떠나는 것과 마찬가지일 것이다.

5

늦은 시간이다. 자정이 지났다. 그는 벨사이즈 파크에 있는 친구 폴의 원룸 소파 위, 남아프리카에서 산 빛바랜 청색 슬리핑백 속에 누워 있다. 반대편에 놓인 침대에서 폴이 코를 골기 시작한다. 커튼 사이로 보라색이 섞인 황동색 밤하늘이 빛난다. 쿠션으로 덮었음에도 여전히 발이 시리다. 상관없다. 그는 런던에 와 있다.

이 세계에는 가장 격렬한 삶을 살 수 있는 두세 곳이 있다. 런던, 파리, 어쩌면 빈이 그런 곳이다. 사랑의 도시이자 예술의 도시인 파리가 첫번째다. 하지만 파리에 살기 위해서는 프랑스어를 가르쳐주는 상류층 학교에 다녔어야 했다. 빈은 논리적 실증주의, 12음계 음악, 정신분석이라는 자신들의 생득권을 되찾기 위해 돌아오는 유대인을 위한 곳이다. 그러고 나면 남아프리카인에게는 서류도 요구하지 않는데다가 영어를 쓰는 런던이 남는다. 런던은 무표정하고 미로 같고 차갑지만, 가까이하기 어려운 그 벽 뒤에서는 남자들과 여자들이 책을 쓰고 그림을 그리고 음악을 작곡하고 있다. 거리에서 매일 지나쳐도 그들의 비밀을 짐작할 수 없다. 영국인의 유명하고 존경스러운 신중함 탓이다.

그는 방 하나에 가스스토브와 찬물만 나오는 싱크대가 있는 원룸을 폴과 나눠 쓴다(위층에 있는 욕실과 화장실은 집 전체가 같이 쓴다). 그는 폴에게 매주 2파운드를 낸다. 남아프리카에서 가져온 저금을 모두 합하면 84파운드쯤이다. 그는 곧장 일자리를 구해야 한다.

그는 런던 카운티 청사에 가서, 통지만 해주면 바로 빈자리를 채울 수 있는 대체 교사 명단에 이름을 올려둔다. 그리고 런던 지하철 노던 라인 끝의 바넷에 있는 근대식 중학교에 가서 면접을 보게 된다. 그는 수학과 영어 학위를 갖고 있다. 교장은 그가 사회 과목뿐만 아니라 일주일에 두 번 오후에 수영 감독까지 맡아주기를 바란다.

"하지만 저는 수영을 할 줄 모릅니다." 그가 이의를 제기한다.

"그러면 배워야 하지 않을까요?" 교장이 말한다.

그는 옆구리에 사회 교과서를 끼고 학교를 나선다. 주말 동안 첫 수업을 준비해야 한다. 역에 도착할 때쯤, 그는 그 일을 하겠다고 한 자신이 원망스럽다. 하지만 다시 돌아가서 마음이 바뀌었다고 말하기에는 너무 겁쟁이다. 그는 벨사이즈 파크의 우체국에서 메모와 함께 사회 교과서를 우편으로 보낸다. "예기치 않은 일 때문에 일을 할 수 없게 되었습니다. 부디 저의 진심어린 사과를 받아주시기 바랍니다."

그는 〈가디언〉에 난 광고를 보고 로섬스테드로 간다. 런던 외곽에 있는 농업청이다. 그가 대학 때 사용했던 교재 중 하나인 『통계 실험 디자인』의 저자 홀스테드와 매킨타이어가 한때 일했던 곳이다. 정원과 온실을 한 바퀴 돈 후에 이어진 면접은 순조롭다. 그가 지원한 자리는 실험 관리 보조직이다. 관리 보조자의 일은 시험 재배를 위해 그리드 작업을 하고, 서로 다른 양생법에서의 결과를 기록하고, 그 데이터를 컴퓨터로 분석하는 것이다. 모든 일은 상급 관리자의 감독하에 행해진다. 실제적인 농사일은 농업 관리자들의 감독하에 정원사들이 한다. 그가 손을 더럽힐 일은 없을 것이다.

며칠 후 그를 채용하겠다는 편지가 도착한다. 보수는 일 년에 600파운드다. 기쁨을 억누를 수가 없다. 대성공이다! 로섬스테드에서 일하게 되다니! 남아프리카에 있는 사람들은 이 사실을 믿지 못할 것이다!

그런데 함정이 하나 있다. 편지는 이렇게 끝난다. "숙소는 마을이나 청사에 마련될 수 있습니다." 그는 제안을 받아들이지만 런던에 사는 게 좋으니 로섬스테드로 통근을 하고 싶다고 답장을 쓴다.

그의 편지에 대한 답장 대신 인사과에서 전화가 온다. 통근을 하는 건 현실적이지 못하다는 것이다. 그가 할일은 시간이 규칙적인 사무직이 아니다. 아주 일찍 일을 시작해야 할 때도 있고, 늦게까지 일을 해야 할 때도 있으며, 주말에도 일을 해야 할 때가 있다. 그래서 다른 직원들처럼 그도 청사와 가까운 곳에 거주해야 한다. 이런 상황을 고려해 최종적인 답을 달라고 한다.

성공이 좌절된다. 만약 그가 런던에서 몇 킬로미터 떨어진 숙소에 거주하면서 새벽부터 일어나 콩 줄기 길이나 측정해야 한다면, 케이프타운에서 런던까지 먼길을 온 것이 무슨 의미인가? 로섬스테드에 가서 몇 년 동안 힘들게 공부한 수학을 써먹고 싶다. 하지만 동시에 시낭독회도 가고 싶고, 작가들과 화가들도 만나고 싶고, 연애도 하고 싶다. 그가 어떻게 로섬스테드에 있는 사람들—트위드 재킷을 입고 파이프 담배를 피우는 남자들과 헝클어진 머리에 둥그런 안경을 쓴 여자들—에게 그걸 이해시킬 수 있겠는가? 어떻게 사랑이나 시 같은 말을 그들에게 꺼낼 수 있겠는가?

하지만 그가 어떻게 그 제안을 거부할 수 있겠는가? 그는 진짜 직장을 잡기 직전까지 왔다. 그것도 영국에서 말이다. 네라는 말만 하면 된다. 그렇게 되면 어머니가 기다리는 소식, 즉 그녀의 아들이 괜찮은 일을 하면서 좋은 급료를 받고 있다는 소식을 편지로 알려줄 수 있을 것이다. 그렇게 되면 그녀는 그의 아버지의 누이들에게 전화를 걸어 이렇게 말할 것이다. "존은 영국에서 과학자로 일한답니다." 결국 그것이 그들의 잔소리와 빈정거림에 종지부를 찍을 것이다. 과학자보다 더 견고한 것이 뭐가 있을까?

그는 늘 견고함이 부족했다. 견고함은 그의 아킬레스건이다. 충분히 영리하지만(그래도 어머니가 생각한 것만큼은 아니고 그가 한때 자신에 대해 생각하곤 했던 것만큼도 아니다), 견고한 적은 한 번도 없었다. 로섬스테드가 그에게 바로 견고함을 주지는 않을지라도 최소한 직함과 사무실과 껍질은 줄 것이다. 실험 보조이지만 언젠가 실험 관리자가 될 수도 있고 나중에는 상급 관리자도 될 수 있을 것이다. 그처럼 존경받을 만한 외피를 유지하며, 사적으로는 은밀하게, 경험을 예술로 바꾸는 작업을 할 수 있을 것이다. 그는 그런 일을 하기 위해 세상에 태어났다.

그것이 농업청에 가야 하는 이유다. 가지 말아야 할 이유는 그것이 로맨스의 도시인 런던에 있지 않다는 사실이다.

그는 로섬스테드에 편지를 쓴다. 모든 상황을 신중하게 고려

한 결과, 제안을 받아들이지 않는 것이 최선의 길이라고 말한다.

신문에는 컴퓨터 프로그래머를 찾는 광고들이 가득하다. 과학 학위가 있으면 좋겠지만 필수는 아니라고 한다. 그는 컴퓨터 프로그래밍에 대해 들어본 적은 있지만 그것이 무엇인지는 명확하게 알지 못한다. 만화에서 컴퓨터를 본 적은 있으나 실제로 본 적은 없다. 만화에서는 컴퓨터가 두루마리 종이를 토해내는 상자처럼 생긴 물체로 나온다. 그가 알기로 남아프리카에는 컴퓨터가 없다.

그는 IBM이 가장 크고 좋은 회사이기 때문에 IBM 구인 광고에 응한다. 그는 케이프타운을 떠나오기 전에 샀던 검정 양복을 입고 면접에 간다. 면접관은 삼십대 남자다. 그처럼 검정 양복을 입고 있지만 재단이 더 말쑥하고 간결하다.

면접관이 알고 싶어하는 첫번째는 그가 남아프리카를 영원히 떠났느냐는 것이다.

그는 그렇다고 대답한다.

왜죠? 면접관이 이유를 묻는다.

그가 대답한다. "나라가 혁명을 향해 가고 있기 때문입니다."

침묵이 깃든다. 혁명이라, 어쩌면 IBM 사무실에서 쓰기에 적절한 단어는 아닐 듯하다.

"그 혁명이 언제 일어날 것 같나요?" 면접관이 묻는다.

그는 곧바로 대답한다. "오 년 안에요." 샤프빌 학살 이후로 모두가 그렇게 말했다. 샤프빌 학살은 백인 정권의 종말이, 점점 더 필사적이 되어가는 백인 정권의 종말이 시작되었다는 징조라고 말이다.

면접이 끝나고 아이큐 테스트가 시작된다. 그는 늘 아이큐 테스트를 좋아했고 늘 결과가 좋았다. 그는 보통 실제 삶보다는 테스트, 퀴즈, 시험에서 더 잘했다.

며칠이 지나자 IBM이 그에게 프로그래머 수습사원직을 제안해온다. 훈련을 잘 받고 수습기간이 지나면 일단 '정식 프로그래머'가 되고, 언젠가는 '수석 프로그래머'도 될 것이다. 그는 웨스트 엔드 복판의 옥스퍼드 스트리트와 이어지는 뉴먼 스트리트에 위치한 IBM의 데이터 프로세싱 부서에서 이력을 시작하게 될 것이다. 근무시간은 아홉시부터 다섯시까지다. 초임 연봉은 700파운드다.

그는 그 조건을 망설임 없이 받아들인다.

같은 날, 그는 런던 지하철에 붙은 구인광고 벽보를 지나친다. 철도 관리직 수습사원을 구하는 광고다. 연봉은 700파운드다. 최소한의 교육 요건은 중학교 졸업증명서만 있으면 되고, 연령은 최소 스물한 살이면 된단다.

그는 궁금해진다. 영국의 직장은 모두 똑같은 임금을 지불하는 걸까? 그렇다면 학위가 무슨 필요가 있을까?

수습 과정에서 그는 열 명 남짓한 IBM 고객들, 사업가들과 함께 다른 수습사원 두 명—뉴질랜드에서 온 다소 매력적인 여자와 얼굴에 점이 많은 젊은 런던 사람—을 만난다. 그는 당연히 그중 최고여야 한다. 아니면 뉴질랜드에서 온 여자가 그래야 할 것 같다. 그녀도 수학 학위가 있으니까 말이다. 그런데 그는 진행 중인 일을 이해하는 데 애를 먹는다. 지필 과제도 엉망이다. 첫 주가 끝나갈 무렵, 그들은 시험을 본다. 그는 답을 제대로 쓰지 못한다. 강사는 그가 못마땅하고, 그렇게 생각한다는 걸 거리낌 없이 말한다. 그는 자신이 비즈니스 세계에 들어와 있으며, 비즈니스 세계에서는 예의를 지킬 필요가 없다는 사실을 깨닫는다.

프로그래밍에는 그를 당황스럽게 하는 게 있다. 그런데 교실에 있는 사업가들조차 전혀 어려워하지 않는다. 그는 순진하게도 컴퓨터 프로그래밍이 상징적 논리를 변환하고 이론을 디지털 코드로 바꾸는 것이라고 상상했다. 그런데 그게 아니라 온통 재고와 유출, A 고객과 B 고객에 관한 얘기뿐이다. 재고와 유출이라는 게 뭔가? 그것들이 수학과 무슨 관련이 있는가? 차라리 카드를 추려 묶는 사환이 나을지도 모르겠다. 차라리 철도 관리직 수습사원이 되는 게 나을 것 같다.

삼 주가 끝나갈 무렵, 그는 마지막 시험에서 그럭저럭 합격해

뉴먼 스트리트로 간다. 다른 젊은 프로그래머 아홉 명이 있는 사무실에 그의 책상이 주어진다. 사무실 가구는 모두 회색이다. 책상 서랍을 열어보니 종이와 자, 연필과 연필깎이, 검은 비닐 표지가 씌워진 수첩이 들어 있다. 비닐 표지에 굵은 대문자로 **생각하라**고 쓰여 있다. 본사에 있는 간부의 책상에도 **생각하라는** 글자가 쓰여 있다. **생각하라는** IBM의 모토다. 그가 이해한바, IBM의 특별한 점은 무자비하게 생각에 전념하는 것이다. 직원들에게 늘 생각함으로써 IBM의 창업자인 토머스 J. 왓슨의 이상에 맞게 살라고 하는 것이다. 생각하지 않는 직원들은 비즈니스 컴퓨터 세계의 귀족인 IBM에 맞지 않는다는 것이다. 뉴욕의 화이트 플레인스에 있는 IBM 본사에는 세계의 모든 대학에서 하는 연구를 합한 것보다 더 많은 컴퓨터과학 첨단 연구가 진행중인 실험실들이 있다. 화이트 플레인스에 있는 과학자들은 대학교수들보다 더 많은 돈을 받고 필요한 모든 것을 제공받는다. 대신, 그들에게는 생각하는 것이 요구된다.

　뉴먼 스트리트 지점의 근무시간은 아홉시에서 다섯시까지지만, 그는 곧 남자 직원들의 경우 다섯시 정각에 사무실을 나서면 좋지 않게 본다는 사실을 알게 된다. 돌봐야 할 가족이 있는 여자들은 아무 질책도 받지 않고 나갈 수 있다. 그런데 남자들은 적어도 여섯시까지는 일을 해주기를 기대한다. 급한 업무가 있으면 술집에 가서 간단하게 식사를 때우고 밤새도록 일을 해야한다. 그는 술집이 싫어 그냥 일을 계속한다. 열시 이전에 집에 도착하는 일은 거의 없다.

그는 영국에, 런던에 있다. 직장도 있다. 괜찮은 직장이다. 한낱 교사직보다 더 좋다. 그는 월급을 받는다. 그는 남아프리카를 빠져나왔다. 모든 것이 잘되어가고 있다. 첫번째 목표를 달성했으니 행복해야 한다. 그러나 몇 주가 흐르면서 점점 더 비참한 기분이 든다. 공포감이 엄습해오고, 그는 그것을 어렵게 몰아낸다. 사무실에 가면 판판한 금속 표면 외에는 눈을 둘 곳이 없다. 그림자가 생기지 않는 환한 네온 불빛 밑에 있으면, 영혼이 공격받는 것 같은 느낌을 받는다. 콘크리트와 유리로 된 특징 없는 건물은 그의 핏속으로 들어와 그를 마비시키는, 냄새도 없고 색채도 없는 가스를 내뿜는 것 같다. 그는 IBM이 자신을 죽이고 있다고, 좀비로 만들고 있다고 확신한다.

하지만 포기할 수는 없다. 바넷 힐 중학교, 로섬스테드, IBM. 세번째마저 실패할 수는 없다. 실패한다면 아버지와 너무 비슷해질 것이다. 현실세계가 냉혹한 회색빛 IBM 지사로 그를 시험하고 있다. 마음을 단단히 먹고 견뎌야 한다.

6

IBM으로부터의 탈출구는 영화다. 그는 햄스테드의 '에브리맨' 극장에서 이름도 처음 들어보는 감독들이 만든 세계 각국의 영화에 눈을 뜬다. 안토니오니* 감독의 영화가 상영되는 기간에는 전부 본다. 〈일식〉이라는 제목의 영화에서는, 한 여자가 햇빛이 강하게 내리쬐고 인적이 드문 도시의 거리를 배회한다. 그녀는 불안하고 고민에 차 있다. 그녀가 무엇 때문에 고민하는지는 확실히 알 수 없다. 그녀의 얼굴은 아무것도 말해주지 않는다.

그 여자는 모니카 비티**다. 모니카 비티의 완벽한 다리, 관능적

---

* 이탈리아 영화감독 미켈란젤로 안토니오니(1912~2007).
** 이탈리아 배우(1931~). 안토니오니 감독의 삼부작 〈정사〉 〈밤〉 〈태양은 외로워〉를 통해 전 세계적으로 이름을 알렸다.

인 입술, 멍한 눈길이 그의 머리에서 떠나지 않는다. 그는 그녀와 사랑에 빠진다. 세상의 모든 남자들 중 자신이 그녀에게 위로이자 위안이 되는 사람으로 선택받는 것을 상상해본다. 문을 두드리는 소리가 들린다. 그 앞에 선 모니카 비티가 조용히 하라는 신호로 입술에 손가락 하나를 갖다댄다. 그가 앞으로 걸음을 내디디며 그녀를 껴안는다. 시간이 정지한다. 그와 모니카 비티는 하나가 된다.

하지만 정말로 모니카 비티가 찾는 연인이 그일까? 그녀의 고민을 달래주는 데 그가 영화에 나오는 남자들보다 조금이라도 나을까? 그는 확신하지 못한다. 그가 두 사람만을 위한 방을, 조용하고 짙은 안개가 낀 런던의 어느 지역에 은밀한 은신처를 마련한다고 해도, 그녀는 여전히 새벽 세시에 침대를 빠져나가 램프 하나만 달랑 밝혀놓은 탁자에 앉은 채 생각에 잠겨 고민에 시달릴 것만 같다.

모니카 비티를 비롯한 안토니오니의 인물들이 짊어진 고민은 그에게 전혀 익숙하지 않다. 사실, 그것은 고민이라기보다 뭔가 더 깊은 것, '고뇌'다. 그는 그것이 무엇인지 알기 위해서라도 그 '고뇌'를 맛보고 싶다. 하지만 아무리 노력해도 자신의 마음속에서 '고뇌'라고 부를 만한 것을 찾을 수 없다. '고뇌'란 유럽적인, 철저하게 유럽적인 것 같다. 그것은 영국의 식민지들은 말할 것도 없고, 영국에도 아직 없다.

〈옵서버〉에 실린 기사를 보니, 유럽 영화의 '고뇌'는 핵으로 인한 전멸에 대한 공포에서 기인하는 것이라고 한다. 또한 신의 죽음으로 인한 불확실성에서 기인하는 것이라고 한다. 그는 납득이 안 된다. 모니카 비티가 서늘한 호텔방에서 남자와 사랑을 나눌 수 있음에도 태양빛이 이글이글 내리쬐는 팔레르모의 거리로 나가는 이유가 수소폭탄 때문이거나 신이 그녀에게 말을 걸어오지 못해서라는 걸 믿을 수 없다. 진실이 무엇이든, 그것보다는 더 복잡한 이유일 게 분명하다.

잉마르 베리만*의 인물들도 고뇌에 시달린다. 그것은 치유할 수 없는 고독의 근원이다. 그러나 〈옵서버〉는 베리만의 '고뇌'를 너무 심각하게 받아들이지 말라고 충고한다. 〈옵서버〉에 따르면 그것은 과장의 냄새가 나고, 북유럽의 긴 겨울과 지나치게 취한 밤과 숙취에서 기인한 허위다.

그는 〈가디언〉이나 〈옵서버〉처럼 진보적일 것 같은 신문들조차 정신적 삶에 적대적이라는 사실을 알아가기 시작한다. 무언가 깊고 심각한 것에 직면하면, 그들은 곧바로 코웃음을 치고 농담하며 그것을 무시해버린다. 제3프로그램** 같은 작은 곳에서만 미

---

* 스웨덴 영화감독(1918~2007).

국 시, 전자음악, 추상적 표현주의 같은 새로운 예술을 진지하게 받아들인다. 근대 영국은 충격적일 만큼 교양 없는 나라가 되어가고 있다. 에즈라 파운드가 1912년에 맹렬히 비난했던, W. E. 헨리와 〈위풍당당〉 행진곡의 영국과 조금도 다를 바 없다.

그렇다면 그는 영국에서 무엇을 하고 있는가? 여기로 온 것이 큰 실수였나? 다른 곳으로 옮기기에는 너무 늦은 걸까? 어떻게든 프랑스어를 마음대로 구사할 수 있다면, 예술가의 도시인 파리가 더 잘 맞을까? 스톡홀름은 어떨까? 정신적으로는 스톡홀름이 편할 것 같다. 하지만 스웨덴어는 어떻게 하지? 그리고 생계는 어떻게 유지하지?

IBM에서는 모니카 비티에 대한 환상을 속으로 간직해야 한다. 예술가인 척하는 가식도 마찬가지다. 왜 그런지는 잘 모르겠지만, 빌 브리그스라는 동료 프로그래머가 그를 친구로 대한다. 빌 브리그스는 키가 작고 여드름이 많이 난 친구다. 그리고 결혼을 약속한 신시아라는 이름의 여자친구가 있다. 그는 윔블던에 있는 테라스 하우스에 계약금을 내게 될 날을 고대하고 있다. 다른 프로그래머들은 어딘지 알 수 없는 그래머 스쿨*** 억양으로

** 영국 BBC방송국에서 지식인층을 상대로 만든 수준 높은 라디오 교양 프로그램.
*** 영국 상류층 자녀들이 대학 진학을 목표로 다니는 중등교육기관.

말하고 〈텔레그래프〉 경제면을 펼쳐 증권시세를 확인하며 하루를 시작하는 반면, 빌 브리그스는 런던 특유의 억양으로 말하고 주택금융조합에 돈을 붓고 있다.

출신 계급에도 불구하고 빌 브리그스가 IBM에서 성공하지 못할 이유는 없다. IBM은 영국의 계급제도를 못마땅하게 생각하는 미국 회사다. 그게 IBM의 강점이다. 어떤 계층이든 정상까지 치고 올라갈 수 있다. IBM에 중요한 것은 충성심과 근면하게 일에 전념하는 것이다. 빌 브리그스는 근면하고 의심할 나위 없이 IBM에 충성한다. 게다가 IBM의 더 큰 목표와 뉴먼 스트리트의 데이터 프로세싱 센터에 대해서도 충분히 이해하고 있는 것처럼 보인다. 그에 대한 설명은 이 정도면 족하다.

IBM 근무자들에게는 점심 식권 묶음이 주어진다. 3파운드 6펜스짜리 식권이면 상당히 괜찮은 식사를 할 수 있다. 사실 그는 토트넘 코트 로드에 있는, 원하는 만큼 샐러드바를 이용할 수 있는 '리옹 브래서리'에 가고 싶다. 하지만 IBM 프로그래머들이 선호하는 곳은 샬럿 스트리트에 있는 '슈미츠'다. 그래서 그는 빌 브리그스와 함께 '슈미츠'에 가서 비너 슈니첼*이나 삶은 토끼고기를 먹는다. 때로는 단조로움을 피하기 위해 구지 스트리트에

---

* 송아지고기로 만든 커틀릿.

있는 '아테나'에 가서 무사카*를 먹기도 한다. 점심을 먹고 비가 오지 않으면 사무실로 돌아가기 전에 잠시 거리를 산책한다.

그와 빌 브리그스가 암묵적으로 이야기하지 않기로 한 것들의 범위가 엄청 넓은데 아직도 할 이야기가 있다니 놀랍다. 그들은 자신의 욕망이나 더 큰 소망에 대해 얘기하지 않는다. 서로의 사생활, 가족과 가정교육, 정치와 종교와 예술에 대해서도 침묵한다. 그가 영국 팀들에 대해 아무것도 몰라서 그렇지, 축구 이야기는 괜찮을 것이다. 그래서 그들이 하는 대화는 날씨, 철도 파업, 집값, IBM, IBM의 미래 계획, IBM의 고객들과 그 고객들의 계획, IBM에서 오가는 말들에 관한 이야기로 좁혀진다.

그래서 대화는 따분하다. 하지만 한편으로는 이런 면도 있다. 불과 두 달 전만 해도 그는 보슬비가 내리는 사우샘프턴 부두 해안에 내린 무식한 촌놈이었다. 그런데 이제 런던 중심부에 있고, 검정 양복을 입고 있으니 다른 런던 회사원들과 구분도 되지 않으며, 런던 토박이와 일상적인 주제로 대화를 나누고, 그 대화에 따르는 모든 예의범절을 성공적으로 익혔다. 이런 식으로 계속 발전하고 모음을 발음할 때만 주의한다면, 그는 머지않아 누구

---

* 다진 소고기나 양고기, 가지 등을 켜켜이 쌓고 소스를 뿌려 구운 그리스 전통 요리.

의 주목도 받지 않게 될 것이다. 군중 속에 있으면 런던 사람으로 통할 것이다. 어쩌면 적당한 시기에는 영국인으로 통할지도 모른다.

이제 수입이 있기 때문에 런던 북부 아치웨이 로드에 있는 집의 방 한 칸을 임대할 수 있게 된다. 방은 저수지가 내려다보이는 이층에 있다. 가스히터가 있고, 가스레인지가 설치된 벽감과 음식이나 그릇을 수납할 수 있는 선반이 있다. 구석에는 가스계량기가 있다. 1실링을 넣으면 1실링어치의 가스가 나온다.

먹는 음식은 변하지 않는다. 사과, 오트밀, 치즈를 곁들인 빵, 가스레인지에 튀겨 먹는 치폴라타 양념 소시지. 그는 진짜 소시지보다 치폴라타 소시지가 좋다. 냉장고에 넣을 필요가 없기 때문이다. 튀길 때 기름도 나오지 않는다. 그는 저민 고기에 감자 가루가 많이 섞여 있을 거라고 생각한다. 하지만 감자 가루는 몸에 나쁘지 않다.

그는 아침 일찍 집에서 나가 늦게 들어오기 때문에 다른 세입자들을 거의 만날 수 없다. 곧 판에 박힌 일과가 반복된다. 토요일에는 서점, 미술관, 박물관, 영화관에서 시간을 보낸다. 그리고 일요일에는 방에서 〈옵서버〉를 읽은 후 영화를 보러 가거나 히스*로 산책을 나간다.

토요일과 일요일 저녁이 최악이다. 그때가 되면, 평소에 가까이 오지 못하게 막아놓았던 고독이 그를 휘감아버린다. 저기압에 흐리고 축축한 런던 날씨나 무쇠처럼 단단하고 차가운 보도와 꼭 닮은 고독이다. 그는 말을 하지 않아 얼굴이 굳어지고 둔해지는 것을 느낄 수 있다. IBM에서의 형식적인 소통마저도 이 침묵보다는 낫다.

그의 바람은 그가 속한 특징 없는 군중 속에서 한 여자가 그의 눈길에 응답해 아무 말 없이 옆으로 와서는 함께 그의 방으로 가고(여전히 아무 말도 하지 않는다—무슨 말로 말문을 열겠는가—상상하기 어렵다), 그와 사랑을 나눈 후 어둠 속으로 사라졌다가, 다음날 밤 다시 나타나(그가 책을 읽고 있을 때 노크 소리가 날 것이다) 그를 다시 안아주고, 또 한밤중이 되면 사라지고, 등등, 그렇게 함으로써 그의 삶을 변화시키고, 릴케의 「오르페우스에게 바치는 소네트」의 형식으로 갇혀 있는 시의 급류를 쏟아내게 만들어주는 것이다.

케이프타운대학에서 편지가 도착한다. 우등과정 시험 성적이 좋아서 대학원 장학금으로 200파운드를 받게 되었다고 쓰여 있다.

영국에 있는 대학에 등록하기에는 너무 적은 액수다. 정말이지

---

* 햄스테드 히스. 런던 시민들이 주말에 자주 찾는 공원이다.

너무 적다. 그렇다고 지금 잡은 직장을 포기하는 것은 생각할 수도 없다. 장학금을 포기할 수 없다면 한 가지 선택지밖에 없다. 케이프타운대학 석사과정에 인 압센티아* 등록하는 것이다. 그는 등록원서를 작성한다. 잠시 생각해보다가 '전공'란에 '문학'이라고 쓴다. '수학'이라고 하면 좋겠지만, 사실 그는 수학을 계속할 만큼 똑똑하지 않다. 문학은 수학만큼 고상하지 않을지 몰라도, 적어도 그에게 위협이 되는 건 전혀 없다. 그는 연구과제 항목에 에즈라 파운드의 '캔토스'를 연구하겠다고 적을까 망설이다가 결국 포드 매독스 포드의 소설을 연구하겠다고 적는다. 적어도 포드를 읽기 위해서 중국어를 공부할 필요는 없겠다 싶어서다.

화가 포드 매독스 브라운의 손자인 포드의 원래 이름은 휴퍼였다. 그는 1891년, 열여섯 살 때 첫 소설을 출판했다. 그리고 그때부터 1939년에 죽을 때까지 문학만 하면서 먹고살았다. 파운드는 포드를 당대 최고의 산문 스타일리스트라 칭송하며 포드를 무시하는 영국 대중을 신랄하게 비난했다. 그도 지금까지 포드의 소설을 다섯 권 읽었다. 『훌륭한 군인』, 『퍼레이드의 끝』 사부작, 이렇게 다섯 권이다. 그는 파운드의 말이 맞다고 확신한다. 시간 순서가 복잡한 포드의 플롯, 그리고 심드렁하게 튀어나와

* 라틴어로 '부재중'이라는 의미.

기교 없이 반복된 말이 몇 장 뒤에서 주요 모티프가 되는 정교함이 감탄스럽다. 또한 크리스토퍼 티전스와 그보다 한참 어린 밸런타인 워놉*의 사랑에 몹시 감동받는다. 티전스는 밸런타인이 몸을 허락하려고 함에도 (티전스의 말에 따르면) 처녀성을 빼앗고 싶지 않아 성관계를 피하는데, 그 사랑이 그에게 감동으로 다가온다. 티전스의 간결하고 통상적인 예의바름이 대단히 감탄스럽다. 영국스러움의 진수 같다.

포드가 그런 대작 다섯 권을 쓸 수 있었다면, 흩어져 있다가 최근에야 목록이 작성되어 아직 알려지지 않은 작품들 중에 대작이 더 있을 게 틀림없다는 생각이 든다. 그 대작들이 빛을 보는 데 일조하고 싶다. 그는 즉시 포드의 전작을 읽기 시작한다. 대영박물관 열람실에서 토요일을 몽땅 보내고, 일주일에 두 번 열람실이 늦게까지 문을 열면 저녁에도 읽는다. 초기작들이 실망스럽긴 하지만 포드가 기술을 습득하느라 그랬을 게 틀림없다는 구실을 대며 계속 읽어간다.

어느 토요일, 그는 옆 책상에 앉아 책을 읽던 여자와 얘기를 나누게 된다. 그들은 박물관 찻집에 가서 차를 마신다. 그녀의 이름은 애나다. 폴란드에서 태어나 아직도 그 나라 억양이 희미

---

* 『퍼레이드의 끝』의 남녀 주인공.

하게 묻어 있다. 그녀의 말에 따르면 그녀는 연구원으로 일하고 있고 열람실에 오는 것이 그녀의 일 중 일부라고 한다. 그녀는 요즘 나일강의 수원을 발견한 존 스피크의 삶에 관한 자료를 조사하고 있다. 그는 그녀에게 포드에 대해, 그리고 포드와 조지프 콘래드의 합작에 대해 이야기한다. 그들은 콘래드가 아프리카에서 보낸 시간, 폴란드에서 보낸 어린 시절, 이후에 영국의 지방 유지가 되려던 열망에 관해 이야기한다.

대화를 나누는 동안 그는 속으로 생각한다. 대영박물관 열람실에서 F. M. 포드를 연구하는 그가 콘래드의 조국에서 온 여자를 만나는 건 무슨 징조일까? 애나가 운명의 여자일까? 그녀는 분명 미인은 아니다. 나이도 그보다 많다. 얼굴은 앙상하다못해 수척하기까지 하다. 실용적인 납작한 구두를 신고, 수수한 회색 스커트를 입고 있다. 하지만 그에게 더 나은 사람을 만날 자격이 있다고 누가 말할 수 있을까?

그는 데이트를 신청할까 생각해본다. 아마 영화를 보러 가자고 할 것이다. 하지만 용기가 나질 않는다. 그가 고백을 해도 불꽃이 일지 않으면 어떻게 될까? 어떻게 해야 치욕스럽지 않게 빠져나올 수 있을까?

그는 자신처럼 외로운 열람실 단골들이 있을 거라고 생각한다. 예를 들어 종기와 낡은 붕대 냄새를 풍기는, 얼굴이 얽은 인도인이 있다. 화장실에 갈 때마다 인도인은 그를 따라와 무슨 말인가를 하려고 하지만 그러지 못하는 것 같다.

마침내 어느 날 세면대에 나란히 서 있을 때, 그 남자가 킹스칼리지를 졸업했느냐고 딱딱하게 묻는다. 그는 케이프타운대학을 졸업했다고 대답한다. 그러자 그 남자가 차를 한잔할 수 있겠느냐고 묻는다.

그들은 찻집에 앉는다. 남자는 자신이 하고 있는 연구에 대해 길게 설명하기 시작한다. 글로브극장 청중의 사회적 구성에 관한 연구라고 한다. 그는 특별히 흥미는 없지만 주의깊게 들으려고 최선을 다한다.

그는 속으로 생각한다. 정신적인 삶. 바로 이것이 대영박물관 깊숙한 곳에 있는 나와 다른 외로운 방랑자들이 스스로를 바쳐야 하는 삶일까? 언젠가 우리를 위한 보상이 있을까? 우리의 외로움은 걷힐까? 아니면 정신적인 삶 자체가 그것에 대한 보상일까?

7

토요일 오후 세시다. 그는 박물관 개장시간부터 열람실에서 포드의 『미스터 험프티 덤프티』를 읽고 있다. 너무 지겨워 졸지 않으려고 애써야 하는 소설이다.

잠시 후면 열람실이 닫히고 거대한 박물관 전체가 닫힐 것이다. 일요일에는 열람실 문을 열지 않는다. 지금부터 다음 토요일 사이에는 저녁에 아무리 시간을 빼도 한 시간쯤밖에 책을 읽지 못할 것이다. 하품이 자꾸 나오는데 문을 닫을 때까지 버텨야 할까? 그러는 게 무슨 의미가 있을까? 컴퓨터 프로그래밍이 그의 평생 직업이라면, 영문학 석사학위가 컴퓨터 프로그래머에게 무슨 소용이 있을까? 그가 발굴하려고 했던 인정받지 못한 걸작들은 어디에 있을까? 『미스터 험프티 덤프티』는 분명히 그중 하나가 아니다. 그는 책을 덮고 짐을 챙긴다.

밖에 나가자 벌써 해가 저물고 있다. 그는 그레이트 러셀 스트리트를 따라 토트넘 코트 로드까지 터벅터벅 걷다가 다시 채링 크로스를 향해 남쪽으로 발길을 돌린다. 거리의 사람들은 대부분 젊은이들이다. 엄밀히 말해서 그와 그들은 동시대인이다. 하지만 그는 그런 느낌을 받지 못한다. 그는 중년 같다. 일찍 중년이 되어버린 것 같다. 아주 살짝 닿기만 해도 각질이 벗겨지는, 창백하고 지친 대머리 학자 같은 느낌이다. 더 심한 것은 그가 아직도 세상 속 자기 위치에 대해 무지하고, 두려워하고, 우유부단한 아이라는 사실이다. 살아남는다는 것이 추락하지 않으려고 꼭 붙들고 있는 것을 의미하는 이 거대하고 차가운 도시에서, 그는 무엇을 하고 있을까?

채링 크로스 로드에 있는 서점들은 여섯시까지 문을 연다. 그러니 여섯시까지는 갈 데가 있다는 말이다. 그후에는 토요일 밤을 즐기려는 사람들 사이를 방황할 것이다. 잠시 동안은 사람들을 따라다니면서 그도 재미있는 걸 찾고 있고 갈 곳도 있으며 만날 사람도 있는 척할 수 있다. 하지만 결국 단념한 후 기차를 타고 다시 아치웨이역에 가서 자신의 고독한 방으로 돌아갈 것이다.

케이프타운처럼 먼 곳까지 이름이 알려진 서점인 '포일스'는 알고 보니 실망스럽다. 출판된 모든 책을 갖고 있다는 허풍은 거짓말이 틀림없다. 대부분 그보다 어린 점원들은 어디서 뭘 찾아야 할지 모른다. 책 선반이 뒤죽박죽이더라도 '딜런스'가 더 좋다. 그는 새로운 책이 나왔는지 보기 위해 일주일에 한 번씩 그곳에 들르려고 노력한다.

그가 '딜런스'에서 본 잡지 중에 〈아프리카 공산주의자〉가 있다. 〈아프리카 공산주의자〉에 대해 들은 적은 있지만 지금까지 실제로 본 적은 없었다. 남아프리카에서는 판금된 책이기 때문이다. 그런데 알고 보니 놀랍게도 기고자 중 일부가 그가 케이프타운에서 알던 사람들이다. 그들은 하루종일 자고, 저녁에는 파티에 가고, 술에 취하고, 부모에게 얹혀살고, 시험에 떨어지고, 삼 년 걸리는 학위를 오 년에 걸쳐 이수했던 동료 학생들이다. 그런데 그들이 트란스케이 농촌지역의 폭동이나 이주노동의 경제학에 관한, 권위 있어 보이는 기사들을 쓰고 있다. 춤추고 마시고 방탕한 생활을 하는 와중에 그런 것들에 관해 알 시간이 있었을까?

하지만 그가 '딜런스'에 가는 진짜 이유는 시 전문 잡지들 때문이다. 잡지들이 앞문 뒤 바닥에 아무렇게나 쌓여 있다. 〈앰빗〉, 〈어젠다〉, 〈폰〉 같은 잡지, 킬*처럼 먼 지역에서 등사기로 찍은 인쇄물, 권수가 빠진 오래된 미국 평론지가 쌓여 있다. 그는 그

---

* 영국 스태퍼드셔주 북부에 있는 도시.

걸 하나씩 산 뒤 방으로 들고 가 자세히 들여다보며 누가 뭘 쓰고 있는지, 자신의 글을 발표하려면 어디가 좋을지 가늠해본다.

영국 잡지들에는 일상적인 생각이나 경험에 관한 실망스러울 정도로 소소한 시가 많이 실려 있다. 반세기 전에는 아무도 거들떠보지 않았을 시다. 이곳 영국 시인들의 야망은 어떻게 된 걸까? 그들은 에드워드 토머스와 그의 세계가 영원히 사라져버렸다는 소식을 받아들이지 못한 걸까? 보들레르, 랭보, 그리스 풍자시인들, 중국인들은 말할 것도 없고 파운드와 엘리엇에게서 교훈을 얻지 못했던 걸까?

하지만 그는 영국인들을 너무 쉽게 재단하고 있는지도 모른다. 그가 잘못된 잡지를 읽고 있는 것일 수도 있다. 더 모험적인 잡지들은 '딜런스'에 들어오지 않는지도 모른다. 혹은 일부 창조적인 무리가 현재의 지배적인 풍토를 너무 비관적으로 생각해 자기들이 펴내는 잡지를 '딜런스' 같은 서점에 보내지 않는 것인지도 모른다. 가령 〈보테그 오스쿠레〉가 그렇다. 어디에서 〈보테그 오스쿠레〉를 산단 말인가? 그렇게 계몽된 집단이 존재한들, 어떻게 그들을 찾아내 그 속으로 들어갈 것인가?

내일 죽게 된다면, 그는 어떤 헌신적인 학자가 편집해서 깔끔한 12절판에 개인적으로 출판하는 소수의 시를 남기고 죽고 싶다. 사람들이 고개를 저으며 나직하게 '이토록 가능성이 많은 데! 이렇게 가버리다니!'라고 말하게 될 시들을 남기고 싶다. 그게 그의 소망이다. 하지만 솔직히, 그는 자신이 쓰는 시들이 점점 더 짧아질 뿐만 아니라 실체가 없어진다는 느낌을 받지 않을 수 없다. 열일곱이나 열여덟 살에 썼던 종류의 시는 더이상 쓸 수 없을 것 같다. 그때 쓴 시들은 종종 몇 페이지가 되기도 했고 부분적으로 종잡을 수 없었으며 어색하지만 그럼에도 불구하고 도전적이고 새로운 것들로 가득했다. 그 시들은, 적어도 그중 대부분은, 그가 읽고 있던 책들과 관련된 감정의 분출이었을 뿐만 아니라 사랑에 빠지고 고뇌에 찬 상태에서 나온 것들이었다. 사년이 지난 지금, 그는 여전히 고뇌에 차 있지만 그의 고뇌는 낫지 않는 두통처럼 습관적이고 만성적인 것이 되었다. 그가 쓰는 시는 쓴웃음을 자아내는 소품이다. 어느 모로 봐도 이류다. 명목상의 주제가 무엇이든, 그런 시들의 중심에 있는 것은 갇히고 외롭고 비참한 그 자신이다. 하지만 그는 이런 새로운 시들이 그가 처한 심리적 곤경을 진지하게 탐색할 활력이나 욕구마저 결여하고 있다는 걸 알아채지 않을 수 없다.

사실 그는 늘 지쳐 있다. 커다란 IBM 사무실에 있는 회색 책상에 앉아 있으면 하품이 계속 나와 힘들다. 그는 그걸 감추려 애쓴다. 대영박물관에 있으면 글자들이 눈앞에서 춤을 춘다. 그가 하고 싶은 일은 엎드려 자는 것뿐이다.

하지만 그는 이곳 런던에서의 삶에 아무 계획이나 의미가 없다는 사실을 받아들일 수 없다. 한 세기 전의 시인들은 아편이나 술에 취했다. 그래서 광기의 벼랑 끝에서 자신들의 몽상적인 경험을 기록할 수 있었다. 그들은 그런 수단을 통해 선각자, 혹은 미래의 예언자가 될 수 있었다. 아편과 술은 그의 길이 아니다. 그것들이 건강에 미칠 영향을 생각하면 너무 두렵다. 하지만 피로와 비참이 아편이나 술과 똑같은 일을 수행할 수는 없을까? 정신쇠약에 걸리기 직전의 상태에 사는 것도 미치기 직전의 상태에 사는 것처럼 효과적이지 않을까? 검정 양복을 입고 영혼을 파괴하는 사무 업무를 하면서 욕망 없는 섹스나 죽을 정도의 외로움에 굴복하는 것보다, 레프트 뱅크의 다락방에 집세를 내지 않고 숨어살거나, 턱수염을 덥수룩하게 기른 채 씻지 않아 냄새를 풍기면서 카페를 전전하고 친구들한테서 술을 얻어먹는 것이 어째서 더 큰 희생이자 더 큰 개성의 소멸이란 말인가? 압생트*와 누더기옷은 이제 케케묵은 것이 분명하다. 집주인을 속여 집세를 내지 않는 것이 뭐가 그리 영웅적이란 말인가?

T. S. 엘리엇은 은행에서 일했다. 월리스 스티븐스와 프란츠 카프카는 보험회사에서 일했다. 엘리엇과 스티븐스와 카프카가

---

* 독주의 일종.

포나 랭보보다 고통을 덜 겪은 것은 아니었다. 엘리엇과 스티븐스와 카프카를 따르기로 하는 것은 불명예스러운 일이 아니다. 그는 그들처럼 검정 양복을 입는 것을 택했다. 독 묻은 셔츠 같은 그것을 입는 것이다. 그리고 아무도 착취하지 않고 아무도 속이지 않으며 자기 길을 가는 것이다. 낭만주의시대의 예술가들은 지나칠 정도로 미쳤다. 그들은 광기를 통해 무수한 광란의 시들과 엄청난 감각의 그림들을 쏟아냈다. 그 시대는 끝났다. 만약 광기를 견디는 게 그의 운명이라면, 그 자신의 광기는 달라야 할 것이다. 조용하고 신중한 광기여야 할 것이다. 그는 뒤러의 에칭화에 나오는, 길고 품이 넓은 옷을 입은 남자처럼 등을 구부리고 구석에 앉아 지옥의 시기가 지나가기를 참을성 있게 기다릴 것이다. 그것이 지나가고 나면 그걸 견뎠기에 더 강해져 있을 것이다.

기분이 괜찮은 날이면 그는 스스로에게 그런 이야기를 한다. 그러나 좋지 않은 날이면 그렇게 단조로운 감정이 위대한 시의 원동력이 되기나 할지 미심쩍다. 한때 그토록 강렬했던, 음악에 대한 충동은 이미 사그라들었다. 이제는 시에 대한 충동을 잃어가는 과정에 있는 걸까? 그는 시에서 산문으로 내몰리게 될까? 산문이라는 것이 사실은, 창작 의지가 쇠퇴해갈 때 기대게 되는 차선의 선택일까?

그의 마음에 드는, 작년에 쓴 유일한 시는 다섯 줄밖에 안 된다.

가재잡이 어부들의 아내들은

수백 년 동안 남편들이 새벽에 고기를 잡은 터라,

혼자 일어나는 데 익숙해져 있다.

그들의 잠은 나의 잠처럼 산란하지도 않다.

가려거든, 포르투갈 가재잡이 어부들한테 가라.

자세히 들여다보면 시 자체는 점점 더 말이 안 되지만, 포르투갈 가재잡이 어부들이라는 꽤나 세속적인 표현을 시에 슬그머니 집어넣었다는 점이 내심 기쁘다. 그는 세속적이거나 난해한 단어나 표현을 모아놓고 그것들을 적절히 쓸 때를 기다리고 있다. 예를 들어 백열적인이라는 단어가 그렇다. 그는 언젠가 이 단어를 경구에 활용할 것이다. 경구에 관한 신비로운 역사는 브로치가 보석 하나를 위한 장치일 수 있듯이, 경구도 단어 하나를 위한 장치로 창조되었다는 사실을 말해줄 것이다. 사랑이나 절망에 관한 것처럼 보이는 시도, 그가 아직 의미를 완전히 확신하지 못하는 아름다운 소리가 나는 단어 하나에서 피어났을 것이다.

시에서 이력을 쌓는 데 경구만으로 충분할까? 경구에 형식적으로 잘못된 것은 없다. 그리스인들이 거듭 증명했듯, 감정의 세계는 한 줄로 압축될 수 있다. 하지만 그의 경구가 항상 그리스인의 압축 상태에 도달하는 것은 아니다. 너무 자주 감정이 결여되고, 너무 자주 딱딱하다.

그는 엘리엇의 말을 일기장에 적어놓았다. "시는 감정을 풀어놓은 게 아니라 감정으로부터의 탈출이다. 시는 개성의 표현이 아니라 개성으로부터의 탈출이다." 그러고서 엘리엇은 쓰라린 말을 덧붙인다. "하지만 개성과 감정을 가진 사람만이 그런 것들로부터 탈출하고 싶다는 게 무슨 의미인지 안다."

그는 종이 위에 단순한 감정을 흘려놓는 것이 두렵다. 일단 흘리기 시작하면 어떻게 멈춰야 할지 모를 것 같다. 동맥을 가르고 자신의 피가 쏟아져나오는 것을 지켜보는 것 같을 것이다. 다행히 산문은 감정을 요구하지 않는다. 산문에 대해서는 그렇게 말할 수 있다. 산문은 판판하고 고요한 물의 표면 같아서, 시간이 날 때 그 위에 이리저리 무늬를 만들 수 있다.

그는 산문으로 첫번째 실험을 하는 데 일주일을 할애한다. 그 실험 속 이야기에는, 그것이 이야기라면, 진정 플롯이라고 부를 만한 게 없다. 중요한 모든 것은 화자의 마음속에서 일어난다. 화자는 이름 없는 소녀를 호젓한 해변에 데리고 가서 그녀가 수영하는 모습을 지켜보는, 모든 면에서 그와 똑같은 무명의 젊은 남자다. 그녀의 작은 행동과 무의식적인 몸짓을 통해 그는 갑자기 그녀가 바람을 피우고 있다는 걸 확신한다. 게다가 자신이 알고 있다는 것을 그녀가 알아차리고도 개의치 않는다는 사실을 깨닫게 된다. 그게 전부다. 그렇게 이야기가 끝난다. 그게 전체 이야기다.

그 이야기를 쓰고 나서 그는 그걸 어떻게 해야 할지 모른다. 어쩌면 이름 없는 소녀의 실제 인물을 제외하고는 아무에게도 그걸 보여주고 싶은 마음이 없다. 하지만 그는 그녀와 연락하지 않고 있다. 여하튼 그가 알려주지 않는 이상, 그녀는 그게 자신이라는 걸 알아채지 못할 것이다.

이야기의 배경은 남아프리카다. 자신이 아직도 남아프리카에 관해 글을 쓰고 있다는 사실이 그를 불안하게 한다. 그는 남아프리카를 두고 떠난 것처럼, 남아프리카적 자아로부터 벗어나고 싶다. 남아프리카는 잘못된 시작이자 불리한 조건이었다. 별 특징 없는 시골 가족, 형편없는 교육, 아프리칸스어. 그는 이런 불리한 조건에서 다소간 벗어났다. 그는 넓은 세계에서 스스로 생계를 꾸려가고 있다. 그다지 못하는 편은 아니거나 적어도 명백히 실패하지는 않았다. 남아프리카를 되새길 필요는 없다. 내일 대서양에서 거대한 물결이 밀려와 아프리카대륙의 남단을 쓸어버린다 해도, 그는 눈물 한 방울 흘리지 않을 것이다. 그는 생존자들 사이에 있을 것이다.

그가 쓴 이야기는 별게 아니지만(그건 분명하다), 그리 나쁘지도 않다. 그럼에도 불구하고 그것을 발표해야 하는 이유를 찾을 수 없다. 영국인들은 이해하지 못할 것이다. 그들은 이야기에 나오는 해변을 보고 조약돌 몇 개 주위로 잔물결이 찰랑이는 영국식 해변을 떠올릴 것이다. 갈매기들과 가마우지들이 바람에 맞서며 내는 소리, 파도에 깎여 만들어진 낭떠러지 아래에 현란하게 펼쳐진 모래사장은 떠올리지 못할 것이다.

다른 점에서도 시와 산문은 다른 것 같다. 시에서는 행동이 모든 곳에서 일어나고 동시에 아무 곳에서도 일어나지 않는다. 어부들의 외로운 아내들이 사는 곳이 칼크 베이냐, 포르투갈이냐, 메인이냐는 중요하지 않다. 그런데 산문은 구체적인 배경을 끝없이 요구하는 것 같다.

그는 아직 산문으로 표현할 만큼 영국에 대해 잘 알지 못한다. 자신이 잘 아는 런던의 부분적인 면들, 춥든 비가 오든 무거운 걸음으로 일터로 향하는 사람들이 있는 런던, 커튼이 달리지 않은 창문과 40와트짜리 전구가 달린 한 칸짜리 방이 있는 런던을 산문에 담아낼 수 있을지 확신이 서지 않는다. 시도해본다 해도 결과는 다른 독신 사무원의 런던과 다를 것 같지 않다. 그는 런던에 대한 나름의 시각이 있다. 그러나 그 시각에 독특한 것은 아무것도 없다. 거기에 어떤 강렬함이 있다면, 그것은 오직 그 시각이 협소하기 때문이요, 시각이 협소한 것은 그가 그 시각 자체 외의 모든 것에 무지하기 때문이다. 그는 런던을 정복하지 못했다. 어떤 정복이 진행되고 있다면, 그건 런던이 그를 정복하고 있는 것이다.

8

처음으로 산문을 시도해본 것이 삶의 방향이 바뀌는 전조였을까? 그는 시를 포기하려는 참일까? 잘 모르겠다. 하지만 산문을 쓰게 된다면, 철저히 해서 제임스처럼 되어야 한다. 헨리 제임스는 한낱 국적을 어떻게 넘어서는지를 보여준다. 사실 제임스의 소설은 어디를 배경으로 하는지, 런던인지 파리인지 뉴욕인지 늘 분명하지 않다. 제임스는 그런 일상적 삶의 역학을 훌쩍 뛰어넘는다. 제임스의 소설에 나오는 사람들은 집세를 낼 필요가 없다. 직장을 계속 다닐 필요도 없다. 그들에게 요구되는 것은 권력의 미세한 변화, 숙련된 눈이 아니면 아무에게도 보이지 않을 정도의 미미한 변화를 가져올 아주 미묘한 대화를 하는 게 전부다. 그런 변화가 충분히 일어나면, 이야기 속 인물들 사이의 힘의 균형이 갑작스럽고 돌이킬 수 없이 변했다는 게 (부알라!) 밝혀진다. 바로 그것이다. 그렇게 되면 이야기는 책임을 다하고 막을 내릴 수 있다.

그는 제임스 스타일로 연습해보려 애쓴다. 하지만 제임스식 방법이 생각보다 숙달하기 그리 쉽지 않다는 게 드러난다. 그가 머릿속에 떠올린 인물들이 아주 미묘한 대화를 하게 하는 것은 포유동물을 날게 하려는 시도와 같다. 그들은 잠시 팔을 파닥이며 공중에 떠 있다가 곤두박질치고 만다.

헨리 제임스의 감성은 그의 감성보다 뛰어나다. 그것은 의심의 여지가 없다. 하지만 그것만으로 그의 실패가 모두 설명되지는 않는다. 제임스는 대화, 즉 말을 주고받는 것만이 중요하다고 믿고 싶어한다. 그는 그 신조를 받아들일 준비가 되어 있지만, 현실적으로는 그 신조를 따를 수 없다. 무자비한 톱니바퀴로 그를 부숴버리는 런던에서는 그럴 수가 없다. 그는 이 도시에서 글 쓰는 법을 익혀야 한다. 그렇지 않으면 왜 여기에 와 있겠는가?

옛날에, 그가 아직 순진한 어린애였을 때는 영리한 것만이 중요한 척도라고 생각했다. 충분히 영리하면 원하는 것을 모두 얻을 수 있을 거라 생각했다. 그런데 대학에 가면서 자신의 위치를 깨닫게 되었다. 대학은 그가 가장 영리한 사람이 아니라는 것을, 결코 그렇지 않다는 것을 보여줬다. 지금 그는 의지할 시험조차 없는 실제 삶에 직면해 있다. 실제 삶에서 그가 잘할 수 있는 유일한 것은 불행해지는 일뿐이다. 불행으로 말할 것 같으면 그는 아직도 최고다. 그가 스스로에게 끌어들여 견딜 수 있는 불행에는 한계가 없는 듯하다. 이 낯선 도시의 차가운 거리를 무작정 걸을 때도, 방으로 돌아가면 잠이 올 만큼만 몸을 지치게 하려고 무작정 걸을 때도, 그의 안에 불행의 무게에 눌려 부서지고 싶은 성향은 조금도 없다. 불행은 그의 천성이다. 물속의 물고기처럼 그는 불행 속에서 편안함을 느낀다. 불행이 사라지면 자신을 어떻게 해야 할지 모를 것이다.

그는 속으로 생각한다. 행복은 사람에게 아무것도 가르쳐주지 않는다. 반면에 불행은 미래를 위해 사람을 단련시킨다. 불행은 영혼을 위한 학교다. 사람은 불행의 물에서 정화되고 강해지고 삶이라는 예술의 도전을 다시 받아들일 준비를 한 뒤에 먼 둑으로 나온다.

하지만 불행이 몸을 깨끗하게 하는 목욕 같지는 않다. 반대로 더러운 물웅덩이 같다. 그는 한바탕 불행이 찾아올 때마다 더 밝고 강해지는 게 아니라 더 흐릿하고 무기력해진다. 불행을 통해 정화된다고들 하던데, 어찌된 일이지? 충분히 깊이 헤엄치지 않아서 그런 걸까? 단순한 불행을 넘어 우울증과 광기 속을 헤엄쳐야 하는 걸까? 그는 정말로 미쳤다고 할 수 있는 사람을 아직 만나보지 못했지만, 재클린을 잊은 적은 한 번도 없다. 그녀는 자기가 "치료"를 받고 있다고 했다. 육 개월 동안 그는 원룸 아파트에서 그녀와 함께 살다가 말다가 했다. 그런데 재클린은 거룩하고 자극적인 창조의 불길로 타오른 적이 한 번도 없었다. 반대로, 그녀는 같이 있기에 너무 자기강박적이고 예측하기 어렵고 피곤하게 하는 사람이었다. 예술가가 될 수 있기 전에 그런 사람이 되어야 하는 걸까? 여하튼, 미쳤든 불행하든, 장갑 낀 손이 뇌를 꽉 쥐고 쥐어짜는 것처럼 피곤한데 어떻게 글을 쓸 수 있을까? 그런데 그가 피곤이라고 생각하는 것이 사실 시험은 아닐까? 위장된 시험, 더욱이 그가 실패하고 있는 시험은 아닐까? 피곤 다음에는 여러 단계로 이루어진 단테의 지옥들처럼 더 많은 시험들이 있을까? 피곤은 횔덜린, 블레이크, 파운드, 엘리엇 같은 위대한 작가들이 치러야 했던 시험들 중 첫번째에 불과한 걸까?

그는 살아남아 예술의 신성한 불길에 타는 게 어떤 것인지 일분이라도, 아니 일 초라도 느껴봤으면 싶다.

고통, 광기, 섹스. 이것은 스스로에게 신성한 불길을 불러오는 세 가지 방법이다. 그는 고통의 밑바닥까지 가봤고 광기와 접촉도 해봤다. 그런데 섹스에 대해서는 뭘 알지? 섹스와 창조는 동반자다. 모든 사람이 그렇게 말하고, 그도 그것을 의심하지 않는다. 예술가는 창조자이기 때문에 사랑의 비밀을 간직하고 있다.

여자들한테는 예술가의 내부에서 타오르는 불길이 보인다. 본능적으로 보이는 것이다. 여자들에게는 신성한 불길이 없다(사포와 에밀리 브론테는 예외다). 여자들이 예술가들을 따라다니고 그들에게 몸을 바치는 것은 자신들에게 없는 불길, 사랑의 불길을 찾기 위해서다. 예술가들과 그들의 연인들은 사랑을 나누면서 잠시, 감질나게, 신들의 삶을 경험한다. 예술가는 그런 섹스로 인해 풍요로워지고 강해져 자신의 작품으로 돌아가고, 여자들은 다른 사람이 되어 삶으로 돌아간다.

그는 어떤가? 만약 어느 여자도 아직까지 그의 딱딱함과 엄숙함 뒤에 신성한 불길이 깜빡거리는 걸 보지 못했다면, 만약 어느 여자도 극도로 꺼리지 않고 그에게 자기 몸을 줄 것 같지가 않다면, 만약 그에게 익숙한 섹스가 자신에게는 물론이고 여자에게도 불안하거나 무료하다면, 혹은 불안하면서 동시에 무료하다면, 그는 진짜 예술가가 아니라는 의미일까? 아니면 아직 그가 충분히 고통을 경험하지 않았고, 정열 없는 섹스를 한바탕 치르는 것들을 포함한 연옥에서 충분한 시간을 보내지 않았다는 의미일까?

단순한 삶에 대해서는 고고할 정도로 무관심했던 헨리 제임스가 그를 강하게 끌어당긴다. 하지만 아무리 노력해도 제임스의 보이지 않는 손길이 그의 이마에 닿아 축복을 내리는 걸 느낄 수 없다. 제임스는 과거에 속한다. 그가 태어났을 때는 제임스가 죽은 지 이십 년이 지나 있었다. 제임스 조이스는 간발의 차이이긴 해도 아직 살아 있었다. 그는 조이스를 좋아한다. 『율리시스』에 나오는 몇몇 대목을 암송할 수도 있다. 하지만 조이스는 너무 아일랜드와 아일랜드 문제에 얽매여 그의 신전에 들어갈 수 없었다. 에즈라 파운드와 T. S. 엘리엇은 불안정하고 신화적 분위기가 나긴 해도 아직 살아 있다. 한 사람은 라팔로에 있고, 한 사람은 이곳 런던에 있다. 하지만 그가 시를 포기하려 한다면(혹은 시가 그를 포기하려 한다면), 파운드와 엘리엇이 여전히 본보기가 될 수 있을까?

그러다보면 당대의 위대한 인물 중 D. H. 로런스 한 명만 남는다. 로런스도 그가 태어나기 전에 죽었다. 하지만 로런스는 젊어서 죽었기 때문에 사고로 치부해버릴 수 있다. 그는 학생 때 로런스를 처음 읽었다. 당시 『채털리 부인의 연인』은 가장 악명 높은 금서였다. 그는 대학교 삼학년 때쯤 로런스의 습작을 제외한 모든 작품을 읽었다. 동료 학생들도 로런스에 빠져 있었다. 그들은 로런스에게서 문명화된 관습의 허약한 껍질을 깨부수고 존재의 은밀한 핵이 밖으로 나오게 하는 방법을 배웠다. 여자들은 풍성한 드레스를 입고 빗속에서 춤을 추며 자신의 어두운 핵심으로 그들을 데려가겠다고 약속하는 남자들에게 몸을 허락했다. 그리고 그곳으로 데리고 가지 못하면 후다닥 버렸다.

그는 추종자, 로런스 추종자가 되는 것을 경계했다. 로런스의 소설에 나오는 여자들은 그를 불편하게 했다. 그는 그들을 무자비한 암컷 벌레나 거미나 사마귀라고 생각했다. 창백하고 검은 옷을 입고 대학에 있는, 골똘한 눈길을 한 추종자 집단의 여사제들이 그를 쳐다보면, 그는 자신이 조바심을 내며 종종걸음을 치는 작은 총각 벌레처럼 느껴졌다. 그중 몇하고 침대에 들고 싶은 마음도 있었다. 그걸 부인할 수는 없다. 그런데 남자는 여자를 그녀의 어두운 핵심에 데리고 감으로써만 자신의 어두운 핵심에 도달할 수 있었다. 하지만 그는 너무 두려웠다. 그들의 황홀경은 화산 같을 것이었다. 그걸 견뎌내기에 그는 너무 허약했다.

게다가 로런스를 따르는 여자들은 그들 나름의 순결 규칙이 있었다. 그들에게는 긴 냉각기가 있었다. 그 기간 동안에는 혼자 있거나 자매들하고만 같이 있기를 원했다. 그 기간에 몸을 줄 생각을 하는 것을 모독으로 여겼다. 그들은 어두운 남성적 자아의 당당한 호출에 의해서만 차가운 잠에서 깨어날 수 있었다. 그는 어둡지도, 당당하지도 못했다. 그게 아니라면, 적어도 본질적인 어둠이나 당당함이 아직 나타나지 않은 상태였다. 그래서 그는 다른 여자들로 대신했다. 아직 여자가 되지 않았거나 결코 될 수 없을지 모르는 여자들이었다. 그들에게는 어두운 핵심이나 이렇다 할 다른 것이 전혀 없었기 때문이다. 그가 마음속 깊은 곳에서 그걸 원한다고 말할 수 없는 것처럼, 그 여자들도 속으로는 그걸 하고 싶어하지 않았다.

케이프타운에서 마지막 몇 주 동안, 그는 캐럴라인이라는 여자와 사귀기 시작했다. 무대에 서겠다는 야심을 가진 연극 전공 학생이었다. 그들은 극장에도 가고, 밤새도록 사르트르와 비교되는 아누이의 장점들, 베케트와 비교되는 이오네스코*의 장점들에 대해 이야기하기도 했다. 그들은 같이 잤다. 베케트는 캐럴라인이 아니라 그가 좋아하는 작가였다. 그녀는 베케트가 너무 우울하다고 했다. 그녀가 베케트를 싫어하는 진짜 이유는 그가 여자들이 연기할 대목을 쓰지 않아서가 아닐까 싶었다. 그녀가 시켜서 그는 연기도 해봤다. 돈키호테에 관한 시극이었다. 하지만 그는 곧 막다른 골목에 봉착했다. 옛날에 살았던 스페인 사람의 마음은 너무 멀었고, 도저히 그 안으로 들어갈 수 없었다. 그래서 포기했다.

몇 달이 지난 지금, 캐럴라인이 런던에 나타나 그에게 연락을

---

* 차례로 장 폴 사르트르(1905~80), 장 아누이(1901~87), 사뮈엘 베케트(1906~89), 외젠 이오네스코(1909~94).

해온다. 그들은 하이드공원에서 만난다. 그녀의 피부는 아직도 남반구 햇볕에 그을린 황갈색이다. 그녀는 활력이 넘친다. 런던에 온 것도 좋고, 그를 만난 것도 좋은 모양이다. 그들은 공원을 산책한다. 봄이 와서 저녁시간이 길어지고 있다. 나무에는 움이 돋고 있다. 그들은 그녀가 사는 켄싱턴으로 가는 버스를 탄다.

그는 그녀의 활력과 진취성에 감명을 받는다. 런던에 온 지 몇 주밖에 안 되었는데 그녀는 벌써 자리를 잡았다. 직장도 구했고 모든 극장 에이전트들에게 이력서도 보냈다. 그녀가 사는 아파트는 부유한 지역에 있다. 그녀는 아파트를 영국 여자 세 명과 같이 쓴다. 그는 그녀에게 그 여자들을 어떻게 만났느냐고 묻는다. 그러자 그녀가 친구의 친구라고 답한다.

그들은 다시 연애를 시작한다. 하지만 처음부터 어렵다. 그녀는 웨스트 엔드에 있는 나이트클럽에서 종업원으로 일한다. 근무시간이 종잡을 수 없다. 그녀는 그가 나이트클럽으로 데리러 오는 것보다 아파트에서 만나는 것을 선호한다. 모르는 사람이 열쇠를 갖고 있는 걸 다른 여자들이 싫어해서 그는 밖에서 기다려야 한다. 그래서 그는 일과가 끝나면 기차를 타고 아치웨이 로드로 돌아가서 방에 있는 빵과 소시지로 저녁을 먹고, 한두 시간 동안 책을 읽거나 라디오를 듣고, 마지막 켄싱턴행 버스를 타고 가서 그녀를 기다리기 시작한다. 캐럴라인은 클럽에서 빠르면 자정, 늦으면 새벽 네시에 돌아온다. 그들은 같이 시간을 보내고 잠이 든다. 일곱시가 되면 자명종이 울린다. 그는 그녀의 친구들이 일어나기 전에 아파트를 나서야 한다. 그는 하이게이트행 버스를 타고 가서 아침을 먹고 검정 양복을 입고 출근한다.

그것은 곧 일상적인 일이 된다. 잠시 뒤로 물러나서 생각해볼 수 있을 때면 그는 그 일상이 놀랍다. 그는 규칙을 여자가, 여자 혼자서만 정하는 연애를 하고 있다. 열정이란 결국 남자의 자존심을 빼앗는 것일까? 그는 캐럴라인에게 열정적인 걸까? 그가 그런 상상을 한 적은 없을 것이다. 떨어져 있던 동안 그는 그녀를 거의 생각하지 않았다. 그런데 그는 왜 비참함을 고분고분 받아들이는 걸까? 불행해지고 싶은 걸까? 그에게 불행이란 없이는 살 수 없는 약인 걸까?

최악은 그녀가 아예 집에 오지 않을 때다. 그는 몇 시간 동안 거리를 걷거나, 비가 오면 현관에 웅크리고 있다. 절망스러움에 이런 생각도 한다. 그녀는 정말로 늦게까지 일하고 있는 걸까? 아니면 베이스워터에 있는 클럽은 빤한 거짓말이고 이 순간 누군가 다른 사람과 침대에 있는 걸까?

그가 단도직입적으로 비난하면 그녀는 모호한 변명을 할 뿐이다. 그녀는 클럽이 엄청 바빠서 새벽까지 영업을 했다고 말한다. 혹은 택시를 탈 돈이 없었다고 말한다. 혹은 고객과 술을 한잔하러 가야 했다고 말한다. 그녀는 그에게 연극업계에서는 인맥이 최고로 중요하다고 신랄하게 말한다. 인맥 없이는 결코 경력을 쌓을 수 없다는 것이다.

그들은 여전히 사랑을 나누지만 전과 같지는 않다. 캐럴라인의 마음은 딴 곳에 가 있다. 아니, 그보다 더 나쁘다. 그의 우울과 부루퉁함이 그녀에게 짐이 되어가고 있다. 그는 느낄 수 있다. 조금이라도 지각이 있다면, 그는 당장 그 연애를 그만두고 사라질 것이다. 하지만 그렇게 하지 않는다. 캐럴라인은 그가 유럽에서 찾던 검은 눈의 신비로운 연인이 아닐지 모른다. 그처럼 평범한 배경을 가진, 케이프타운 출신의 여자에 지나지 않을지도 모른다. 그러나 지금, 그녀는 그의 전부다.

9

영국에 있는 여자들은 그에게 관심을 보이지 않는다. 아직도
그에게서 식민지의 세련되지 못한 분위기가 어른거리기 때문인
지 모른다. 단순히 그가 옷을 잘 못 입어서 그런지도 모른다. 그
는 IBM 양복을 입지 않을 때는 케이프타운에서 가져온 회색 플
란넬 바지와 녹색 스포츠 재킷만 입는다. 그와 대조적으로, 기차
나 거리에서 만나는 젊은 남자들은 통이 좁은 검은 바지에 단추
가 많이 달린 각지고 몸에 딱 붙는 재킷을 입고 뾰쪽구두를 신는
다. 또한 그들은 머리를 이마와 귀까지 기르고 다닌다. 그런데
그의 머리는 아직도 옆과 뒤가 짧다. 어렸을 때 시골 이발사들이
해줬던 것처럼 단정하게 가르마를 타고 있고, IBM도 그 모습에
만족해한다. 기차를 타면 여자들은 그를 건성으로 보는 둥 마는

둥 하거나 업신여기듯 쳐다본다.

그가 처한 곤경은 그리 공정하지 못하다. 어디에, 누구한테 항의할지만 알면 항의하고 싶다. 그의 경쟁자들은 어떤 직장을 갖고 있기에 원하는 대로 옷을 입을까? 왜 그가 유행을 따라야 하는가? 내면의 모습은 전혀 중요하지 않단 말인가?

그들과 같은 옷을 사서 주말에는 그걸 입는 게 현명한 일일 것이다. 하지만 그의 성격에도 안 맞고 영국적이라기보다는 라틴적인 그런 옷차림을 상상하면 점점 더 거부감이 느껴진다. 도저히 그럴 수는 없다. 그건 가식과 연기에 자신을 내어주는 것과 같다.

런던은 아름다운 여자들로 가득하다. 그들은 세계 곳곳에서 온다. 오페어걸*로 오기도 하고 어학연수를 받으러 오기도 하고 단순히 여행하러 오기도 한다. 그들은 옆머리를 광대뼈 위까지 늘어뜨리고 까맣게 아이섀도를 칠하고 있다. 그들에게는 기분좋은 신비감이 있다. 키가 크고 피부가 미끈한 스웨덴 여자들이 가장 아름답다. 하지만 눈이 가늘게 치켜올라가고 자그마한 이탈리아 여자들도 나름대로 매력이 있다. 미소를 짓고 있지만 우울한 스웨덴 사람의 섹스와는 아주 다르게, 이탈리아 사람의 섹스

---

* 입주 가정부.

는 격렬하고 뜨겁지 않을까 상상해본다. 하지만 그가 스스로 그걸 알게 될 기회가 있을까? 용기를 내서 이 아름다운 외국 여자들 중 하나한테 말을 건다면, 무슨 말을 할까? 만약 자신을 단지 컴퓨터 프로그래머가 아니라 수학자라고 소개한다면 거짓말을 하게 되는 걸까? 수학자라고 하면 유럽에서 온 여자가 관심을 보일까? 아니면 겉모습은 따분해 보이지만 시인이라고 말하는 게 더 좋을까?

그는 호주머니에 시집을 넣고 다닌다. 때로는 횔덜린을, 때로는 릴케를, 때로는 바예호*를 넣고 다닌다. 기차를 타면 보란듯이 시집을 꺼내 열중해서 읽는다. 그것은 시험이다. 비범한 여자만이 그가 읽는 것을 알아보고 감탄하며 그의 내부에 있는 예외적인 기질까지 알아챌 것이다. 하지만 기차 안에 있는 여자들 중 아무도 그에게 관심을 보이지 않는다. 그것이, 그러니까 남자들이 신호를 보내면 전혀 관심을 보이지 않는 것이, 여자들이 영국에 도착해서 처음으로 배우는 것들 중 하나인 듯하다.

릴케에 따르면 우리가 아름다움이라고 부르는 것은 두려움에 대한 첫 암시일 뿐이라고 한다. 우리가 아름다움 앞에 엎드리는

---

* 차례로 독일 시인 프리드리히 횔덜린(1770~1843)과 라이너 마리아 릴케(1875~1926), 페루 시인 세사르 바예호(1892~1938).

이유는 우리를 파괴할 가치가 없다고 생각한 것에 감사하기 위함이라고 한다. 다른 세계에서 온 이 아름다운 여자들, 이 천사 같은 여자들은 그가 위험을 무릅쓰고 너무 가까이 가면 그를 파괴해버릴까? 아니면 그렇게 하기에는 그가 너무 하찮은 존재라고 생각할까?

시 전문잡지—〈앰빗〉 혹은 〈어젠다〉—를 보다가, 그는 시인협회에서 아직 데뷔하지 않은 젊은 작가들을 위해 주관하는 주간 워크숍이 있다는 공고를 본다. 그는 검정 양복을 입고 예고된 시간과 장소에 간다. 문가의 여자가 그를 의심스럽게 쳐다보더니 나이를 묻는다. "스물한 살입니다." 그는 이렇게 대답하지만 거짓말이다. 그는 스물두 살이다.

가죽 팔걸이의자에 둘러앉은 동료 시인들이 그를 쳐다보고 쌀쌀맞게 고개를 끄덕인다. 그들은 서로를 알고 있는 것 같다. 그만 새로 온 사람이다. 그들은 그보다 나이가 어리다. 정확하게는 모두 십대다. 예외가 있다면 절름발이 중년남성이다. 시인협회에서 직책을 맡은 사람인 것 같다. 그들은 돌아가면서 최근에 쓴 시를 읽는다. 그가 읽은 시는 "내 무절제의 격렬한 파도"라는 문구로 끝난다. 절름발이 남자는 그의 언어 선택이 잘못되었다고 생각한다. 병원에서 일한 적이 있는 사람이면 누구나 무절제 incontinence를 요실금이나 그보다 나쁜 상태를 의미하는 말로 이해한다는 것이다.

그는 다음주에 또 간다. 그리고 워크숍이 끝난 뒤 자동차 사고로 죽은 친구에 관한 시를 낭독한 여자와 커피를 마신다. 그녀의 시는 나름대로 괜찮다. 평온하고 가식이 없다. 시를 쓰지 않을 때 그녀는 런던에 있는 킹스 칼리지에 다닌다고 한다. 그녀의 옷차림은 검정 스커트에 검정 스타킹으로 수수하다. 그들은 다시 만나기로 한다.

그들은 토요일 오후에 레스터스퀘어에서 만난다. 영화를 보러 가기로 어정쩡하게 약속했었다. 하지만 시인으로서 그들은 인생을 충만하게 살 의무가 있다. 그래서 계획을 바꿔 가워 스트리트에 있는 그녀의 방으로 간다. 그녀는 그가 옷을 벗기게 놔둔다. 그는 그녀의 벗은 몸매가 멋지고 피부는 백옥 같은 데 놀란다. 그는 궁금하다, 모든 영국 여자들이 옷을 벗으면 이렇게 아름다울까?

그들은 옷을 벗은 채 서로의 품에 안겨 있다. 하지만 그들 사이에는 온기가 없다. 앞으로도 온기가 생기지 않을 거라는 사실이 점점 분명해진다. 결국 여자가 몸을 움츠린다. 그녀는 자기 가슴 위로 손을 포개고 그의 손을 밀치며 말없이 고개를 젓는다.

그는 그녀를 설득하고 유도하고 유혹해볼 수도 있을 것이다. 심지어 성공할 수도 있을 것이다. 하지만 그녀는 여자의 직감을 갖고 있을 뿐만 아니라 예술가이기도 하다. 그녀는 자신을 유혹하려는 그의 행동에 진정성이 없음을 알고 있는 게 분명하다.

그들은 침묵 속에서 옷을 입는다. 그녀가 말한다. "미안해요." 그가 어깨를 으쓱한다. 그는 화가 난 게 아니다. 그녀를 비난하지도 않는다. 그에게도 나름의 직감이 있다. 그녀가 그에게 내린 판결은 그가 자신에게 내린 판결이기도 할 것이다.

그 일이 있은 후, 그는 시인협회에 가는 것을 그만둔다. 여하튼 그는 그곳에서 환영받는 느낌을 한 번도 받지 못했다.

이후로 그는 영국 여자들과 만나는 행운을 누리지 못한다. IBM에도 영국 여자들은 많다. 비서들도 있고 천공원*들도 있다. 그들과 이야기할 기회도 있다. 하지만 그는 그들이 자신을 거부하는 것 같다고 느낀다. 그들은 그가 누구이고, 그의 동기가 무엇이며, 그가 그들의 나라에서 뭘 하고 있는지 확신하지 못하는 것 같다. 그는 그들이 다른 남자들과 있는 모습을 바라본다. 다른 남자들은 유쾌하고 달콤한 영국식으로 그들에게 치근댄다. 그는 그들이 그 치근덕거림을 받아들이는 모습을 볼 수 있다. 그들은 꽃처럼 열린다. 하지만 그는 치근대는 걸 배우지 못했다. 그걸 용납할 수 있을지도 잘 모르겠다. 여하튼 그가 시인이라는

---

* 정보를 입력하기 위해 컴퓨터용 카드에 천공기로 구멍 뚫는 일을 하는 사람.

것을 IBM 여자들이 알게 할 수는 없다. 그들은 서로 킥킥거리고 건물 전체에 소문을 퍼뜨릴 것이다.

영국 여자를 사귀는 것보다 더 높고, 스웨덴 여자나 이탈리아 여자를 사귀는 것보다 더 높은 최고의 야심은 프랑스 여자를 사귀는 것이다. 프랑스 여자와 열렬한 연애를 하게 되면, 확신하건대, 아름다운 프랑스어와 섬세한 프랑스식 사유에 닿을 것이다. 하지만 어느 프랑스 여자가 영국 여자가 하는 것 이상으로 그에게 말을 걸어주겠는가? 게다가 그는 런던에서 프랑스 여자를 그렇게 자주 만나보지도 못했다. 프랑스 여자한테는 결국 세상에서 가장 아름다운 나라인 프랑스가 있으니까. 그들이 왜 영국인의 아이를 돌봐주기 위해 쌀쌀맞은 영국에 오겠는가?

프랑스인은 세상에서 가장 문명화된 사람들이다. 그가 존경하는 작가들 모두가 프랑스 문화에 푹 빠져 있다. 그들 중 대부분은 프랑스를 자신의 정신적 고향으로 여긴다. 어느 정도는 이탈리아까지도 포함되지만, 이탈리아는 어려운 시기에 접어든 것 같다. 열다섯 살 때, 그는 펠먼 어학원에 5파운드 10실링을 우편환으로 부치고 프랑스어 문법책과 연습지를 받아 문제를 풀고 돌려보내 채점을 받았다. 그때부터 줄곧 프랑스어를 배우려고 시도했다. 케이프타운에서 가져온 트렁크에는 카드 오백 장이 들어 있다. 그는 카드 하나에 기본적인 프랑스어 어휘를 하나씩 써서 갖고 다니며 외우려고 한다. 머릿속으로 프랑스어 어구―
주 비앙 드, 방금 했다, 혹은 일 므 포, 해야 한다 같은―가 지나
간다.

하지만 그의 노력에도 불구하고 전혀 소득이 없다. 그는 프랑
스어에 대한 감각이 없다. 프랑스어 녹음을 들으면, 그는 대체로
어디에서 한 단어가 끝나고 다른 단어가 시작되는지도 알 수 없
다. 간단한 산문은 읽을 수 있지만, 그것이 어떻게 발음되는지는
알 수 없다. 그 언어가 그를 거부하고 배척한다. 그는 그 안으로
들어가는 길을 찾을 수 없다.

이론적으로는 프랑스어가 쉬워야 맞다. 그는 라틴어를 안다.
때때로 재미 삼아 라틴어로 된 책을 소리 내어 읽기도 한다. 황
금시대나 백은시대의 라틴어가 아니라 고전 어순을 뻔뻔하게 무
시하는 불가타 성서의 라틴어다. 그는 스페인어도 어렵지 않게
익혔다. 그는 스페인어-영어 대조판으로 된 세사르 바예호를 읽
고, 니콜라스 기옌을 읽고, 파블로 네루다를 읽는다. 스페인어에
는 의미를 짐작조차 할 수 없는, 야만적으로 들리는 말이 많지만
그건 중요하지 않다. 적어도 모든 글자가 발음된다. r가 두 개 붙
어도 각각 발음된다.

하지만 그가 진짜 자신과 맞는다고 느끼게 된 언어는 독일어
다. 그는 쾰른에서 송출되는 방송에 주파수를 맞춘다. 너무 지루

하지 않은 것이면 동베를린 방송도 들어본다. 대부분 알아들을 수 있다. 그는 독일 시를 읽고 충분히 잘 이해한다. 독일어에서 모든 음절에 적절한 강세를 주는 방식이 마음에 든다. 아프리칸스어의 그림자가 아직도 귀에 어른거리는 덕분에 독일어 구문도 편하게 느껴진다. 사실 그는 독일어 문장의 길이와 끝에 동사들이 쌓이는 것이 마음에 든다. 독일어를 읽을 때면 그것이 외국어라는 것을 잊을 때도 있다.

그는 잉게보르크 바흐만을 거듭해서 읽는다. 베르톨트 브레히트와 한스 마그누스 엔첸스베르거도 읽는다. 독일어의 냉소적인 저류가 그를 매혹시킨다. 그러나 그는 그것이 거기에 있는 이유를 제대로 이해했는지 확신이 들지 않고, 혹은 자신이 그냥 상상을 하는 것은 아닌가 싶다. 누구한테 물어볼 수도 있겠지만, 프랑스어를 하는 사람을 아무도 알지 못하듯 그는 독일 시를 읽는 사람도 아무도 알지 못한다.

하지만 이 거대한 도시에는 독일문학에 빠진 사람 수천 명이 있을 게 분명하다. 러시아, 그리스, 이탈리아 시를 읽는 사람들도 수천 명이 있을 것이다. 읽고, 번역하고, 때로는 쓰기까지 하는 사람들 말이다. 망명중인 시인들, 머리를 기르고 뿔테안경을 쓴 남자들, 날카로운 이국적 얼굴과 도톰하고 정열적인 입술을 가진 여자들. '딜런스'에서 산 잡지에 그런 사람들이 존재한다는 충분한 증거가 있다. 거기에 실린 번역은 그들이 한 것이 틀림없다. 하지만 어떻게 만나지? 그 특별한 사람들은 읽고 쓰고 번역하지 않을 때면 무엇을 할까? 자기도 모르게 '에브리맨'의 관객으로 그들 사이에 앉아 있거나 햄스테드 히스에서 함께 산책을 하고 있지는 않을까?

그는 충동적으로 그들과 비슷해 보이는, 히스를 걷는 커플 뒤에서 걸어간다. 남자는 키가 크고 수염을 길렀다. 여자는 기다란 금발머리를 무심히 뒤로 넘긴 모습이다. 그는 그들이 러시아인이라고 확신한다. 하지만 가까이 가서 들어보니 영국인이다. 그들은 힐스의 가구 값에 관해 이야기하고 있다.

이제 네덜란드만 남았다. 최소한 그는 네덜란드어에 관해서는 속속들이 알고 있다. 최소한 그런 장점은 갖고 있다. 런던에 있는 집단 중에 네덜란드 시인 집단도 있을까? 만약 있다면, 그 언어를 아는 그도 거기에 낄 수 있을까?

네덜란드 시는 늘 따분하다. 그런데 시몬 빈켄누흐라는 이름이 시 전문지에 계속 나온다. 빈켄누흐는 국제무대에 진출한 듯 보이는 네덜란드 시인이다. 그는 대영박물관에서 빈케노흐가 쓴 모든 글을 읽어보지만, 완전히 마음에 와닿지는 않는다. 빈케노흐의 글은 소란스럽고 둔하고 신비감이 없다. 빈케노흐가 네덜란드가 줄 수 있는 전부라면, 최악의 의심이 맞은 셈이다. 즉, 모든 나라의 언어를 통틀어 네덜란드어가 가장 둔하고 가장 시적이지 못한 언어라는 의심 말이다. 그가 물려받은 네덜란드 유산도 마찬가지다. 어쩌면 언어 하나만 사용하는 게 좋을지도 모른다.

이따금 캐럴라인이 회사로 전화를 걸어와 만나자고 한다. 하지만 같이 있을 때면 그녀는 그가 못마땅하다는 것을 숨기지 않는다. 그녀는 그에게 어떻게 런던까지 와서 기계로 숫자를 더하는 일을 하며 소일할 수 있느냐고 다그친다. 주변을 둘러봐, 그녀가 말한다. 런던은 진기한 것과 쾌락과 재미로 가득한 갤러리야. 껍질을 깨고 나와 즐기라는 것이다.

"우리 중 일부는 기질적으로 재미를 못 느껴." 그가 이렇게 대답하지만, 그녀는 그걸 시시껄렁한 농담이라 생각하고 이해하려는 시도도 하지 않는다.

캐럴라인은 돈이 어디에서 나서 켄싱턴에 있는 아파트를 얻고 계속 옷을 사 입는지 한 번도 설명해준 적이 없다. 남아프리카에 있는 그녀의 의붓아버지는 자동차 관련 사업을 한다. 의붓딸이 런던에서 즐겁게 살도록 해줄 만큼 자동차 사업이 돈을 많이 벌까? 캐럴라인은 밤에 클럽에서 근무할 때 실제로 무슨 일을 할까? 휴대품보관소에서 외투를 받아 걸고 팁을 챙길까? 쟁반에 술을 담아 나를까? 아니면 클럽에서 일한다는 건 그냥 둘러대는 말일까?

그녀의 말에 따르면, 그녀가 클럽에서 만난 사람들 중에 로런스 올리비에라는 사람이 있다. 로런스 올리비에는 그녀의 연기 활동에 관심을 갖고 있다. 그는 아직 구체적으로 정해진 바 없는 연극의 배역을 주겠다고 그녀에게 약속했다. 시골에 있는 자기 집으로 초대한 적도 있다.

이런 정보를 어떻게 해석해야 할까? 연극 배역을 준다는 이야기는 거짓말처럼 들린다. 로런스 올리비에가 캐럴라인에게 거짓말을 하고 있는 걸까? 아니면 캐럴라인이 거짓말을 하는 걸까? 로런스 올리비에는 틀림없이 틀니를 낀 늙은이일 것이다. 만약 그녀를 시골집에 초대한 남자가 진짜 로런스 올리비에라면, 캐럴라인이 그에게 대항해 자기를 지킬 수 있을까? 그 나이의 남자들은 쾌락을 위해 여자와 뭘 할까? 더이상 발기가 안 될지 모르는 남자를 질투하는 게 적절한 짓일까? 1962년 현재 런던에서 질투는 케케묵은 감정일까?

만약 그 사람이 로런스 올리비에라면, 그 사람은 시골 저택에서 그녀를 융숭하게 대접할 가능성이 높다. 역으로 운전사를 보내 그녀를 맞이하고, 식탁에 집사가 대기하게 하면서 말이다. 그리고 그녀가 레드와인을 마시고 취하면 침대로 데리고 가 만질 것이고, 그녀는 예의상 그날 저녁에 대한 고마움을 표시하고 또 자신의 경력을 위해 가만히 있을 것이다. 그녀는 그와 마주앉아 이야기를 하다가, 계산기 회사에서 일하고 아치웨이 로드에 있는 방에서 살며 때때로 시를 쓰는 회사원이 그의 경쟁자라는 사실을 행여 언급이라도 할까?

그는 캐럴라인이 회사원 남자친구인 자신과 헤어지지 않는 이유를 이해할 수 없다. 그녀와 하룻밤을 보내고 어둑한 이른아침에 슬며시 집에 들어오면, 그녀에게서 다시는 연락이 오지 않기를 바랄 뿐이다. 일주일 동안 아무 연락이 없을 때도 있다. 그런데 이제 연애가 끝났다고 느끼기 시작하는 순간, 그녀가 전화를 걸어와 똑같은 일들이 다시 반복된다.

그는 정열적인 사랑과 그것의 놀라운 힘을 믿는다. 하지만 그의 경험에 의하면, 연애는 시간을 잡아먹고 그를 지치게 만들며 일을 방해한다. 그가 여자를 사랑하도록 타고나지 않은 사람일 수도, 실제로는 동성애자일 수도 있을까? 만약 그가 동성애자라면, 그의 고뇌가 처음부터 끝까지 다 설명될 것이다. 하지만 그는 열여섯 살이 되면서부터 여자들의 아름다움과 손에 넣을 수 없는 그들의 신비한 분위기에 매료되었다. 학창시절 그는 늘 이여자, 저 여자, 때로는 동시에 두 여자를 향한 끊임없는 사랑을 앓았다. 시인들의 글을 읽으면서 그의 병은 더욱 깊어졌다. 시인들에 따르면, 섹스에서 느끼는 눈부신 황홀감은 사람을 비할 데

없는 밝음과 침묵의 중심으로 데려가고, 우주의 근원적인 힘들과 하나가 되게 만든다. 아직까지 그에게는 비할 데 없는 밝음이 찾아오지 않았지만, 그는 시인들의 말이 맞다는 것을 한순간도 의심하지 않는다.

어느 날 저녁, 그는 거리에서 어떤 남자가 자신에게 접근해오는 것을 허락한다. 그 남자는 그보다 나이가 많다. 실제로 세대 차이가 날 정도다. 그들은 택시를 타고 슬론스퀘어로 간다. 그 남자는 술이 달린 쿠션과 침침한 테이블 램프들로 가득한 아파트에 혼자 사는 듯하다.

그들은 이야기를 거의 하지 않는다. 그는 그 남자가 옷 위로 자기 몸을 만지도록 놔둔다. 그는 아무 응수도 하지 않는다. 그 남자가 오르가슴을 느껴도 아무런 티도 내지 않는다. 그후 그는 그곳을 나와 집으로 간다.

그것이 동성애일까? 그것이 전부일까? 그 이상의 것이 있다고 해도, 여자들과의 섹스와 비교하면 하잘것없는 행위처럼 보인다. 빠르고, 멍하고, 불안함도 없고, 끌림도 없는 행위. 잃을 것도, 얻을 것도, 아무 위험도 없는 것 같다. 성공한 집단을 두려워하는 사람들을 위한 게임, 패자들을 위한 게임.

10

그에게 계획이 있었다면, 영국에 올 때 그의 마음 한구석에는 이런 계획이 있었다. 직장을 잡고 저축을 하는 것. 그러다 돈이 충분히 모이면 직장을 그만두고 글쓰기에 전념할 생각이었다. 그리고 돈이 떨어지면 다른 직장을 구하고, 등등이었다.

그는 그 계획이 얼마나 순진한 것이었는지 곧 알게 된다. 그가 IBM에서 받는 돈은 공제 전 월 60파운드다. 그중 그가 저축할 수 있는 금액은 많아야 10파운드쯤이다. 일 년 내내 일하면 두 달쯤 자유로울 수 있다. 그런데 새로운 직장을 구하는 데 그 정도의 시간이 다시 소요될 것이다. 남아프리카에서 받은 장학금으로는 수업료도 겨우 낼 지경이다.

게다가 그는 마음대로 회사를 바꿀 자유도 없다는 사실을 알게 된다. 외국인 관리에 관한 영국의 새 법령은 외국인이 직장을 바꿀 때마다 내무성의 허가를 받아야 한다고 명시하고 있다. 자유로워지는 걸 금지하는 것이다. 만약 IBM을 그만두면, 그는 바로 다른 일을 구하거나 이 나라를 떠나야 한다.

그는 IBM에 꽤 오래 있었기 때문에 이제 그 일상에 익숙해졌다. 하지만 아직도 하루하루가 힘들다. 회사에서는 계속 모임이나 메모를 통해 그와 그의 동료 프로그래머들이 데이터 처리 직종의 최첨단에 있다는 사실을 기억하라고 하지만, 그는 자신이 디킨스의 소설에 나오는, 의자에 앉아 곰팡이가 슨 서류들을 베껴쓰는 무료한 사무원 같다는 느낌을 받는다.

하루의 무료함이 중단되는 유일한 때는 열한시와 세시 반이다. 그 시간이 되면 차를 나르는 아주머니가 손수레를 밀고 와서한 사람 한 사람 앞에 진한 영국 차를 탁 놓아준다("여기 있어, 자기"). 다섯시 퇴근시간이 지나고—비서들과 천공원들은 정각에 나간다, 그들에게 초과근무는 논외의 문제다—저녁이 깊어지고 나서야 그는 책상을 떠나 돌아다니며 쉴 수 있다. 거대한 IBM 7090*의 메모리 상자들이 대부분을 차지하고 있는 아래층

---

*IBM이 1950년대부터 1960년대 초 사이에 개발한 대형 컴퓨터 시스템 시리즈 중 하나.

기계실에는 대개 아무도 없다. 그는 작은 1401 컴퓨터에서 프로그램을 돌린다. 때로는 그걸로 게임도 살짝 한다.

그럴 때면 그의 일이 그저 참을 만한 것이 아니라 즐거운 것처럼 느껴진다. 밤새 회사에 있어도 괜찮을 것 같다. 졸릴 때까지 자신이 만든 프로그램을 돌리다가, 화장실에 가서 양치질을 한 뒤 책상 밑에 침낭을 펼쳐놓고 자도 괜찮을 것 같다. 그게 마지막 기차를 타고 가서 아치웨이 로드를 터벅거리며 올라가 외로운 방으로 돌아가는 것보다는 나을 것 같다. 하지만 그렇게 불규칙적인 행동을 하면 IBM에서 못마땅해할 것이다.

그는 천공원들 중 하나와 친구가 된다. 그녀의 이름은 로다다. 그녀는 다리가 살짝 굵지만 얼굴이 매력적인 올리브색을 띠고 있다. 그녀는 자신이 하는 일을 진지하게 받아들인다. 때때로 그는 문간에 서서 키보드 위로 몸을 숙이고 있는 그녀를 바라본다. 그녀는 그가 쳐다보는 것을 알지만 꺼념치 않는다.

그는 일에 관한 것 말고는 아무것도 로다에게 이야기한 적이 없다. 그는 삼중모음과 성문폐쇄음을 구사하는 그녀의 영어를 잘 알아듣지 못한다. 그래머 스쿨을 나온 다른 동료들과 달리 그녀는 런던 토박이다. 그는 근무시간이 끝난 뒤의 그녀의 삶에 대해서는 전혀 모른다.

영국에 도착했을 때, 그는 쌀쌀맞기로 유명한 영국인의 기질에 마음의 준비를 하고 있었다. 하지만 IBM에 있는 여자들은 전혀 그렇지 않다. 그들에게는 나름대로 포근한 관능, 푹푹 찌는 우리에서 함께 자라 서로의 신체 습관에 익숙해진 동물들의 관능이 있다. 성적 매력에서 스웨덴 여자들이나 이탈리아 여자들과는 상대도 안 되지만, 그는 영국 여자들의 한결같은 성격과 유머에 끌린다. 그는 로다를 더 잘 알고 싶다. 하지만 어떻게? 그녀는 다른 부족에 속하는 사람이다. 부족 특유의 전통적인 구애는 그만두고라도, 넘어야 하는 장벽들이 그를 좌절시키고 낙담하게 만든다.

뉴먼 스트리트에 있는 사무실의 효율성은 7090을 얼마나 활용하느냐에 달려 있다. 7090은 지사의 심장이며 존재이유다. 7090이 돌아가지 않는 시간은 쓸모없는 시간이라 불린다. 쓸모없는 시간은 비효율적이고, 비효율적인 것은 죄악이다. 지사의 궁극적인 목적은 7090을 밤낮으로 끊임없이 돌리는 것이다. 가장 중요한 고객은 7090을 몇 시간씩 사용하는 사람들이다. 그런 고객들은 수석 프로그래머들의 영역이다. 그는 그들과 아무 관계도 없다.

하지만 어느 날, 중요한 고객 중 하나가 데이터카드를 처리하는 데 어려움을 겪는다. 그 사람을 도와주는 일이 그에게 배당된다. 그 고객은 구겨진 양복을 입고 안경을 쓴 작달막한 폼프레트 씨다. 그는 매주 목요일, 영국 북부 어딘가에서 런던으로 온다. 천공카드 묶음을 여러 상자 가지고 오는데, 매번 한밤중에 시작해서 여섯 시간씩 7090을 예약해놓고 사용한다. 사무실에 떠도는 이야기에 따르면, 그 카드에는 RAF*를 위해 개발한 새로운 영국제 폭격기 TSR-2에 필요한 풍동風洞 데이터가 담겨 있다고 한다.

폼프레트 씨와 북쪽에 있는 폼프레트 씨의 동료들이 겪은 문제는 지난 이 주간 컴퓨터를 돌린 결과가 변칙적이라는 것이다. 말이 안 된다는 것이다. 테스트 데이터가 잘못되었거나 폭격기 설계에 뭔가 문제가 있다는 말이다. 그에게 주어진 임무는 보조 컴퓨터인 1401로 폼프레트 씨의 카드들을 다시 읽어 잘못 입력된 것이 있는지 확인하는 일이다.

그는 자정을 넘기며 일한다. 폼프레트 씨의 카드들을 한 묶음씩 카드판독기에 넣는다. 그리고 마침내 입력에는 아무 문제가 없다는 것을 보고할 수 있게 된다. 실제로 결과가 변칙적이었던 것이다. 진짜 문제가 있는 것이다.

진짜 문제가 있다. 아주 우연히, 아주 미약하게, 그는 TSR-2 프로젝트에 관여하게 된다. 영국 국방에 관련된 일을 하게 된 것이

---

* 영국 공군.

다. 모스크바를 폭격하려는 영국의 계획을 진전시키게 된 것이다. 이것이 그가 영국에 온 이유였을까? 아무 보상도 없는, 가장 허황된 보상조차 없는 악에 참여하기 위해서? 부드럽지만 다소 무력해 보이는 항공 엔지니어 폼프레트 씨가 카드가 가득 담긴 여행가방을 든 채 첫차를 타고 북쪽으로 가서 금요일 아침 회의에 맞춰 실험실로 돌아갈 수 있도록 해주기 위해 밤새도록 자지 않는 것에 무슨 낭만이 있을까?

그는 어머니에게 보내는 편지에 자신이 TSR-2를 위한 풍동 데이터와 관련된 일을 하고 있다고 쓴다. 하지만 그의 어머니는 TSR-2가 무엇인지 전혀 알지 못한다.

풍동 테스트가 끝난다. 폼프레트 씨는 더이상 런던에 오지 않는다. 그는 TSR-2에 관한 뉴스가 더 나오는지 신문을 찾아본다. 하지만 아무것도 없다. TSR-2는 망각 속으로 사라진 듯하다.

너무 늦긴 했지만, 그는 TSR-2 카드들이 자신의 수중에 있을 때 데이터를 은밀히 조작했으면 어떤 일이 벌어졌을지 생각해본다. 폭격기 프로젝트가 혼란에 빠졌을까? 아니면 북쪽에 있는 엔지니어들이 그가 손댄 것을 알아차렸을까? 한편으로, 그는 러시아가 폭격당하는 것을 막는 데 자기 역할을 다하고 싶다. 다른 한편으로는 영국 공군을 방해하면서 영국의 환대를 누릴 도덕적 권리가 그에게 있을까 싶다. 런던 IBM 사무실의 이름 없는 지지

자가 냉전 도중 며칠간 숨 돌릴 틈을 줬다는 것을 그들이 어떻게 알 수 있을까?

그는 영국인과 러시아인이 무슨 문제로 싸우는지 알지 못한다. 영국과 러시아는 1854년 이래 그가 아는 모든 전쟁에서 같은 편으로 싸웠다. 러시아인은 영국을 침략하겠다고 위협한 적이 없다. 그렇다면 왜 영국인은 세계 전역에서는 물론이고 유럽에서도 골목대장처럼 행동하는 미국인의 편을 드는 걸까? 영국인이 실제로 미국인을 좋아하는 것 같지는 않다. 신문에 실리는 만화들은 늘 미국인 관광객들을 빈정거린다. 담배를 물고 배가 불룩 나오고 꽃무늬 하와이 셔츠를 입은 미국인 관광객들이 달러를 한 주먹씩 뿌려대는 모습은 만화가들의 단골 메뉴다. 그의 생각에 영국은 프랑스를 따라 나토에서 탈퇴하고 미국과 그들의 새로운 짝인 서독이 러시아에 대한 자기들의 원한을 처리하게 내버려둬야 한다.

신문에는 CND, 즉 핵무장해제운동에 관한 기사가 많이 실린다. 홀쭉한 남자들과 초라한 머리의 못생긴 여자들이 플래카드를 흔들고 구호를 외치는 사진들을 보면서, 그는 CND가 좋아지질 않는다. 반면 흐루쇼프는 바로 조금 전에 전략적 조처를 취했다. 그러니까, 러시아를 사정권으로 하는 미국의 미사일을 막기 위해 쿠바에 미사일 발사대를 설치한 것이다. 이제 케네디는 러시아 미사일들을 쿠바에서 치우지 않으면 러시아를 폭격하겠다고 위협하고 있다. CND가 반대하는 것은 영국 내에 있는 미국 기지들이 관여하게 될 핵 공격이다. 그는 CND의 입장을 지지할 수밖에 없다.

미국의 비밀정찰기들이 대서양을 건너 쿠바로 오는 러시아 화물선들의 모습을 촬영한다. 미국인들에 따르면, 화물선에는 더 많은 미사일들이 실려 있다. 방수포에 덮여 잘 알아볼 수 없는 모습의 사진 속 미사일들에는 흰색 동그라미가 그려져 있다. 그가 보기로는 구명보트일 수도 있을 것 같다. 신문이 미국 쪽의 이야기를 의문시하지 않는다는 게 놀랍다.

CND는 이렇게 떠들어댄다. 정신 차리세요! 우리는 핵으로 인한 전멸의 위기에 처해 있어요. 정말일까? 그는 궁금하다. 그를 포함해 모든 사람이 전멸한단 말인가?

트래펄가광장에서 열리는 CND 집회에 간 그는 자신이 구경꾼에 불과하다는 표시로 가장자리에 선다. 그로서는 대중집회에 참석하는 게 처음이다. 그는 주먹을 흔들고 구호를 외치고 선동하는 것에 혐오감을 느낀다. 그가 생각하기에 자신을 아낌없이 내줄 가치가 있는 것은 사랑과 예술뿐이다.

그 집회는 일주일 전 CND 조직원들이 영국의 올더마스턴 핵무기 군사기지 밖에서 시작한 80킬로미터 행진의 대미다. 〈가디언)은 비에 젖어 행진하는 시위자들의 사진을 며칠 내내 게재했다. 트래펄가광장의 분위기는 어둡다. 그들의 연설을 들어보니 이곳의 사람들, 혹은 그중 일부가 그들이 말하는 내용을 실제로 믿고 있다는 게 명백해진다. 이 사람들은 런던이 폭격을 당할 거라고 믿는다. 모두가 죽을 거라고 믿는다.

그들이 맞을까? 그들이 맞다면, 너무 불공평해 보인다. 미국인의 호전성 때문에 재가 되어야 하다니, 러시아인에게도 불공평하고, 런던 시민에게도 불공평하고, 특히 그에게도 불공평해 보인다.

아우스터리츠의 전장에서 프랑스 척탄병들이 자신을 향해 총검을 겨누고 다가오는 모습을 최면에 걸린 토끼처럼 바라보고 있는 젊은 니콜라이 로스토프*가 떠오른다. 그는 이렇게 항의한다. 도대체 그들이 나를, 모두가 그렇게나 좋아하는 나를, 어떻게 죽이려고 할 수 있지?

엎친 데 덮친 격이다! 이게 무슨 아이러니인가! 자신들의 군대에 그를 강제로 징집하려던 아프리카너들과 그를 바다로 내몰려던 흑인들을 피했더니, 이제는 이 섬에서 곧 재가 될 운명이다! 도대체 무슨 놈의 세계가 이런가? 어디로 가야 정치의 폭력으로

---

* 레프 톨스토이의 장편소설 『전쟁과 평화』의 등장인물.

부터 자유로울 수 있을까? 스웨덴만이 싸움을 벗어난 곳 같다. 모든 걸 버리고서 스톡홀름으로 가는 배를 타야 하는 걸까? 스웨덴에 들어가려면 스웨덴어를 해야 할까? 스웨덴은 컴퓨터 프로그래머를 필요로 할까? 스웨덴에 컴퓨터가 있기나 할까?

집회가 마무리된다. 그는 자기 방으로 돌아간다. 『황금 주발』*을 읽거나 시를 써야 한다. 그러나 그게 의미가 있을까? 무슨 의미가 있을까?

그런데 며칠 후, 갑자기 위기가 끝난다. 케네디가 위협하자, 흐루쇼프가 항복한다. 화물선들이 방향을 돌린다. 쿠바에 있는 미사일들은 이미 철수되고 있다. 러시아인들은 자기들이 왜 그렇게 하는지 설명하지만 굴욕을 당한 것이 분명하다. 이 역사 속 사건에서 쿠바인들만이 명예를 얻는다. 쿠바인들은 의연하게, 미사일이 있든 없든, 숨이 붙어 있는 한 자신들의 혁명을 지키겠다고 맹세한다. 그는 쿠바인들과 피델 카스트로를 지지한다. 피델은 적어도 겁쟁이가 아니다.

테이트미술관에서 그는 관광객인 듯한 여자와 이야기를 나누게 된다. 수수하고 안경을 쓴 그녀는 자기 주관이 뚜렷한 여자

---

* 헨리 제임스의 장편소설.

다. 그로서는 별 관심이 가지 않지만 어쩌면 그와 같은 부류일 듯싶다. 그녀는 자기 이름이 아스트리트라고 한다. 오스트리아 출신이다. 빈이 아니라 클라겐푸르트에서 왔다고 한다.

알고 보니 아스트리트는 관광객이 아니라 오페어걸이다. 그는 다음날 그녀를 영화관에 데려간다. 그는 곧 그들의 취향이 아주 다르다는 사실을 확인하게 된다. 하지만 그녀가 자신이 일하는 집에 초대하자 거절하지 않는다. 그는 그녀가 사는 방을 잠깐 본다. 파란색 줄무늬 커튼이 있고 그것과 어울리는 이불이 있으며 베개에 곰인형이 기대어져 있는 다락방이다.

아래층에서 그는 그녀와 그녀의 고용주와 차를 마신다. 그녀를 고용하는 영국 여자는 서늘한 눈으로 그를 바라보더니 그가 어딘가 부족한 사람이라는 결론을 내린다. 그녀의 눈이 말한다. 여기는 유럽인의 집이고, 이곳에는 품위 없는 식민지인이 필요 없다고, 보어인은 더더욱 필요 없다고.

남아프리카인이 영국에 있기에 좋은 때가 아니다. 남아프리카는 대단히 독선적으로 공화국을 선포하면서 영국연방에서 축출당하고 말았다. 축출에 내포된 메시지는 너무나 분명하다. 영국인들은 보어인들과 그들이 이끄는 남아프리카에 너무 질렸다는 것이다. 그동안 가치보다는 골칫거리가 더 많았던 식민지였다는 것이다. 그들은 남아프리카가 지평선 너머로 조용히 사라진다고 해도 상관하지 않을 것이다. 그들은 부모를 찾는 고아들처럼 버림받은 남아프리카 백인들이 자기들의 현관 계단을 어수선하게 만드는 것을 원하지 않는다. 그는 믿어 의심치 않는다. 아스트리트는 이 온화해 보이는 영국 여자로부터 그가 호감 가는 남자는 아니라는 얘기를 간접적으로 듣게 될 것이다.

외로움 때문에, 그리고 어쩌면 영어가 어설픈 이 불행하고 기품 없는 외국인에 대한 동정심 때문에, 그는 아스트리트에게 다시 데이트를 신청한다. 나중에는 적당한 이유도 없이 그녀를 설득해 자신의 방으로 데리고 온다. 그녀는 아직 열여덟 살도 안 되었다. 아직도 젖살이 안 빠졌다. 그는 그렇게 어린 여자와 있어본 적이 없다. 정말로 어린아이나 마찬가지다. 옷을 벗기자 그녀의 피부에서 차갑고 끈적거리는 느낌이 든다. 그는 자신이 실수를 했다는 것을 이미 안다. 그는 아무 욕망도 느끼지 못한다. 여자들과 여자들의 요구에 관한 한 늘 아리송하지만, 그는 그녀도 아무 욕망을 느끼지 못한다고 확신한다. 하지만 물러서기에 그들은 너무 멀리 왔다. 그래서 그들은 그걸 한다.

이후 몇 주 동안 그들은 여러 차례 저녁을 같이 보낸다. 하지만 시간이 늘 문제다. 아스트리트는 고용주의 아이들이 잠자리에 든 후에만 나올 수 있다. 그들에게는 켄싱턴으로 가는 막차시간까지 길어야 한 시간밖에 없다. 한번은 그녀가 용기를 내어 그의 집에서 밤을 보낸다. 그는 그녀가 자신의 집에 있는 게 좋은 척한다. 하지만 사실은 좋지 않다. 그는 혼자 있을 때 더 잘 잔다. 다른 사람과 같이 침대를 쓰면 그는 밤새 긴장하고 굳어 있는 바람에 기진맥진한 채로 일어난다.

11

수년 전, 그가 정상적이려고 최선을 다하는 한 가족의 어린아이였을 때, 그의 부모는 토요일 밤이면 춤을 추러 가곤 했다. 그는 그들이 준비를 하는 모습을 지켜보았다. 늦게까지 자지 않고 있으면 어머니를 추궁할 수 있었다. 하지만 우스터에 있는 메이스닉호텔의 댄스홀에서 실제로 무슨 일이 있었는지 볼 기회는 없었다. 그의 부모가 어떤 춤을 췄는지, 춤을 추는 동안 가식적으로 서로의 눈을 바라보는 척했는지, 둘이서만 춤을 췄는지, 아니면 낯선 사람이 여자의 어깨에 손을 얹으며 파트너에게서 그녀를 데려가고, 남자는 다른 파트너를 찾거나 구석에 서서 담배를 피우며 못마땅해하고 있어야 하는 미국영화 속 장면 같았는지, 확인할 길이 없었다.

그는 어째서 이미 결혼한 사람들이, 라디오에서 흘러나오는 음악에 맞춰 거실에서 춤을 출 수 있음에도, 굳이 옷을 차려입고 호텔로 춤을 추러 가는지 이해하기 힘들었다. 하지만 그의 어머니에게는 메이스닉호텔에서 보내는 토요일 저녁이 중요한 게 분명했다. 말을 타는 것만큼이나, 아니 말이 없는 상황이니 자전거를 타는 것만큼이나 중요했다. 그녀의 말에 따르면 결혼하기 전, 그러니까 포로가 되기 전에는("나는 이 집에서 포로로 살지 않을 거예요!"), 춤과 승마란 그녀에게 절대적인 것이었다.

그녀의 단호함은 별 효과가 없었다. 그들을 토요일 밤의 댄스홀로 태워다주던 아버지의 사무실 직원이 이사를 갔거나 그곳에 더이상 가지 않게 된 모양이었다. 은색 핀이 달린 빛나는 푸른색 드레스, 흰 장갑, 머리에 삐딱하게 얹혀 있던 우습게 생긴 작은 모자가 장롱과 서랍 속으로 사라졌다. 그것으로 끝이었다.

말은 하지 않았지만, 그는 춤이 끝났다는 게 좋았다. 어머니가 나가는 것도 싫었고, 다음날 그녀에게서 풍기는 멍한 분위기도 싫었다. 여하튼 춤은 그에게 아무 의미도 없었다. 그는 춤이 나오는 영화는 피했다. 사람들의 얼굴에 떠도는 얼빠지고 감상적인 표정이 혐오스러웠다.

"춤은 좋은 운동이란다. 리듬과 균형감각을 길러주거든." 어머니는 이렇게 말했지만 그는 납득하지 못했다. 운동이 필요하면 미용체조를 하거나 바벨을 들거나 달리기를 하면 되지 않는가.

우스터를 떠난 이후로도 춤에 대한 생각은 바뀌지 않았다. 대학생 때 파티에 갔다가 춤추는 법을 몰라 몹시 당황스러웠던 그는 직접 돈을 내고 퀵스텝, 왈츠, 트위스트, 차차차를 가르쳐주는 댄스교습소에 등록했다. 그러나 소용없었다. 몇 달이 지나자 모든 걸 잊어버렸다. 일부러 잊어버렸는지도 몰랐다. 그는 자신이 왜 그랬는지 아주 잘 안다. 교습시간에 단 한순간도 춤에 열중한 적이 없었다. 발은 움직이고 있었지만 마음은 저항심으로 경직되어 있었다. 지금도 그렇다. 그는 사람들이 왜 춤을 필요로 하는지 이유를 모르겠다.

춤은 사람들이 인정하지 않으려 하는, 무언가 다른 것으로 해석될 때에만 말이 된다. 무언가 다른 것이 진짜다. 춤은 그저 연막일 뿐이다. 여자에게 춤을 청하는 것은 섹스를 하자고 하는 것과 같다. 초대에 응하는 것은 섹스를 하겠다고 하는 것과 같다. 춤은 섹스의 모방이자 전조다. 둘의 관계가 그렇게 명백한데 사람들이 굳이 춤을 추는 이유를 모르겠다. 왜 옷을 차려입고 폼을 잡으며 거창한 위장을 하는지 모르겠다.

투박한 리듬의 구식 댄스음악, 메이스닉호텔에서 들려줄 법한 음악은 늘 그를 싫증나게 했다. 그는 자기 또래의 사람들이 춤을 추는 조야한 미국 음악이 지긋지긋하게 싫다.

돌이켜보면 남아프리카 라디오에서 흘러나오는 음악은 모두 미국 음악이었다. 신문들은 미국 영화배우들의 기괴한 짓들을 강박적으로 보도한다. 미국에서 홀라후프가 유행하면 남아프리카에서도 따라서 유행한다. 왜 그럴까? 왜 모든 면에서 미국만 바라볼까? 네덜란드에게 버림받고 이제는 영국에게 버림받았으니, 남아프리카인 대부분은 살면서 진짜 미국인을 한 번도 보지 못했음에도 사이비 미국인이 되기로 작정한 걸까?

영국에 오면 미국 음악, 미국 유행에서 벗어날 줄 알았다. 하지만 실망스럽게도 영국도 미국 모방에 급급하기는 마찬가지다. 대중지들은 콘서트에서 소리를 지르는 여자들 사진을 싣는다. 어깨까지 머리를 기른 남자들은 미국인 억양을 흉내내며 소리를 지르고 기타를 부순다. 그는 이 모든 것을 도저히 이해할 수 없다.

그래도 영국을 살리는 것은 BBC의 제3프로그램이다. 그가 IBM 근무를 마친 후에 기대하는 것이 한 가지 있다면, 조용한 방으로 돌아와 라디오를 켜고 전에 들어보지 못한 음악이나 근사하고 지적인 대화를 듣는 일이다. 매일 저녁, 어김없이, 그리고 공짜로, 손을 대면 문이 열린다.

제3프로그램은 장파로만 방송된다. 제3프로그램이 단파로 방송된다면 케이프타운에서도 들었을지 모른다. 그랬다면 런던에 올 필요가 뭐가 있었을까?

'시인들과 시' 시리즈에서 조지프 브로드스키라는 러시아 작가에 관한 이야기가 오간다. 조지프 브로드스키는 사회적 기생충이라는 혐의로 고발당해 몹시 추운 북쪽의 아르한겔스크 반도에 있는 수용소에서 지난 오 년 동안 강제노동을 했다. 아직도 형기가 계속되는 중이다. 그가 런던의 따뜻한 방안에 앉아 커피를 마시고 디저트로 건포도와 잣을 먹을 때, 그와 같은 나이의 시인은 하루종일 통나무를 베고 동상에 걸린 손가락을 문지르고 넝마로 구멍난 구두를 깁고 생선 머리와 양배추 수프에 의지해 살고 있다.

브로드스키의 시에 "바늘 속처럼 검다"는 표현이 나온다. 매일 밤 집중한다면, 정말로 집중한다면, 집중함으로써 영감이라는 축복이 내려오게 한다면, 그는 그 표현에 필적할 만한 것을 생각해낼 수 있을지 모른다. 그는 자신의 내부에 그것이 있다는 사실을 안다. 그의 상상력은 브로드스키와 같은 색깔이다. 하지만 나중에 아르한겔스크로 어떻게 연락을 하지?

그는 오직 라디오에서 들은 시들에 기초해서만 브로드스키를 안다. 속속들이 안다. 시는 그런 것을 가능하게 한다. 시는 진실이다. 하지만 런던에 있는 그에 관해서 브로드스키는 아무것도 알지 못한다. 추위에 얼어붙은 사람한테 자신이 그와 함께, 그의 옆에, 날마다 함께 있다는 걸 어떻게 얘기해주지?

조지프 브로드스키, 잉게보르크 바흐만, 즈비그니에프 헤르베르트. 그들은 유럽의 검은 바다 위에 내던져진 외로운 뗏목에서 자신들의 말을 공중에 풀어놓는다. 그 말은 전파를 타고 그의 방으로 달려온다. 동시대 시인들의 말이 그에게 시가 무엇이 될 수 있고 따라서 그가 무엇이 될 수 있는지 말해주고, 그들과 똑같은 지구에 살고 있다는 사실이 그의 마음을 기쁨으로 넘치게 만든다. 할 수만 있다면 그들에게 이런 메시지를 보내고 싶다. '런던에서 신호 접수. 계속 보내주길 요망함.'

그는 남아프리카에서 쇤베르크와 베르크*의 음악을 한두 곡 들은 적이 있다. 〈정화된 밤〉과 바이올린협주곡이었다. 이제 처음으로 안톤 폰 베베른의 음악을 듣는다. 그는 베베른에 관한 부정적인 이야기를 들은 적이 있다. 그가 읽은 바에 따르면, 베베른은 너무 앞서간다고 한다. 베베른이 쓰는 것은 더이상 음악이 아니라 무작위적인 소리일 뿐이라는 것이다. 그는 라디오 앞에 몸을 웅크리고 듣는다. 첫 음조, 다음 음조, 그다음 음조가 얼음 결정처럼 차갑게, 하늘의 별들처럼 떠 있다. 일이 분에 걸친 황홀경 후, 곡이 끝난다.

---

* 아르놀트 쇤베르크(1874~1951)와 요하네스 베르크(1885~1935). 둘 다 제2차 빈학파에 속하는 음악가.

베베른은 1945년에 미군의 총에 맞아 죽었다. 오해였고 전쟁으로 인한 사고였다고 한다. 이러한 음, 이러한 침묵, 이러한 음과 침묵을 만든 뇌가 영원히 사멸된 것이다.

그는 테이트미술관에서 열리는 추상표현주의 화가들의 전시회에 간다. 십오 분 정도 잭슨 폴록의 그림 앞에 서서, 어떤 상냥한 런던 사람이 시골 무식쟁이를 재미있다는 듯 주시할 경우를 대비해 분별력이 있는 사람처럼 보이려 노력하며, 그림이 그의 마음속으로 파고들 기회를 준다. 그래도 도움이 되지 않는다. 그림은 그에게 아무 의미도 없다. 그가 이해하지 못하는 뭔가가 있다.

옆방으로 가니 벽 위쪽에 엄청나게 큰 그림이 걸려 있다. 흰 바탕에 가늘고 기다란 검은 얼룩만 있는 그림이다. 안내 표시를 보니 로버트 머더웰의 〈스페인공화국을 위한 비가 24〉라고 되어 있다. 그는 그 자리에 꼼짝 않고 서 있다. 위험하고도 신비스러운 검은 형상이 그를 사로잡는다. 그곳에서 징이 울리는 듯한 소리가 나와 그를 동요시키고 비틀거리게 한다.

스페인이나 다른 어느 것과도 비슷하지 않은 이 무정형의 형태 중 어디에서 그의 어두운 감정의 우물을 흔드는 힘이 나오는 걸까? 그것은 아름답지 않지만 미인처럼 도도하게 말한다. 폴록이나 반 고흐, 렘브란트가 갖지 못한 힘을 어째서 머더웰은 갖고 있는 걸까? 그의 심장이 오직 한 여자만 보고 쿵쾅거리게 만드는 힘과 같은 걸까? 〈스페인공화국을 위한 비가〉가 그의 영혼에 내재된 어떤 형태와 부합하는 걸까? 그의 운명이 될 여인은 어떨까? 그녀의 그림자도 그의 내부에 있는 어둠 속에 이미 저장되어 있을까? 얼마나 지나야 그녀가 나타날까? 그녀가 나타날 때쯤, 그는 준비되어 있을까?

그는 그 질문의 답을 알지 못한다. 하지만 그가 그녀, '운명의 여자'를 대등한 사람으로 만날 수 있다면, 그들의 섹스는 전례 없는 것이 될 것이다. 그는 확신한다. 그것은 죽음에 근접하는 황홀경일 것이다. 그리고 나중에 현실로 돌아오면, 그는 새로운 존재로 변신해 있을 것이다. 닮은 두 사람의 짝짓기처럼, 상반되는 극이 맞닿는 것처럼 사멸의 불꽃이 튈 것이다. 그리고 서서히 다시 태어날 것이다. 그는 그것에 준비되어 있어야 한다. 준비가 가장 중요하다.

'에브리맨'에서 사트야지트 레이*의 영화를 집중적으로 상영해준다. 그는 영화에 흠뻑 빠져 아푸 삼부작을 사흘 저녁 내내 본다. 궁지에 몰려 괴로워하는 아푸의 어머니와 매력적이고 무기력한 아푸의 아버지에게서 자신의 부모를 발견하고 죄의식으로 인한 격렬한 고통을 느낀다. 하지만 무엇보다도 그를 사로잡

---

* 인도 영화감독(1922~92).

는 것은 음악이다. 북과 현악기를 오가는 현란하고 복잡한 합주, 플루트로 연주하는 긴 선율. 플루트의 음계나 선법旋法—음악이론을 잘 모르는 그로서는 둘 중 무엇이 자신을 사로잡는 건지 알 수 없다—이 마음을 사로잡아 영화가 끝난 후 오래도록 감각적인 멜랑콜리에 취해 있다.

지금까지는 필요로 하는 모든 것을 서구 음악에서 찾았다. 특히 바흐에게서 찾았다. 그리고 이제 바흐에게는 없는 무언가, 바흐에게는 암시뿐인 무언가를 만난다. 이성적이고 분석적인 마음이 손가락의 춤에 흔쾌히 자리를 내주는 것.

그는 레코드가게들을 뒤지다가, 한 가게에서 우스타드 빌라야트 칸이라는 이름의 시타르 연주자가 그의 형제인—사진으로 보아 동생인 듯하다—비나 연주자, 그리고 이름이 나와 있지 않은 타블라* 연주자와 함께 녹음한 레코드판을 발견한다. 그에게는 축음기가 없지만 가게에서 십 분가량을 듣고 갈 수 있다. 모든 것이 그 음악에 있다. 탐색하듯 맴돌며 이어지는 음조, 전율하는 감정, 몰려오는 황홀감. 그는 자신의 행운을 믿을 수 없다. 이 새로운 세계가 모두 9실링밖에 안 된다니! 그는 레코드를 자신의 방으로 갖고 가서 마분지로 된 레코드 커버에 넣어둔다. 다

---

* 시타르와 비나는 인도 현악기. 타블라는 인도 타악기다.

시 들을 수 있게 될 그날을 기약하며.

그의 방 아래층에는 인도인 부부가 살고 있다. 간간이 갓난애 우는 소리가 희미하게 들려온다. 계단에서 남자를 만나면 그는 고개를 끄덕여 인사한다. 여자는 거의 나오지 않는다.

어느 날 저녁, 방문을 두드리는 소리가 난다. 그 인도인이다. 그에게 식사를 같이하지 않겠느냐고 청한다.

그는 좋다고 하지만 불안하다. 그는 강한 향신료에 익숙하지 않다. 침을 튀기지 않고 스스로를 우습게 만들지 않으면서 먹을 수 있을까?

하지만 곧 마음이 편해진다. 그 가족은 인도 남부 출신이다. 그들은 채식주의자다. 남자가 말하길 매운 향신료가 인도 요리의 기본은 아니라고 한다. 상한 고기의 맛을 감추기 위해 도입된 게 향신료라는 것이다. 인도 남부 음식은 맛이 아주 부드럽다고 한다. 실제로 그렇다. 그의 앞에 놓인 음식—소두구와 정향이 들어간 코코넛 수프, 오믈렛—은 아주 부드럽다.

그를 초대한 사람은 엔지니어다. 부부는 영국에서 몇 년째 살고 있다. 남자는 자기들이 이곳에서 행복하다고 말한다. 현재 살고 있는 곳이 지금까지 살았던 곳 중 최고라고 한다. 방은 널찍하고 집은 조용하며 정리가 잘되어 있다. 물론 그들이 영국의 기후를 좋아하는 것은 아니다. 하지만 남자는 어깨를 움츠리며 힘든 것도 좋은 것과 마찬가지로 받아들여야 한다고 말한다.

그의 아내는 대화에 거의 끼지 않는다. 그녀는 그들에게만 음식을 차려주고 자기는 먹지 않는다. 그러고는 구석의 흔들침대에 누운 갓난애한테 간다. 그녀의 남편이 말하길 그녀는 영어를 잘 못한다고 한다.

그 엔지니어는 서양의 과학과 기술을 칭찬하며 인도는 퇴보하고 있다고 불평한다. 그는 누군가 기계에 대한 찬사를 늘어놓으면 늘 지루해하지만, 그 사람의 말에 반박하지는 않는다. 이 사람들은 그를 집에 초대한 첫번째 사람들이다. 아니, 그 이상이다. 그들은 유색인이다. 그들은 그가 남아프리카인이라는 것을 알고 있으면서도 그에게 손을 내밀었다. 고맙다.

문제는 감사한 마음을 어떻게 표현하느냐는 것이다. 그가 그들을, 즉 남편과 아내와 틀림없이 울어댈 갓난애를 꼭대기층에 있는 자기 방에 초대하여 분말수프를 내주고, 치폴라타 소시지 혹은 치즈를 넣은 마카로니를 대접하는 것은 생각조차 못할 일이다. 그렇다면 달리 어떻게 환대를 갚을 것인가?

일주일이 지나지만 그는 아무것도 하지 않는다. 다시 한 주가 지난다. 그는 점점 더 당황스러워진다. 아침마다 엔지니어가 출근하는 소리를 들으려 문 앞에서 귀를 기울인다. 그 소리를 듣고 나서야 밖으로 나온다.

어떤 몸짓이나 단순한 행위라도 해서 그들의 호의를 되갚아야겠지만, 그는 되갚을 방법을 찾을 수 없거나 찾으려 하지 않는다. 순식간에 시기를 너무 놓쳐버렸다. 그는 뭐가 잘못된 걸까? 어째서 가장 평범한 일을 스스로 어렵게 만들어버리는 걸까? 만약 그것이 그의 본성이라면, 그런 본성을 가져서 뭐가 좋을까? 본성을 바꾸는 건 어떨까?

하지만 그것이 그의 본성일까? 의심스럽다. 본성 같지는 않다. 오히려 병 같다. 도덕적인 병. 여자들에게 차가운 것과 본질적으로 다르지 않은 비열함과 정신적 빈곤. 그런 병에서 예술이 나올 수 있을까? 그럴 수 있다면, 그것이 예술에 대해 무엇을 말하게 될까?

햄스테드 신문판매점 밖 게시판에 광고가 붙어 있다. "스위스 코티지의 네번째 입주자 구함. 개별 방. 부엌 공유."

그는 공유하는 걸 좋아하지 않는다. 혼자 살고 싶다. 하지만 혼자 사는 한 결코 고독에서 벗어나지 못할 것이다. 그는 전화를 걸어 약속을 잡는다.

그에게 아파트를 보여주는 남자는 그보다 몇 살 더 먹었다. 수염을 기르고 앞쪽에 금색 단추들이 달린 푸른색 네루 재킷*을 입고 있다. 그의 이름은 미클로스이며 헝가리 출신이다. 아파트는 깨끗하고 바람이 잘 통한다. 방은 그가 현재 쓰고 있는 것보다 크고 현대적이다. 그는 미클로스에게 망설이지 않고 말한다. "들어올게요. 보증금을 드릴까요?"

하지만 그렇게 간단한 일이 아니다. 미클로스가 말한다. "이름과 전화번호를 남겨두고 가세요. 명단에 올려두죠."

그는 사흘 동안 기다린다. 그리고 나흘째에 전화를 건다. 전화를 받은 여자는 미클로스가 집에 없다고 말한다. 방이요? 아, 방 나갔어요, 며칠 전에 나갔어요.

그녀의 목소리는 외국인 느낌이 희미하게 배어 있고 허스키하다. 틀림없이 그녀는 아름답고 지적이고 세련된 사람일 것이다. 그는 그녀도 헝가리 사람이냐고 묻지 않는다. 하지만 그가 그 방에 들어갔더라면 그녀와 아파트를 같이 쓰게 되었을 것이다. 그녀는 누구일까? 이름은 뭘까? 그녀가 그의 운명적인 사랑일까? 지금 그의 운명이 그를 피해 간 걸까? 그의 것이 되었어야 할 방과 미래를 갖게 된 행운의 주인공은 누구일까?

그는 그 아파트에 갔을 때, 미클로스가 집을 다소 형식적으로 보여주고 있다는 인상을 받았다. 이제 생각해보니 미클로스는 집세의 4분의 1을 내는 것 이상으로 가계에 보탬이 될 사람을 찾

---

* 인도 수상 자와할랄 네루의 이름을 딴, 칼라를 높이 세운 엉덩이까지 오는 상의.

고 있었던 것 같다. 화사함이나 스타일이나 로맨스를 가져다줄 누군가 말이다. 미클로스는 그를 한번 쓱 훑어보고 그에게 화사함도 없고 스타일도 없고 로맨스도 없을 거라는 사실을 알고 거절한 것이었다.

그가 선수를 쳐 이렇게 말했어야 했다. "나는 겉보기와 다른 사람이에요. 일반 사원같이 보이지만, 사실은 시인이거나 미래의 시인이에요. 게다가 나는 집세도 꼬박꼬박 낼 거예요. 대부분의 시인들은 그러지 않거든요." 하지만 그는 자신과 자신의 천직을 위해 비굴하게 말하지도, 애원하지도 않았다. 그리고 지금은 이미 너무 늦었다.

그는 IBM에서 하루종일 죽어라 일하고 아치웨이 로드에 있는 처량한 방에서 살아야 하는데, 그 헝가리인은 어떻게 멋진 스위스 코티지에 살면서 최근 유행하는 옷을 입고, 허스키한 목소리를 가진 아름다운 여자가 틀림없이 침대에 함께 있는 가운데 아침 느지막이 일어나는 걸까? 런던의 쾌락의 자물쇠를 여는 열쇠들이 어떻게 미클로스의 수중에 들어가게 되었을까? 그런 사람들은 그렇게 편안한 삶을 살 돈을 어디에서 구하는 걸까?

그는 규칙을 위반하는 사람들을 좋아한 적이 없다. 규칙이 무시되면, 인생은 의미가 없어진다. 그러면 이반 카라마조프*처럼 표를 반환하고 물러나는 게 좋을지 모른다. 하지만 런던은 규칙을 무시하고도 빠져나가는 사람들로 가득차 있는 듯하다. 그는 규칙을 지키며 살 만큼 어리석은 유일한 사람인 것 같다. 그와 더불어, 그가 기차에서 만나는 검정 양복을 입고 안경을 끼고 고민이 많은 직장인들도 그렇다. 그렇다면 무엇을 해야 하지? 이반처럼 해야 하나? 미클로스를 따라야 하나? 어느 쪽을 따르든, 그는 자신이 패자처럼 보인다. 쾌락이나 화려한 옷에 재능이 없는 것처럼, 거짓말이나 속임수나 규칙 위반에도 재능이 없기 때문이다. 그가 가진 유일한 재능은 불행이다. 따분하고 정직한 불행. 그런데 이 도시가 불행에 대해 보상을 해주지 않는다면, 그는 이곳에서 무엇을 하고 있는 것일까?

---

* 표도르 도스토옙스키의 장편소설 『카라마조프가의 형제들』 속 차남.

12

그의 어머니에게서 매주 한 통의 편지가, 깔끔한 블록체 대문
자로 주소가 적힌 푸르스름한 항공우편이 도착한다. 자신에 대
한 변함없는 사랑의 증거를 받으며 그는 분노한다. 어머니는 그
가 케이프타운을 떠나면서 과거와의 모든 인연을 단절해버렸다
는 사실을 이해하지 못하는 걸까? 어떻게 하면 그의 나이 열다섯
때부터 시작된, 자신을 다른 사람으로 바꾸는 과정이 그가 남겨
두고 온 가족과 나라에 대한 모든 기억이 없어질 때까지 무자비
하게 계속되리라는 사실을 그녀로 하여금 받아들이게 할 수 있
을까? 그가 그녀로부터 너무 멀어져서 이제는 낯선 사람일지도
모른다는 걸 그녀는 언제 알게 될까?

어머니는 편지에서 가족의 근황과 최근에 자신이 하는 일에

대해 이야기한다(그녀는 이 학교 저 학교를 돌아다니며 병가를 낸 교사들의 자리를 대신한다). 그녀는 유럽을 휩쓸고 있는 유행성감기에 걸리지 않도록 옷을 따뜻하게 입고 건강에 주의하라는 당부와 함께 편지를 끝낸다. 남아프리카 문제에 관해서는 언급하지 않는다. 그가 관심이 없다는 점을 명백히 했기 때문이다.

그는 편지에 장갑을 기차에 두고 내렸다고 쓴다. 실수다. 금세 항공우편으로 소포가 배달된다. 양가죽 벙어리장갑 한 켤레. 우표가 장갑보다 비싸다.

그녀는 일요일 저녁에 편지를 써서 월요일 아침 우편물 수거 시간에 맞춰 부친다. 그는 모든 일을, 그녀와 그의 아버지와 그의 동생이 론데보스에 있는 집을 처분하고 이사한 아파트에서 일어나는 모든 일을 아주 쉽게 상상할 수 있다. 그녀는 저녁식사가 끝나면 식탁을 치운 다음 안경을 쓰고 램프를 가까이 끌어당긴다. 〈아르고스〉를 처음부터 끝까지 다 읽은 뒤 다른 할일이 없는 일요일 저녁이 두려운 그의 아버지가 묻는다. "당신, 뭐해?" 그녀가 대답한다. "존한테 편지 써야 해." 그녀는 입을 다물고 그가 더이상 아무 말도 못하게 한다. 그리고 '사랑하는 존에게'라는 말로 시작되는 편지를 쓰기 시작한다.

이 완고하고 품위 없는 여자는 편지로 무엇을 얻으려는 걸까? 그녀는 자신이 아무리 고집스럽게 헌신의 증거를 보여도 그가 뉘우치고 돌아올 가능성이 없다는 사실을 모르는 걸까? 그녀는 그가 정상이 아니라는 것을 받아들일 수 없는 걸까? 그녀는 그의 동생한테 사랑을 쏟고 그에 관해서는 잊어버려야 한다. 그의 동생은 더 단순하고 순진하다. 마음도 따뜻하다. 그녀를 사랑해주는 짐을 동생이 떠맡게 하자. 지금부터 동생이 그녀의 큰아들이며 그녀가 가장 사랑하는 아들이라는 말을 듣게 만들자. 그렇게 되면 그는 잊힌 채 마음대로 자기 삶을 살게 될 것이다.

그녀는 매주 편지를 쓰지만 그는 매주 쓰지 않는다. 그렇게 하면 훨씬 상호적으로 보일 것이다. 그는 아주 드물게 편지를 쓴다. 그의 편지는 짧다. 글을 쓰고 있다는 사실이 그가 아직 살아 있다는 증거가 된다는 말을 제외하면 내용은 거의 없다.

그것이 최악이다. 그것이 그녀가 설치한 덫이다. 그가 아직 빠져나갈 길을 찾지 못한 덫이다. 그가 모든 관계를 단절한다면, 그가 전혀 편지를 쓰지 않는다면, 그녀는 가능한 한 최악을 상상할 것이다. 그 순간 그녀의 몸을 관통하고 지나갈 슬픔에 대한 생각만으로 그는 자신의 귀와 눈을 막아버리고 싶다. 그녀가 살아 있는 한, 그는 감히 죽지 못한다. 따라서 그녀가 살아 있는 한, 그의 삶은 그의 것이 아니다. 그는 그것을 함부로 할 수 없다. 그는 딱히 자신을 사랑하지 않지만, 그녀를 위해 자신을 돌봐야만 한다. 따뜻하게 옷을 입고, 제대로 된 음식을 먹고, 비타민 C를 섭취해야 한다. 자살은 생각할 수도 없는 일이다.

그는 남아프리카에 관한 소식을 BBC와 〈맨체스터 가디언〉을 통해 접한다. 그는 두려움을 느끼며 〈가디언〉에 실린 기사를 읽는다. 어떤 농부가 일꾼 하나를 나무에 묶고 죽을 때까지 채찍을 휘두른다. 경찰이 군중을 향해 총을 난사한다. 어떤 죄수가 감방에서 죽은 채로 발견되는데, 얼굴은 멍이 들고 피투성이가 된 채 담요 쪼가리로 목이 매달려 있다. 공포 위로 공포가, 잔혹함 위로 잔혹함이 끝없이 쌓여간다.

그는 어머니가 어떻게 생각하는지 안다. 그녀는 세계가 남아프리카를 잘못 알고 있다고 생각한다. 남아프리카의 흑인은 다른 지역의 아프리카 흑인보다 잘산다. 파업과 시위는 공산주의자들이 선동한 것이다. 옥수수죽으로 급료를 받고 추운 겨울에도 아이들에게 마댓자루를 입히는 것이 수치스러운 일이라는 것은 어머니도 인정하지만, 그런 일은 트란스발에서만 일어난다고 말한다. 나라의 이름을 더럽히는 이는 비정하고 음침한 증오감으로 뭉친 트란스발의 아프리카너들이라는 것이다.

그는 주저하지 않고 그녀에게 자신의 생각을 이야기한다. 그는 러시아인들이 유엔에서 연설만 할 것이 아니라 지체 없이 남아프리카를 침략해야 한다고 생각한다. 그들이 프리토리아에 낙하산부대를 투입시켜 페르부르트*와 그 일당을 생포한 뒤 벽에 일렬로 세워놓고 쏴죽여야 한다고 생각한다.

그는 페르부르트를 죽인 다음 러시아인들이 해야 할 일이 무엇인지는 이야기하지 않는다. 아직 생각하지 못했기 때문이다. 정의가 실현되어야 한다. 그게 중요하다. 나머지는 정치다. 그는 정치에 관심이 없다. 그의 기억에, 아프리카너들은 자기들이 한때 짓밟혔기 때문에 사람들을 짓밟는다고 주장한다. 될 대로 되라지. 힘에는 더 큰 힘이 응수하도록 놔두자. 그는 그것으로부터 벗어나 있어 기쁘다.

남아프리카는 그의 목을 감고 있는 알바트로스 같다. 편히 숨을 쉴 수 있도록 어떻게든 그것을 없애고 싶다.

그는 〈맨체스터 가디언〉을 살 필요가 없다. 더 쉬운 다른 신문들도 있다. 예를 들어 〈타임스〉도 있고 〈데일리 텔레그래프〉도 있다. 하지만 〈맨체스터 가디언〉이 남아프리카에 관한 기사를 빠뜨리지 않고 싣는다는 점은 확신할 수 있다. 그 기사들을 읽으면 그의 영혼이 움츠러든다. 〈맨체스터 가디언〉을 읽으면서, 그는 어쨌든 자신이 최악의 것을 알고 있다는 사실은 확신할 수 있다.

---

* 헨드릭 프렌시 페르부르트(1901~66). 남아프리카공화국 총리. 극단적 인종격리정책인 아파르트헤이트를 추진하다 살해되었다.

그는 아스트리트에게 몇 주 동안 연락을 하지 않았다. 그런데 그녀에게서 전화가 온다. 영국에 머물 수 있는 시간이 다 되어 오스트리아로 돌아간다고 한다. 그녀가 말한다. "당신을 다시 못 볼 것 같아서 작별인사를 하려고 전화했어요."

그녀는 건조하게 말하려고 하지만 그는 그녀의 목소리에 밴 울음을 느낄 수 있다. 미안한 마음으로 그는 만남을 제안한다. 그들은 같이 커피를 마신다. 그녀가 그의 방으로 와서 밤(그녀는 "우리의 마지막 밤"이라고 한다)을 보낸다. 그녀는 그에게 달라붙은 채 조용히 운다. 다음날 아침 일찍(일요일이다), 그는 그녀가 침대에서 살짝 빠져나가 발소리를 죽이며 층계참에 있는 화장실로 가서 옷 입는 소리를 듣는다. 그녀가 돌아오자 그는 자는 척한다. 그는 자신이 약간의 신호만 보내도 그녀가 머물 거라는 사실을 안다. 그가 그녀에게 관심을 보내기 전에, 가령 신문을 읽는 일처럼 우선적으로 하고 싶은 게 있다면, 그녀는 구석에 조용히 앉아 기다릴 것이다. 클라겐푸르트에서는 여자들이 그런 식으로 행동하도록, 그러니까 남자가 준비될 때까지 기다렸다가 봉사하도록 배우는 것 같다.

그는 그렇게 젊고, 대도시에서 그렇게 외롭게 사는 아스트리트에게 더 잘해주고 싶다. 그녀의 눈물을 닦아주고 웃게 해주고 싶다. 자신의 마음이 겉보기와 다르게 모질지 않다는 것을 보여주고 싶다. 그리고 그녀가 그에게 살갑게 해준 것처럼 자신도 그녀에게 살갑게 해주는 게 가능하다는 것을, 그녀가 안아달라고 하면 안아주고 그녀의 어머니나 형제들에 관해 이야기하면 기꺼이 들어줄 수 있다는 것을 보여주고 싶다. 하지만 조심해야 한다. 너무 따뜻하게 해주면 그녀는 비행기표를 물리고 런던에 남아 그와 같이 살려고 할지 모른다. 두 패배자가 서로의 품에서 피난처를 구하고 서로를 위로하는 모습은 너무 굴욕적이다. 그와 아스트리트는 결혼해서 서로를 돌보는 병자들처럼 평생을 살게 될지 모른다. 그래서 그는 아무 내색도 하지 않고, 계단이 삐걱거리고 현관이 달가닥거리는 소리가 들릴 때까지 눈을 꼭 감고 누워 있다.

12월이다. 날씨가 매서워졌다. 눈이 내린다. 눈은 진창으로 변해 얼어붙는다. 인도를 걸을 때면 산악인처럼 한 발짝 한 발짝을 조심스럽게 떼며 걸어야 한다. 안개가 담요처럼 도시를 뒤덮는다. 석탄 먼지와 유황으로 짙어진 안개다. 전기가 끊긴다. 열차가 다니지 않는다. 노인들은 집에서 얼어죽는다. 신문들에 따르면 금세기 최악의 겨울이라고 한다.

그는 얼음에 미끄러지며 아치웨이 로드를 걸어간다. 얼굴까지 목도리를 두르고 숨을 쉬지 않으려고 노력한다. 옷에서는 유황

냄새가 나고 입에서는 불쾌한 맛이 느껴진다. 기침을 하면 새까만 가래가 나온다. 남아프리카는 지금 여름이다. 남아프리카에 있다면 광활한 푸른 하늘 아래 몇 킬로미터에 걸쳐 펼쳐진 흰 모래를 밟으며 스트랜드폰테인 해변을 걸을 수 있을 것이다.

밤사이 그의 방 파이프가 터진다. 바닥이 흥건하다. 깨어 보니 그는 얼음막에 둘러싸여 있다.

신문들에 따르면, 런던대공습*을 다시 당하는 것과 마찬가지라고 한다. 신문들은 여성단체에서 운영하는 노숙자들을 위한 무료 식당이나 밤새도록 일하는 복구반원들에 대한 기사를 싣는다. 그리고 위기가 런던 사람들에게서 최선의 것을 끌어내고 있다고 말한다. 조용히 견디는 힘과 위기 대처 능력으로 불행을 이겨내고 있다는 말이다.

그는 런던 사람처럼 입고, 런던 사람처럼 걸어서 일터에 가고, 런던 사람처럼 추위에 고통을 당하지만, 위기 대처 능력은 없다. 런던 사람들은 평생 가도 그를 진짜로 받아주지 않을 것이다. 반면에 런던 사람들은 그가 나름의 어리석은 이유로 자기 나라가 아닌 곳에 살기를 택한 외국인 중 하나라는 것을 즉시 알아본다.

얼마나 오래 영국에 살아야 진짜 영국인이 될 수 있을까? 영국

---

* 제2차세계대전 당시 독일 공군이 런던에 가한 일련의 공습.

여권을 갖는 것으로 충분할까? 아니면 이상하게 들리는 외국 이름이 그를 영원히 차단시킬까? '영국인이 된다는 것'은 대체 무슨 의미일까? 영국은 두 국가가 합쳐진 것이다. 그는 중산층 영국인이 될지 아니면 노동자층 영국인이 될지 둘 중 하나를 택해야 할 것이다. 그는 벌써 선택을 한 것 같다. 중산층 제복을 입고, 중산층 신문을 읽고, 중산층 말씨를 흉내낸다. 하지만 길게 보면 그런 외적인 것들이 그가 중산층으로 받아들여질 만큼 충분한 것도 아니다. 중산층으로 받아들여지는 것—일 년 중 특정한 날의 특정한 시간에만 임시로 받아들여지는 것이 아니라 완전히 받아들여지는 것—은 아주 오래전에, 수년 전, 아니 수세대 전에 그에게는 영원히 미지의 것으로 남을 규칙들에 따라 이미 결정되었다.

노동자층에 대해 말할 것 같으면, 그는 그 계층과 오락활동을 공유하지도 않고 말씨도 거의 이해할 수도 없을뿐더러 그들로부터 환영받는다는 느낌도 전혀 받지 못한다. IBM에 근무하는 여자들은 각자 노동자층 남자친구가 있고 결혼과 아이와 주택에 관한 생각에 몰두해 있어서, 다가가면 쌀쌀맞게 대한다. 그는 영국에 살고 있을지 모르지만, 그것이 영국 노동자층의 초대에 의한 게 아닌 것은 분명하다.

보도를 믿을 수 있다면, 런던에는 다른 남아프리카인들도 있다고 한다. 수천 명이나 된다고 한다. 캐나다인, 오스트레일리아인, 뉴질랜드인, 미국인도 있지만, 그들은 이민자가 아니며 이곳에 정착해 영국인이 되려는 사람들도 아니다. 그들은 재미로, 혹은 공부를 하러, 혹은 유럽 여행을 하기 전에 약간의 돈을 벌 셈으로 와 있다. 그들은 구세계를 충분히 맛본 뒤 고향으로 돌아가 자신의 실제 삶을 살 것이다.

런던에는 유럽인도 있다. 어학연수생뿐만 아니라 동유럽에서 오거나 이전에 나치 독일을 피해 건너온 난민도 있다. 하지만 그들의 상황은 그의 상황과 다르다. 그는 난민이 아니다. 그가 자신을 난민이라고 해도 내무성에는 안 통할 것이다. 내무성에서는 누가 당신을 핍박하느냐고 물을 것이다. 무엇으로부터 달아나려 하느냐고 물을 것이다. 그는 지루함으로부터, 속물주의로부터, 도덕적 삶의 퇴폐로부터, 수치심으로부터 달아난다고 답변할 것이다. 그런 탄원이 어떻게 받아들여질까?

패딩턴역이다. 그는 저녁 여섯시면 마이다 베일이나 킬번 하이 로드를 따라 걸으며, 서인도제도 사람들이 추위에 목도리로 몸을 감싼 채 희미한 나트륨 가로등 불빛 아래로 숙소를 향해 터벅터벅 걸음을 옮기는 모습을 바라본다. 그들의 어깨는 구부정하고 손은 호주머니 깊숙이 들어가 있으며 얼굴은 잿빛에 푸석푸석하다. 무엇이 그들을 자메이카와 트리니다드에서 이 무정한 도시로 불러들이는 걸까? 거리의 돌에서도 냉기가 올라오고, 낮에는 고된 일을 해야 하고, 저녁이 되면 페인트가 벗겨진 벽과 내려앉은 가구가 있는 셋방의 가스불 주위에 웅크리고 있어야 하는 이 무정한 도시로 말이다. 그들 모두가 시인으로 명성을 떨치려고 이곳에 와 있는 건 아닐 것이다.

그와 같이 일하는 사람들은 외국인 방문객들에 대한 생각을 밖으로 드러내기에는 너무 점잖다. 하지만 그들의 침묵을 통해 그는 자신이 그들의 나라가 필요로 하는, 정말 필요로 하는 존재가 아니라는 사실을 깨닫는다. 그들은 서인도제도 사람들에 관해서도 전혀 이야기하지 않는다. 하지만 그는 신호를 읽을 수 있다. 벽에는 페인트로 **깜둥이들은 집에 가라**는 구호가 쓰여 있다. 하숙집 창문에는 **유색인 사절**이라는 말이 붙어 있다. 정부는 매달 이민법을 강화한다. 서인도제도 사람들은 자포자기할 때까지 리버풀의 부둣가에 잡혀 있다가 결국 배를 타고 그들이 떠나온 곳으로 되돌아간다. 그가 그들처럼 대놓고 환영을 못 받는다는 느낌을 받지 않는 것은 오직 좋은 양복과 연한 피부색이 그를 보호해주기 때문이다.

13

"면밀하게 고려한 결과, 저는 다음과 같은 결론에 도달했습니다……" "심각하게 생각해본 결과, 저는 다음과 같은 결론을 내렸습니다……"

그는 일 년이 넘도록 IBM에서 근무하고 있다. 겨울, 봄, 여름, 가을, 또다른 겨울. 이제 또다른 봄의 시작이다. 꼭 닫힌 창문들이 달린 뉴먼 스트리트의 상자 같은 건물 안에서도 대기의 기분 좋은 변화를 감지할 수 있다. 이렇게 계속할 수는 없다. 인간이라면 비참해도 먹고살기 위해 노동을 해야 한다는 원칙에 더이상 삶을 희생시킬 수는 없다. 어디서 배웠는지는 모르지만, 그는 그 원리에 충실한 것 같다. 잘살고 있으니 더이상 걱정하지 말라고 케이프타운에 있는 어머니한테 끝없이 증명해 보일 수도 없다. 그는 보통 자신의 마음을 알지 못하며 알고 싶지도 않다. 그가 생각하기에 자신의 마음을 너무 잘 아는 것은 창조적인 불꽃을 죽이는 짓이다. 하지만 이런 경우에는 늘 그랬듯 아무 결정도 내리지 않고 무작정 있을 수만은 없다. IBM을 그만둬야 한다. 그 결정이 얼마나 많은 굴욕을 요하더라도 그만둬야 한다.

지난 한 해 동안, 그의 필체는 그가 통제할 수 없을 정도로 점점 더 작아지고 비밀스러워졌다. 지금 그는 책상에 앉아 사직서를 쓰고 있다. 그는 글자를 더 크게 쓰고 획을 더 두툼하게 해서 더 자신 있어 보이려 노력한다.

마침내 그는 쓴다. "오랫동안 생각해본 결과, 저는 제 미래가 IBM에 있지 않다는 결론에 도달했습니다. 따라서 계약조건에 따라 한 달 전에 통보하는 바입니다."

그는 서명을 하고, 봉투를 봉하고, 수취인란에 프로그래밍 부서 부장인 B. L. 맥아이버 박사라고 쓴다. 그리고 그것을 **사내 전달**이라고 쓰인 접시에 조심스럽게 놓아둔다. 사무실에 있는 누구도 그에게 눈길을 주지 않는다. 그는 다시 자리에 앉는다.

편지를 수거해가는 세시가 될 때까지 다시 생각해볼 시간, 접시에서 편지를 가져와 찢어버릴 시간은 있다. 하지만 일단 편지가 전달되면 주사위는 던져진 것이다. 내일쯤 건물 전체에 소식이 알려질 것이다. 이층에서 근무하는 맥아이버의 프로그래머

중 한 명인 남아프리카인이 사표를 냈다는 소식이 퍼질 것이다. 아무도 그와 이야기하는 모습을 보이지 않으려 할 것이다. 그리고 그는 코번트리로 보내질 것이다. 그게 IBM이 일을 처리하는 방식이다. 거짓 동정도 없다. 그는 중도포기자, 부정한 패자로 낙인찍힐 것이다.

세시에 여자가 편지를 가지러 온다. 그는 서류 위로 몸을 숙인다. 가슴이 쿵쿵 뛴다.

삼십 분 후, 맥아이버의 사무실에서 그를 부른다. 맥아이버는 싸늘한 분노에 휩싸인 상태다. 그가 자기 책상 위에 펼쳐진 편지를 가리키며 묻는다. "이게 뭔가?"

"회사를 그만두기로 했습니다."

"이유는?"

그는 맥아이버가 좋지 않게 받아들일 것이라고 짐작하고 있었다. 맥아이버는 그를 면접하고, 뽑고, 인정하고, 컴퓨터를 직업으로 삼으려는 식민지 출신의 평범한 사람일 뿐이라는 그의 이야기를 곧이곧대로 믿어준 사람이었다. 맥아이버는 상급자들에게 자신의 실수를 설명해야 할 것이다.

맥아이버는 키가 큰 남자다. 단정하게 옷을 입고 옥스퍼드 사투리를 쓴다. 그는 과학이나 기술이나 기능으로서의 프로그래밍에는 전혀 관심이 없다. 그저 부장일 뿐이다. 그는 그것을 잘해낸다. 사람들에게 일을 할당하고 그들의 시간을 관리하고 그들을 몰아붙여 그들이 받는 돈의 값어치만큼 성과를 뽑아내는 일을 잘해낸다.

맥아이버가 참을성 없이 다시 묻는다. "이유가 뭔가?"

"저는 IBM에 근무하는 것이 인간적인 차원에서 만족스럽지 않습니다. 아무 만족도 찾을 수 없습니다."

"계속해보게."

"저는 그 이상의 것을 기대했습니다."

"그게 뭔데?"

"우정을 기대했습니다."

"분위기가 우호적이지 않다는 말인가?"

"아닙니다, 우호적이지 않은 건 결코 아닙니다. 사람들은 아주 친절합니다. 하지만 친절과 우정은 같지 않습니다."

그는 사직서가 자신의 마지막 발언이 되기를 바랐다. 하지만 그런 희망은 순진한 것이었다. 그들이 그것을 선제공격으로 받아들이리라는 것을 알았어야 했다.

"또 뭐가 문제지? 마음속에 다른 게 있으면 얘기하게."

"다른 건 없습니다."

"다른 건 없다 이거지. 알겠네. 우정이 없다는 거지. 친구를 찾지 못했다는 거지."

"네, 맞습니다. 누구를 비난하는 게 아닙니다. 어쩌면 잘못은 저한테 있을 겁니다."

"그것 때문에 그만두겠다는 거고."

"네."

말을 하고 보니 어리석게 들린다. 실제로 어리석다. 그는 어리석은 말을 하도록 유도당하고 있다. 하지만 그는 그것을 예상했어야 했다. 그들은 자신들을 거부하고 그들이 그에게 준 직장, 시장의 선두주자인 IBM을 거부하는 것에 그런 식으로 앙갚음을 한다. 수세에 몰려 열 수나 여덟 수나 일곱 수 만에 지게 되는 체스 초보자처럼 말이다. 지배와 관련된 교훈. 그렇다면 그들이 마음대로 하게 놔두자. 멍청하고, 쉽게 예상 가능하고, 쉽게 응수할 수 있는 수를 둠으로써 그들이 게임을 지루하게 느끼고 그를 가게 내버려두도록 만들자.

맥아이버는 퉁명스러운 몸짓으로 면담을 끝낸다. 일단 지금은 그것으로 끝이다. 그는 자신의 책상으로 돌아간다. 그날은 늦게까지 일할 의무조차 없다. 그는 다섯시에 건물을 나가 저녁시간을 혼자 보낼 수 있게 된다.

다음날 아침, 그는 맥아이버의 비서―맥아이버는 인사도 받지 않고 그냥 지나쳐버린다―를 통해, 시내에 있는 IBM 본사의 인사과로 즉시 가라는 지시를 받는다.

그를 면담하는 인사과의 남자는 IBM이 줄 수 없었다는 우정에 관한 그의 불만을 하나하나 열거한다. 남자 앞에 있는 책상에 폴더가 펼쳐져 있다. 질문이 시작된다. 직장에서 얼마나 오랫동안 불행했죠? 자신의 불행에 대해 상급자와 어느 시점이든 이야기를 나눈 적 있나요? 안 했다면 왜 안 했죠? 뉴먼 스트리트에 있는 동료들이 정말로 불친절했나요? 아니라고요? 그렇다면 그 불만에 대해서 좀더 얘기해보겠어요?

친구, 우정, 친절 같은 말이 나오면 나올수록 더 이상하게 들린다. 그는 그 남자가 이렇게 말하는 것을 상상할 수 있다. 친구를 찾는 거라면 클럽에 가거나 크리켓을 하거나 모형 비행기를 날리거나 우표를 수집하세요. 당신의 고용주이자 전자계산기와 컴퓨터 생산자인 International Business Machines, IBM이 어째서 당신에게 그걸 제공해야 하죠?

물론 그 남자의 말이 맞다. 그에게 무슨 불평할 권리가 있는가? 특히 모두가 서로에게 그토록 냉정한 이 나라에서 말이다. 그것이, 그러니까 그들의 감정적인 절제가, 그가 영국을 좋아하는 이유 아니던가? 그가 영국적인 간결함을 칭송하면서도 반은 독일인이었던 포드 매독스 포드의 작품에 관한 논문을 여가시간에 쓰는 이유 또한 그것이 아니던가?

혼란스러워진 그는 더듬거리며 자신의 불만에 대해 자세하게 이야기한다. 인사과 사람에게 그의 이야기는 불만 자체만큼이나 모호하다. 인사과 직원이 찾고 있는 단어는 오해다. 피고용인은 오해하고 있었다. 그것이 적절한 표현일 것이다. 하지만 그는 그걸 도와주고 싶은 기분이 아니다. 그들이 자기들 나름의 방식을 찾아 그를 분류하도록 놔둘 생각이다.

그 남자가 열심히 찾아내려는 것은 그가 다음에 무엇을 하려고 하느냐는 것이다. 우정이 없고 어쩌고 하는 것은 비즈니스 컴퓨터 분야에 있는 IBM의 경쟁사로 옮겨가려는 구실이 아닌가요? 무슨 약속이 오가고 권유를 받은 것은 아닌가요?

그는 부정한다. 그보다 더 진심일 수는 없다. 경쟁사든 뭐든, 그를 기다리고 있는 다른 직장은 없다. 면접을 본 적도 없다. 그는 오직 IBM에서 나가고 싶어 IBM을 그만두려는 것이다. 그는 자유롭고 싶다. 그게 전부다.

그가 말을 하면 할수록, 더 어리석게 들리고 비즈니스 세계와 더 어긋나는 것 같다. 하지만 적어도 그는 이렇게 말하지는 않는다. '나는 시인이 되기 위해서 IBM을 떠나는 거예요.' 적어도 그 비밀은 아직 그만의 것이다.

그런 와중에 느닷없이 캐럴라인에게서 전화가 걸려온다. 보그너 레지스의 남부 해안에서 할일 없이 휴가를 보내고 있다며, 토요일에 기차를 타고 와서 같이 있지 않겠느냐고 제안한다.

그녀가 역에서 그를 기다린다. 그들은 메인 스트리트에 있는 가게에서 자전거를 빌린다. 그리고 곧 영글지 않은 밀밭 사이로 난 시골길을 따라 자전거를 탄다. 날씨는 계절에 맞지 않게 따뜻하다. 그는 땀이 난다. 회색 플란넬 바지와 재킷은 자전거를 타기에 알맞은 차림이 아니다. 캐럴라인은 짧은 토마토색 블라우스를 입고 있다. 페달을 밟을 때마다 그녀의 금발머리와 긴 다리가 반짝인다. 여신 같다.

그는 그녀에게 보그너 레지스에서 뭘 하고 있는지 묻는다. 그녀는 오랫동안 보지 못했던 숙모의 집에 머물고 있다고 답한다. 그는 더이상 묻지 않는다.

그들은 길가에서 자전거를 멈추고 울타리를 넘는다. 그들은 밤나무 그늘 아래 자리를 잡고 캐럴라인이 가져온 샌드위치를 먹으며 소풍을 즐긴다. 잠시 후에 그가 섹스를 하자고 해도 그녀는 마다하지 않을 것 같다. 하지만 그는 불안하다. 이렇게 탁 트인 곳에서 하는 것은 좀 그렇다. 어느 순간 농부나 심지어 경찰이 몰려와 무슨 짓을 하려 하느냐고 캐물을지도 모른다.

"IBM은 그만뒀어." 그가 말한다.

"잘했네. 다음엔 뭘 할 건데?"

"모르겠어. 당분간 그냥 있을 생각이야."

그녀는 더 듣고 싶어한다. 그의 계획이 무엇인지 더 듣고 싶어
한다. 하지만 해줄 이야기가 없다. 계획도 없고 생각도 없다. 얼
간이 같으니라고! 캐럴라인처럼 영국에 잘 적응하고 성공하고
모든 점에서 그를 능가한 여자가 그와 함께 다닐 이유가 뭔가?
그것을 설명할 길은 하나밖에 없다. 그녀는 아직도 그를 케이프
타운에 있었을 때 모습으로 본다. 당시 그는 시인이 되겠다고 했
다. 아직 지금 같은 상태가 되기 전이었다. IBM이 그를 현재의
그로 만들기 전이었다. 환관이나 게으름뱅이, 사무실로 가는 여
덟시 십칠분 차를 타고 걸음을 재촉하는 소심한 애송이가 아니
었을 때였다.

영국 내의 다른 회사에서는 사직하는 고용인에게 송별회를 해
준다. 금시계를 주지는 않더라도 최소한 휴식시간에 모여 차를
마시며 이야기를 하고, 진심이든 아니든 박수를 치며 잘 가라고
인사를 한다. 그도 이 나라에 오래 살아서 그런 것쯤은 알고 있
다. 하지만 IBM에서는 그렇지 않다. IBM은 영국이 아니다. IBM
은 새로운 물결이고 새로운 방식이다. 그것이 IBM이 영국인들
의 반대를 뚫고 나아가는 이유다. 영국인들이 반대하는 이유는
아직도 낡고 느슨하고 비효율적인 영국적 방식에 사로잡혀 있
기 때문이다. 반면에 IBM은 건조하고 딱딱하고 무자비하다. 그

래서 마지막 근무일에도 그를 위한 송별회는 없다. 그는 아무 말 없이 책상을 치우고 동료 프로그래머들에게 작별인사를 한다. 그들 중 하나가 조심스럽게 묻는다. "이제 뭘 할 거요?" 모두가 우정 어쩌고 하는 이야기를 들은 게 분명하다. 그것이 그들을 경직되고 불편하게 만든다. "두고 봐야지요." 그가 대답한다.

다음날 아침, 특별히 갈 곳도 없는 상태로 잠에서 깨는 느낌이 흥미롭다. 화창한 날이다. 그는 기차를 타고 레스터스퀘어로 간다. 그리고 채링 크로스 로드에 있는 서점에 들른다. 하루 동안 수염을 깎지 않았다. 그는 수염을 기르기로 한다. 수염을 기르면, 어학원에서 나와 지하철을 타는 우아한 젊은 남자들과 아름다운 여자들 사이에 있어도 부자연스러워 보이지 않을지 모른다. 그다음에는 우연에 몸을 맡기자.

지금부터는 우연에 자신을 맡기기로 결심한다. 소설은 우연적인 만남들로 가득하다. 그것들은 로맨스로 이어지기도 하고 비극으로 이어지기도 한다. 그는 로맨스를 할 준비가 되어 있다. 비극도 마찬가지다. 어떤 것에든 준비되어 있다. 그로 인해 소진되어 다시 만들어진다면, 그럴 준비도 되어 있다. 결국 그것이 그가 런던에 있는 이유다. 옛 자아를 제거하고 새롭고 진실하고 정열적인 자아를 갖기 위해서 말이다. 이제 그의 탐색에 장애물은 없다.

며칠이 지난다. 그는 하고 싶은 대로 한다. 원칙적으로 말하자면 그의 지위는 불법이다. 여권에는 그가 영국에 머물 수 있도록 해주는 취업 비자가 붙어 있다. 그런데 지금은 일을 하지 않으니 취업 비자는 효력이 없다. 하지만 그가 몸을 낮추고 조용히 있으면, 당국이나 경찰이나 그런 일을 책임지는 누구든, 그를 눈감아줄지 모른다.

그런데 돈 문제가 부상한다. 저축한 돈이 언제까지나 남아 있지는 않을 것이다. 그에게는 팔 만한 물건이 아무것도 없다. 그는 조심스럽게 책 사는 것을 그만둔다. 날씨가 좋을 때는 기차를 타는 대신 걷는다. 그리고 빵과 치즈와 사과만 먹는다.

우연은 그에게 어떤 축복도 내리지 않는다. 하지만 우연이란 예측할 수 없는 것이다. 그러니 우연에게 시간을 줘야 한다. 언젠가 우연이 그에게 미소를 지어줄 날이 올 것이다. 그는 기다릴 준비가 되어 있다.

14

마음대로 시간을 쓸 수 있게 되자, 그는 곧 무질서하게 이어지는 포드 전집을 끝까지 다 읽는다. 이제 판단을 내릴 시간이 가까워졌다. 뭐라고 할 것인가? 과학에서는 가설을 증명할 수 없었다는 부정적인 결과를 발표하는 것이 허용된다. 예술은 어떤가? 포드에 대해 새롭게 이야기할 것이 아무것도 없다면, 실수했다는 걸 고백한 후 학생 신분을 포기하고 장학금을 반납하는 것이 옳고 명예로운 행동일까? 혹은 논문 대신 자신의 논문 주제에 실망했으며 심취했던 작가한테 실망했다는 보고서를 제출해도 되는 걸까?

그는 서류가방을 손에 들고 대영박물관에서 나와, 그레이트 러셀 스트리트를 거니는 수천 명의 사람들 사이로 합류한다. 그들은 그가 포드 매독스 포드나 다른 것에 대해 어떻게 생각하는지 전혀 신경쓰지 않는다. 런던에 처음 왔을 때, 그는 각각의 특별한 본질을 찾아보려 행인들의 얼굴을 대담하게 바라보곤 했다. 이봐, 내가 당신을 보고 있다고! 그는 이렇게 말했다. 하지만 남자든 여자든 눈길을 받아주기는커녕 오히려 냉정하게 피하는 이 도시에서는, 그런 대담한 눈길이 아무 소용 없다는 사실을 곧 깨닫게 되었다.

눈길을 거부당할 때마다 그는 작은 칼로 찔리는 기분이었다. 그는 무언가 부족하다며 거듭 퇴짜를 맞았다. 곧 그는 용기를 잃고 거부당하기도 전에 몸을 움츠렸다. 여자들을 몰래 훔쳐보는 것이 더 쉬웠다. 그게 바로 런던에서 사람을 쳐다보는 방식인 것 같았다. 하지만 그는 몰래 쳐다보는 것에도 부정직하고 부정한 뭔가가 있다는 느낌을 지울 수 없었다. 쳐다보지 않는 편이 나았다. 이웃들에게 호기심을 갖지 않고 무관심한 편이 나았다.

그는 이곳에 살면서 많이 변했다. 더 좋은 것을 위한 변화인지는 잘 모르겠다. 지난겨울 동안, 추위와 비참함과 고독으로 죽을 것 같다고 생각한 때가 있었다. 하지만 그럭저럭 버텨냈다. 다음 겨울이 오면 추위와 비참함이 덜 힘들 것이다. 그는 돌처럼 단단한, 진짜 런던 사람이 되어가는 중이다. 돌처럼 변해가는 것이 목표는 아니었지만, 그것에 만족해야 할지도 모르겠다.

대체로 런던은 거대한 응징자라는 것이 드러나고 있다. 이미 그의 야망은 전보다 평범해졌다. 아니, 훨씬 더 평범해졌다. 런던 사람들은 처음에 야망 부족으로 그를 실망시켰다. 이제 그는 그들과 합류하는 중이다. 도시는 매일 그를 응징하고 꾸짖는다. 두들겨맞은 개처럼, 그는 배워가고 있다.

그는 포드에 대해 무슨 말을 해야 할지 몰라, 아침 늦게까지 침대에 누워 있다. 마침내 책상에 앉지만 집중할 수가 없다. 여름이 그를 더 혼란스럽게 한다. 그가 아는 런던은 해가 지고 잠잘 시간이 되어 모든 걸 망각하는 것 외에는 아무 기대할 것도 없이 하루하루를 묵묵히 견뎌야 하는 겨울의 도시다. 편안함과 즐거움을 위한 날들로 보이는 훈훈한 여름에도 시험은 계속된다. 어떤 부분을 시험당하는지 그는 더이상 알지 못한다. 때로는 시험 자체를 위해서, 그가 그 시험을 견뎌낼지 어떨지 보기 위해서 시험당하는 것 같다.

그는 IBM을 그만둔 것을 후회하지 않는다. 하지만 이야기할 사람이 아무도 없다. 빌 브리그스조차 없다. 입에서 단 한 마디도 나오지 않은 채 하루하루가 흘러간다. 그는 일기장에 S라는 표시를 하기 시작한다. 침묵silence의 날이라는 의미다.

그는 지하철역 밖에서 신문을 파는 왜소한 노인과 실수로 부딪친다. "미안합니다!" 그가 말한다. "눈 똑바로 뜨고 다녀!" 노인이 호통친다. "미안합니다!" 그가 반복한다.

미안하다는 말이 그의 입에서 돌처럼 무겁게 나온다. 애매한 문법적 범주에 속하는 단어 하나가 말이라고 할 수 있을까? 그와 노인 사이에 있었던 일이 인간적인 접촉의 한 경우였을까? 아니면 개미들이 서로 더듬이를 건드리는 것처럼, 단순한 사회적 상호작용이라고 하는 것이 더 정확한 묘사일까? 노인에게 그것은 분명 아무것도 아니었다. 노인은 하루종일 신문을 가득 쌓아놓고 서서 화가 나 혼자 투덜거린다. 그 노인은 지나가는 사람에게 욕을 할 기회를 늘 기다리고 있다. 그런데 그의 경우 그 한 마디에 대한 기억이 몇 주 동안 계속될 것이다. 어쩌면 평생 그럴지 모른다. 사람들과 부딪치고 '미안합니다!'라고 말하고 욕을 먹고. 억지로 대화를 해보려는 일종의 전략이자 값싼 방식. 외로움을 속이기 위한 방식.

그는 시험의 골짜기에 들어와 있는데 아주 잘하지는 못하고 있다. 그러나 그가 시험을 받는 유일한 사람일 리 없다. 틀림없이 골짜기를 통과해 반대쪽으로 나간 사람들이 있을 것이다. 시험을 완전히 피해간 사람들도 틀림없이 있을 것이다. 그도 원한다면 시험을 피할 수 있을 것이다. 예를 들면 케이프타운으로 도망가 다시 돌아오지 않을 수도 있다. 하지만 그게 그가 원하는 것일까? 그건 분명히 아니다. 아직은 아니다.

하지만 그가 계속 머물면서 시험에 실패하면, 치욕스럽게 실패하면 어떻게 될까? 방에 혼자 앉아 울기 시작해서 멈추지 못하면 어떻게 될까? 어느 날 아침 자신에게 일어날 용기가 없다는 사실을 깨닫고, 그날도 다음날도 그다음날도 점점 더러워져가는 이불을 덮고 침대에 종일 누워 있는 것이 더 편하다는 사실을 깨달으면 어떻게 될까? 시험을 견디지 못하고 무너지는 그런 사람들은 어떻게 되는 걸까?

그는 답을 알고 있다. 그들은 병원이나 집이나 기관처럼 돌봐질 수 있는 곳에 보내질 것이다. 그의 경우에는 그냥 남아프리카로 돌려보내질 것이다. 영국인들에게는 시험에 실패해 돌봄이 필요한 자기네 영국인들만 해도 충분히 많을 것이다. 그들이 왜 외국인들까지 돌봐야 하는가?

그는 소호의 그리크 스트리트에 있는 문간 앞을 서성인다. 초인종 위에 재키-모델이라는 카드가 붙어 있다. 그에게는 인간적인 교류가 필요하다. 성적 접촉보다 더 인간적인 것이 어디 있을까? 예술가들은 아득한 옛날부터 창녀들을 찾아왔고, 그럼에도 불구하고 멀쩡하다. 그도 그런 것쯤은 책에서 읽어 알고 있다. 사실, 예술가들과 창녀들은 사회적 전선戰線에서 같은 편이다. 하지만 재키-모델이라니. 이 나라에서는 모델이 늘 창녀인 걸까? 아니면 자신의 몸을 파는 사업에 등급이, 아무도 그에게 이야기해주지 않은 등급이 있는 걸까? 그리크 스트리트에 있는 모델은 아주 전문적인 어떤 것, 전문적인 취향을 지칭하는 걸까? 예를 들어, 레인코트를 입은 채 그늘 속에 빙 둘러서 있는 남자들이 불빛 아래 나체로 자세를 잡고 있는 여자를 흘끔거리며 쳐다보는 취향 같은 것일까? 일단 초인종을 누르고 나면, 완전히 안으로 들어가기 전에 그게 어떤 것일지 물어볼 방법이 있을까? 재키가 늙거나 뚱뚱하거나 못생겼으면 어떻게 될까? 어떤 게 예의일까? 이렇게 미리 알리지 않는 것이 재키 같은 사람을 찾는 방식일까? 아니면 미리 전화를 하고 약속을 잡아야 하는 걸까? 돈은 얼마나 주는 걸까? 런던의 모든 남자가 알고 있는데 그만 모르는 척도가 있는 걸까? 그가 촌놈이고 바보라는 사실을 즉각 알아차리고 부당하게 돈을 달라고 하면 어떻게 될까?

그는 머뭇거리다가 물러난다.

거리에서 검정 양복을 입고 지나가던 남자가 지나가다 그를 알아보는 것 같다. 멈춰서 말을 걸려는 것 같다. IBM에 다닐 때 알던 선임 프로그래머 중 하나다. 많이 접촉한 적은 없지만 늘 호감을 갖고 있던 사람이다. 그는 머뭇거리다 당황해서 고개를 끄덕이고 서둘러 지나가버린다.

그 남자는 온화한 미소를 지으며 이렇게 물었을 것이다. "요즘 어떻게 지내요? 재미 좀 보고 사나요?" 그는 뭐라고 대꾸할 수 있을까? 인생은 짧고 늘 일만 할 수는 없으니, 가능할 때 즐겨야 하지 않겠느냐고 말할까? 얼마나 웃길까, 얼마나 남부끄러울까! 그의 조상들이 카루*의 더위와 먼지 속에서 검은 옷을 입고 땀을 흘리며 살았던 고집스럽고 보잘것없는 삶들이 결국 이런 것으로 귀결되다니! 낯선 도시를 배회하고 저축한 돈을 낭비하고 예술가인 척하며 매춘을 하는 젊은이로 귀결되다니! 그렇게 무심하게 그들을 배반하면서, 어떻게 복수심에 불타는 그들의 유령을 피하기를 바랄 수 있을까? 즐거워하고 쾌락을 즐기는 일은 그 남자들과 여자들의 본질이 아니었다. 그의 본질도 아니다. 그는 태어날 때부터 우울하고 고통당하기로 되어 있는 그들의 자식이다. 돌에서 피를 짜내듯, 고통에서 시를 짜내는 것 외에 다른 방법이 있을까?

남아프리카는 그의 안에 있는 상처다. 얼마나 더 있어야 그 상처에서 피가 흐르지 않을까? 얼마나 더 있어야 이를 갈고 참다가 '옛날에는 남아프리카에 살았지만 지금은 영국에 살고 있다'고 말할 수 있을까?

순간적으로 자신을 바깥에서 바라보는 때가 더러 있다. 속삭이듯 말을 하고, 걱정이 많고, 아무도 다시 눈길을 주지 않을 둔

---

* 남아프리카공화국 남부의 고원지대.

하고 평범하며 어린애 같은 남자. 순간적으로 본 자신의 모습이 마음을 산란하게 한다. 그는 그 모습을 붙들지 않고, 어둠 속에 묻고 잊어버리려 한다. 그런 순간에 보는 자아는 단순히 겉모습일 뿐일까? 아니면 그게 진짜 그일까? 겉모습보다 깊은 진실은 없다는 오스카 와일드의 말이 맞다면 어쩌지? 외면만이 아니라 가장 깊은 내면까지 둔하고 평범해도 예술가일 수 있을까? 예를 들어 T. S. 엘리엇의 내면은 둔할까? 예술가의 개성이 작품과 관련이 없다는 엘리엇의 주장은 자신의 둔함을 숨기기 위한 전략일 뿐일까?

그럴지도 모른다. 하지만 그는 믿지 않는다. 와일드와 엘리엇 중 하나를 믿어야 한다면, 그는 엘리엇을 믿는다. 엘리엇이 의도적으로 둔해 보이려 하고 양복 차림으로 은행에 가서 근무하며 자신을 J. 앨프리드 프루프록*이라고 한다면, 그건 위장이자 현대의 예술가에게 필요한 계략의 일부임이 틀림없다.

때때로 그는 도시의 거리를 걷는 것에서 벗어나려 햄스테드 히스로 간다. 그곳의 공기는 부드럽고 따뜻하다. 길에는 유모차를 밀거나 아이들이 뛰노는 동안 서로 이야기를 나누는 젊은 엄마들로 가득하다. 이 얼마나 평화롭고 만족스러운 광경인가! 그

---

* T. S. 엘리엇의 시 「J. 앨프리드 프루프록의 연가」의 등장인물.

는 꽃이 피고 서풍이 불고 어쩌고 하는 시들을 견디기 힘들어했다. 그런데 그 시들이 쓰인 땅에 와 있으니, 해가 다시 뜨는 것을 보고 흘러나오는 기쁨이 얼마나 깊은지 이해되기 시작한다.

어느 일요일 오후, 피곤해진 그는 재킷을 말아 베개로 삼고 잔디 위에 누워 잠, 혹은 선잠에 빠진다. 의식이 사라지는 게 아니라 계속 떠돌고 있다. 그것은 그가 전에 알지 못했던 상태다. 지구가 한결같이 돌아가고 있는 것이 핏속에서 느껴지는 듯하다. 아이들이 멀리서 지르는 소리, 새들이 지저귀는 소리, 풀벌레들이 우는 소리가 합쳐져 기쁨의 찬가를 이룬다. 가슴이 부푼다. 그는 생각한다. 드디어! 드디어 모든 것들과 합일한 황홀한 상태가 찾아왔다! 그 순간이 달아나버릴까 두려워, 그는 덜거덕거리는 생각을 멈춘 채 이름도 없는 거대한 우주적 힘의 통로가 되려고 노력한다.

그것은, 이 주목할 만한 사건은, 시계로는 몇 초밖에 지속되지 않는다. 그러나 일어나서 재킷의 먼지를 떨 때, 그는 상쾌하고 새로워져 있다. 그는 시험받고 변화하기 위해 이 위대하고 어두운 도시로 떠나왔다. 그런데 이곳에서, 온화한 봄 햇살이 내리쬐는 녹색 잔디 위에서 놀랍게도 발전에 대한 약속이 나왔다. 완전히 변화하지 않았다면, 적어도 그는 자신이 이 지구에 속한다는 암시를 받았다.

15

돈을 절약할 방법을 찾아야 한다. 방세로 가장 많은 돈이 들어간다. 그는 햄스테드 지역신문 광고란에 광고를 낸다. "하우스시터, 책임감 있는 직장인, 장기, 단기 모두 가능." 두 명이 전화를 걸어온다. 그는 자신이 IBM에서 근무한다고 말하고 그들이 확인해보지 않기를 바란다. 그는 고지식할 만큼 예의바르다는 인상을 주려고 한다. 연기가 잘 먹힌다. 그래서 그는 6월 한 달 동안 스위스 코티지에 있는 한 아파트를 돌보게 된다.

아쉽게도 아파트를 혼자서 쓸 수는 없다. 아파트 주인은 어린 딸이 있는 이혼녀다. 그녀가 그리스에 가 있는 동안 아이와 아이의 보모를 돌봐야 한다. 그가 할일은 단순하다. 우편물을 점검하고 공과금을 내고 위급한 경우를 대비해 가까이 있는 것이다. 그는 자기 방을 갖게 되고 부엌을 사용할 수 있게 된다.

그런데 전남편과 관련된 문제도 있다. 전남편이 일요일마다 와서 딸을 데려갈 것이다. 그의 고용주 혹은 고객의 말에 따르면, 전남편은 "다소 신경질적"이다. 그래서 "자기 마음대로" 하게 놔두면 안 된다고 한다. 그는 "자기 마음대로" 한다는 게 무슨 의미냐고 묻는다. 그러자 아이를 밤새 데리고 있는다든지, 아파트 안을 기웃거리며 돌아다닌다든지, 물건을 가져간다든지, 그런 걸 의미한다는 답변이 돌아온다. 그녀는 그를 의미심장한 눈빛으로 쳐다보며, 그 사람이 무슨 이야기를 꾸며내든 물건을 가져가는 일은 결코 있어서는 안 된다고 말한다.

그러자 그는 자신이 왜 필요한지 깨닫기 시작한다. 남아프리카에서 멀지 않은 말라위 출신의 보모는 아파트 청소, 장보기, 아이를 먹이고, 유치원에 데려다주고 데려오는 일을 완벽하게 한다. 어쩌면 공과금을 내는 일도 완벽하게 할지 모른다. 그녀가 못하는 일은 최근까지 그녀의 고용주였으며 그녀가 아직도 주인님이라고 부르는 남자와 맞서는 것이다. 그러고 보니 그가 하겠다고 나선 일은 경비다. 최근까지 거기에 살았던 남자에게서 아파트와 아파트의 물건들을 지키는 것이다.

6월의 첫날, 그는 택시를 불러 트렁크와 여행가방을 싣고, 초라한 분위기의 아치웨이 로드에서 절제되고 우아한 분위기의 햄스테드로 이사한다.

아파트는 넓고 바람이 잘 통한다. 창문으로 햇빛이 흘러든다. 부드러운 흰 카펫이 깔려 있고 책장에는 그럴듯해 보이는 책들이 가득하다. 지금까지 그가 런던에서 보았던 것과 사뭇 다르다. 그는 자신의 행운을 믿을 수 없다.

짐을 푸는데, 그가 새롭게 떠맡게 된 작은 소녀가 방문에 서서 그의 움직임 하나하나를 바라본다. 그는 아이를 돌봐본 적이 한번도 없다. 어떤 의미에서는 그도 어리기 때문에 아이들과 자연스러운 유대관계가 생기는 걸까? 그는 상대를 안심시키는 미소를 지으며 천천히 그리고 부드럽게, 문을 닫는다. 그러나 그녀가 금세 문을 밀어 열고 그가 하는 일을 심각하게 바라본다. 여긴 우리집이야. 당신, 우리집에서 뭐하는 거지? 이렇게 말하는 것 같다.

그녀의 이름은 피오나다. 다섯 살이다. 나중에 그는 그녀와 친해지려고 노력한다. 그녀가 거실에서 놀고 있을 때, 그는 무릎을 꿇고 고양이를 어루만진다. 몸집이 크고 동작이 굼뜬, 거세한 수컷 고양이다. 고양이는 자기에 대한 모든 관심을 너그럽게 봐주듯, 그가 쓰다듬는 것도 너그럽게 봐준다.

"야옹이가 우유를 먹고 싶을까?" 그가 묻는다. "우리, 야옹이한테 우유 좀 갖다줄까?"

아이는 꼼짝도 하지 않는다. 그가 한 말을 못 들은 것 같다.

그는 냉장고로 가서 고양이 밥그릇에 우유를 부어 고양이 앞에 놓아준다. 고양이는 차가운 우유 냄새를 맡지만 먹지는 않는다.

아이가 인형을 끈으로 감아 빨래 주머니에 넣었다가 다시 꺼내고 있다. 그것이 게임이라면, 그로서는 그 의미를 도저히 가늠할 수 없는 게임이다.

"인형 이름이 뭐니?" 그가 묻는다.

그녀는 대답하지 않는다.

"골리워그*의 이름이 뭐니? 골리니?"

"얘는 골리워그가 아니에요." 아이가 말한다.

그는 단념한다. "나는 할일이 있어서 가야겠다." 그는 이렇게 말하고 물러난다.

그는 보모를 시어도라라고 부르라고 들었다. 그러나 시어도라가 그를 어떻게 부르는지는 아직 알 수 없다. 주인님은 분명 아닐 것이다. 그녀는 복도 끝에 있는 아이의 방 옆방을 쓴다. 그 두 방과 세탁실은 그녀의 영역이다. 거실은 중립지대다.

그는 시어도라가 사십대쯤 될 거라고 추측한다. 그녀는 메링턴 부부가 말라위에 마지막으로 잠시 살았을 때부터 그들의 시중을 들었다. 신경질적인 전남편은 인류학자다. 메링턴 부부는

---

* 얼굴 전체가 시커먼 털로 뒤덮인 헝겊 인형.

시어도라의 나라에서 현지조사를 하던 중이었다. 그들은 부족 음악을 녹음하고 악기를 수집했다. 메링턴 부인의 말에 따르면 시어도라는 곧 "단순히 집안일을 돕는 사람이 아니라 친구"가 되었다. 그들은 아이와 유대감을 키워온 그녀를 런던으로 데려왔다. 그녀는 매달 월급을 집으로 보내 자신의 아이들을 먹이고 입히고 학교에 보낸다.

그런데 갑자기, 이렇게 소중한 그녀보다 나이가 반밖에 되지 않는 낯선 이가 그녀의 영역을 관리하게 되었다. 시어도라는 자신의 태도와 침묵을 통해 그가 있는 게 못마땅하다는 것을 드러낸다.

그는 그녀를 비난하지 않는다. 문제는 이것이다. 그녀의 분노 밑에 단순히 자존심에 상처를 입는 것 이상의 것이 있을까? 그녀는 분명 그가 영국인이 아니라는 사실을 안다. 그녀는 남아프리카인이자 백인이자 아프리카너인 그에게 분개하는 걸까? 그녀는 아프리카너가 어떤 사람들인지 아는 게 분명하다. 아프리카 전역에는 아프리카너들—반바지와 모자 차림에 배가 나오고 붉은 코를 한 남자들과 볼품없는 드레스를 입은 피둥피둥 살이 찐 여자들—이 있다. 로디지아*에도 있고 앙골라에도 있고 케냐에

---

* 짐바브웨의 전 이름.

도 있으며 말라위에도 분명히 있다. 어떻게 해야 자신이 그들과 같지 않고, 남아프리카를 떠났으며, 남아프리카를 영원히 등지기로 결심했다는 것을 그녀에게 이해시킬 수 있을까? 아프리카는 당신들의 것입니다. 당신들 것이니 당신들 마음대로 할 수 있어요. 부엌 식탁에서 뜬금없이 이렇게 말하면, 그녀가 그에 대한 생각을 바꿀까?

아프리카는 당신들의 것입니다. 그가 아프리카를 자신의 고향이라고 부를 때는 완전히 자연스러워 보였는데, 유럽의 시각에서 보니 점점 더 터무니없어 보인다. 소수의 네덜란드인이 우드스톡 해변에 상륙해서 한 번 본 적도 없는 외국 땅을 자기들 것이라 주장했고, 그들의 후손은 이제 생득권을 주장하며 그 땅이 자기들 것이라고 한다. 처음에 상륙한 사람들이 명령을 제대로 이해하지 못했거나 일부러 이해하지 않으려 했다는 점을 감안하면 훨씬 더 터무니없다. 그들에게 내려진 명령은 동인도 함대를 위해 밭을 일구어 시금치와 양파를 기르라는 것이었다. 2천 평, 3천 평, 많아야 6천 평의 땅이면 충분했다. 아프리카의 가장 좋은 지역을 훔치라는 것은 결코 아니었다. 그들이 명령에 복종하기만 했다면 그는 이곳에 있지 않을 것이다. 시어도라도 마찬가지다. 시어도라는 말라위 하늘 아래서 행복하게 수수를 빻고 있을 것이다. 그는 어떨까? 그는 비가 오는 로테르담의 사무실 책상에 앉아 원장에 금액을 더하고 있을 것이다.

시어도라는 살찐 여자다. 오동통한 볼부터 부어오른 발목에 이르기까지 모든 부위에 살이 찐 여자다. 걸을 때면 이쪽저쪽으로 몸을 흔들고 힘든 일을 할 때면 숨을 쌕쌕거린다. 실내에서는 슬리퍼를 신는다. 아침에 아이를 학교에 데리고 갈 때는 발을 테니스화에 억지로 밀어넣고 기다란 검정 코트를 입고 뜨개질한 모자를 쓴다. 그녀는 일주일에 엿새를 일한다. 일요일에는 교회에 가지만 나머지 시간은 집에서 보낸다. 그녀는 전화를 사용한 적이 한 번도 없다. 아는 사람이 전혀 없는 것 같다. 그는 그녀가 혼자 있을 때 무엇을 하는지 짐작할 수 없다. 그는 그녀의 방이나 아이의 방에 들어가지 않는다. 그들이 아파트에서 나가 있을 때도 마찬가지다. 대신 그는 그들도 그의 방을 뒤지지 않았으면 싶다.

메링턴 부부의 책들 중에 중국 춘화집이 있다. 2절판 책이다. 이상한 모양의 모자를 쓴 남자들이 옷을 젖히고, 조그만 여자들의 다리를 강제로 벌리고 위로 올려서 그녀들의 성기에 크게 팽창한 자신들의 성기를 집어넣고 있다. 여자들은 벌의 유충처럼 창백하고 부드럽다. 그들의 연약한 다리는 배에 붙은 것처럼 보인다. 중국 여자들은 옷을 벗으면 아직도 저런 모습일까? 아니면 재교육을 받고 들판에서 일을 해 제대로 된 몸과 다리를 갖게 되었을까? 혹시 그걸 확인할 기회가 있을까?

믿음직한 직장인처럼 행세해 이 아파트에 공짜로 살게 된 후로, 그는 직장이 있는 척해야 한다. 그는 일찍 일어난다. 시어도라와 아이가 일어나기 전에 아침을 먹으려고 평소보다 일찍 일어난다. 시어도라가 아이를 학교에 데려다주고 돌아오면, 그는 출근하는 척하며 아파트를 나선다. 처음에는 검정 양복까지 입다가 속임수의 일환으로 곧 편하게 입는다. 그리고 다섯시에 돌아온다. 때로는 네시에도 돌아온다.

여름이라서 다행이다. 대영박물관과 서점과 영화관에만 있지 않고 공원을 돌아다닐 수 있으니 말이다. 오랫동안 직장이 없을 때 그의 아버지도 거의 이런 식으로 시간을 보냈을 게 틀림없다. 출근 복장으로 도시를 배회하거나 술집에 앉아 시곗바늘을 바라보며 집에 갈 적당한 시간을 기다리면서 말이다. 결국 그는 아버지의 아들인 걸까? 무기력한 기질은 그의 내면에 얼마나 깊이 박혀 있는 걸까? 그도 결국 주정뱅이가 될까? 주정뱅이가 되려면 어떤 기질이 필요할까?

그의 아버지는 브랜디를 마셨다. 그도 언젠가 브랜디를 마셔본 적이 있다. 하지만 불쾌하고 쏫내 나는 뒷맛 외에는 아무것도 기억나지 않는다. 영국에서는 사람들이 맥주를 마시는데, 그는 시큼한 맛이 싫다. 술을 좋아하지 않으면 안전할까? 그는 주정뱅이가 되지 않는 조치를 취한 걸까? 아니면, 아직 짐작할 수는 없지만 그의 아버지와 닮은 구석이 언젠가 다른 방식으로 드러나게 될까?

오래지 않아 전남편이 모습을 드러낸다. 일요일 아침이다. 그가 크고 편안한 침대에서 졸고 있는데, 갑자기 초인종이 울리며 열쇠로 문을 여는 소리가 들린다. 그는 욕을 하며 침대에서 벌떡 일어난다. 누군가의 목소리가 들린다. "안녕, 피오나, 시어도라!" 허둥지둥 움직이는 소리와 발소리가 들린다. 그때 노크도 없이 그의 방문이 활짝 열리고, 그들이 그를 쳐다본다. 남자가 아이를 품에 안고 있다. 그는 바지도 겨우 입은 상태다. "안녕!" 남자가 말한다. "이거 뭐야?"

그것은 영국인들이 잘 쓰는 표현 중 하나다. 가령, 영국 경찰이 범죄자를 잡으면서 쓰는 표현이다. '이거 뭐야'에 대답할 수 있는 피오나는 아무 말도 하지 않기로 한다. 대신 아버지의 품에 안겨 쌀쌀맞은 표정을 숨기지도 않은 채 그를 바라본다. 그 아버지에 그 딸이다. 똑같이 서늘한 눈, 똑같은 눈썹.

"메링턴 부인이 집을 비운 동안 아파트를 돌보고 있는 사람입니다." 그가 말한다.

"아, 맞아." 남자가 말한다. "남아프리카인이죠. 내가 잊고 있었네요. 내 소개를 할게요. 리처드 메링턴이라고 해요. 이 영지의 주인이었죠. 어떤가요? 적응은 잘하고 있나요?"

"네, 괜찮습니다."

"좋아요."

시어도라가 아이의 옷과 부츠를 갖고 나타난다. 남자가 딸을 내려놓는다. 그가 딸에게 말한다. "차에 타기 전에 쉬해야지."

시어도라와 아이가 나간다. 그들만이 남는다. 옷을 잘 차려입은 잘생긴 남자와 그 남자의 침대에서 자고 있던 그.

"여기에 얼마나 오래 있나요?" 남자가 묻는다.

"월말까지요."

"아니, 내 말은 이 나라에 얼마나 있을 거냐는 거예요."

"아, 계속 있을 거예요. 남아프리카를 떠났거든요."

"상황이 아주 나쁘다면서요?"

"네."

"백인들한테도 말인가요?"

그런 질문에는 어떻게 대답해야 하지? 사람들이 치욕 때문에 죽지 않으려고 떠난다고 할까? 곧 있을 대변동을 피하기 위해 떠난다고 할까? 그런데 그런 거창한 말들이 이 나라와는 전혀 어울리지 않는 것처럼 들리는 이유는 뭘까?

"네," 그가 말한다. "적어도 저는 그렇게 생각합니다."

"그러고 보니 생각나네요." 남자가 말한다. 그는 방을 가로질러 축음기 음반들이 있는 선반으로 가서 뒤적이다가 한 장, 두 장, 세 장을 뽑는다.

메링턴 부인이 그한테 경고한 게 바로 이것이었다. 이런 일이 없도록 하라고 했다. "미안합니다." 그가 말한다. "메링턴 부인이 저에게 구체적으로……"

남자가 벌떡 일어나서 그의 얼굴을 쳐다본다. "다이애나가 구체적으로 당신에게 뭘 하라고 했다고요?"

"아파트에서 아무것도 가져가지 못하게 하라고 했어요."

"말도 안 되는 소리. 이건 내 음반이에요, 그 사람한테는 필요 없는 거라고요." 그는 태연하게 음반을 찾는 일로 되돌아가 몇 개를 더 뽑는다. "내 말을 못 믿겠으면 전화해보세요."

아이가 무거운 부츠를 신고 방안으로 쿵쿵 들어온다. "우리 아기, 준비됐어?" 남자가 말한다. "잘 있어요. 모든 게 잘되기를 바랄게요. 안녕, 시어도라. 걱정 말아요, 목욕시간 전에 돌아올 테니까." 그는 딸과 음반을 안고 가버린다.

16

어머니에게서 편지가 온다. 그의 동생이 차를 샀다고 한다. 사고 난 MG*를 샀다는 것이다. 동생은 이제 차를 굴러가게 하기 위해 공부 대신 차를 고치는 데 모든 시간을 할애하고 있다고 한다. 그리고 새 친구들도 사귄 모양이다. 그런데 친구들을 어머니에게 소개해주지 않는다. 친구들 중 하나는 중국인 같다. 그들은 차고에 둘러앉아 담배를 피운다. 그녀는 그 친구들이 술까지 가져오는 것 같다고 생각한다. 그녀는 걱정이다. 동생은 내리막길을 가고 있다. 어머니는 어떻게 동생을 구해야 할지 모르겠다고 한다.

---

* 영국 스포츠카 브랜드.

그는 흥미가 당긴다. 동생도 마침내 어머니의 품에서 자유로워지려 하고 있다! 하지만 자동차 정비사라니, 참 이상한 방법이다! 동생이 정말로 차를 고치는 법을 알까? 어디서 배웠을까? 그는 늘 둘 중에 자기가 더 손재주가 좋고 기계에 대한 감각도 뛰어나다고 생각했다. 그렇다면 그동안 그가 틀렸다는 말일까? 동생은 또 무엇을 숨기고 있을까?

편지에는 다른 소식도 있다. 그의 사촌인 일스와 그녀의 친구가 스위스로 캠핑 여행을 가는 길에 영국에 곧 들를 테니, 그들에게 런던 구경을 시켜주라는 것이다. 어머니는 그들이 머물 얼스 코트의 여관 주소를 알려준다.

그렇게 누누이 말했음에도 어머니는 그가 남아프리카인, 특히 아버지의 가족과 만나고 싶어할 거라고 생각하고, 그는 그 사실이 놀랍다. 그는 어렸을 때 이후로 일스를 만난 적이 없다. 어딘지도 모르는 오지의 학교를 다녔고, 쾌적한 스위스, 그러니까 역사를 통틀어 위대한 예술가를 한 명도 배출하지 못한 나라 스위스를 여행하는 것 말고는 유럽에서 휴가—그녀의 부모가 준 돈으로 하는 여행일 게 틀림없다—를 보내는 더 좋은 방법을 생각할 줄 모르는 여자와 그가 도대체 무슨 공통점이 있을 수 있을까?

그러나 일스의 이름이 언급되자, 그는 그녀를 마음에서 몰아낼 수 없다. 그는 그녀를 껑충하고 날쌔며 기다란 금발머리를 길게 땋아 내려뜨린 아이로 기억한다. 지금쯤이면 틀림없이 적어도 열여덟 살은 되었을 것이다. 그녀는 어떻게 변했을까? 야외에서의 삶이 그녀를 잠시라도 미녀로 만들었을까? 그는 농촌 아이들 중에서 그런 경우를 많이 보았다. 몸이 거칠어지고 두툼해져 부모와 판박이가 되기 전, 육체적으로 완벽한 시기가 있었다. 늘씬한 아리안족 여자 사냥꾼과 나란히 런던 거리를 걸을 기회를 정말로 물리쳐야 할까?

환상에 젖자 성적 흥분이 찾아온다. 여자 사촌들 생각을 하는 것만으로 그의 욕망을 일으키는 그것은 대체 무엇일까? 단순히 그들이 금지의 대상이기 때문일까? 금기라는 것은 그렇게 작동하는 걸까? 욕망을 억제함으로써 욕망이 생기는 걸까? 그게 아니라면 그의 욕망은 덜 추상적인 것에 기인하는 걸까? 어린 시절 사내아이와 여자아이가 서로 몸을 맞대고 드잡이하던 기억들이 그 이후로 안에 저장되어 있다가, 갑자기 성욕으로 분출되는 걸까? 그럴지도 모른다. 거기에 편안하고 쉬운 느낌까지 더해져서 말이다. 말을 떼기 이전부터 존재하던 혈연적 친밀감과 나라와 가족의 역사를 공유하고 소개도 필요 없고 서로를 탐색할 필요도 없는 두 사람.

그는 얼스 코트의 주소지로 가서 메시지를 남긴다. 며칠 후, 전화가 걸려온다. 일스가 아니라 그녀의 친구다. is와 are를 혼동하며 어색하게 영어를 발음하는 친구다. 좋지 않은 소식이다. 일스가 아프다고 한다. 유행성감기가 심해져 폐렴이 되었다. 그녀는 베이스워터에 있는 병원에 있다. 그녀가 나을 때까지 그들의 여행은 보류되었다.

그는 병원으로 일스를 찾아간다. 그가 품었던 모든 희망이 산산이 부서진다. 그녀는 미인이 아니고 늘씬하지도 않다. 쥐색 머리에 걸을 때 숨을 헐떡거리는, 평범하고 둥근 얼굴의 여자일 뿐이다. 그는 병이 옮을까봐 입맞춤은 하지 않고 인사만 건넨다.

친구도 병실에 와 있다. 그녀의 이름은 메리앤이다. 작고 통통하다. 코르덴 바지에 부츠를 신은 그녀에게서 건강미가 물씬 풍긴다. 잠시 그들은 영어로 이야기를 나눈다. 그러다 그는 마음이 약해져 가족의 언어인 아프리칸스어로 이야기한다. 아프리칸스어를 쓴 지 몇 년이 지났지만, 따뜻한 목욕물로 들어가듯 마음이 곧바로 편해지는 것을 느낄 수 있다.

그는 자신이 런던에 관해 알고 있는 것들을 뽐낼 수 있을 거라 생각했다. 하지만 일스와 메리앤이 보고 싶어하는 런던은 그가 알고 있는 런던이 아니다. 그는 마담 튀소 밀랍인형 박물관, 런던탑, 세인트폴대성당에 관해 아무것도 이야기해줄 수 없다. 그런 곳에는 가본 적이 없다. 그는 스트랫퍼드온에이번*에 가는 방법도 전혀 모른다. 그들은 그가 말해줄 수 있는 것들, 즉 어떤 영화관에서 외국영화를 상영하는지, 어떤 서점이 어느 면에서 최고인지에는 관심이 없다.

일스는 항생제를 맞고 있다. 회복하려면 며칠이 걸릴 것이다. 그사이 메리앤은 할일이 없다. 그는 템스강을 따라 산책을 하자고 제안한다. 고지식한 헤어스타일에 등산용 부츠를 신은 픽스버그 출신의 메리앤은 화려한 런던 여자들 사이에서 어울리지 않아 보이지만, 그녀는 개의치 않는 것 같다. 그녀는 자신이 아프리칸스어로 이야기하는 것을 사람들이 들어도 개의치 않는다. 그는 그녀가 목소리를 낮추고 이야기했으면 싶다. 그녀에게 이 나라에서 아프리칸스어로 이야기하는 것은 나치어로 이야기하는 것과 마찬가지라고 말해주고 싶다. 만일 나치어라는 게 있다면 말이다.

그는 그들의 나이를 착각했다. 그들은 전혀 어린애가 아니다. 일스는 스무 살이고 메리앤은 스물한 살이다. 그들은 오렌지 프리 스테이트 대학 졸업반이고, 둘 다 사회복지학을 전공하고 있다. 그는 가타부타 말은 하지 않지만, 속으로는 할머니들의 쇼핑이나 도와주는 사회복지학은 제대로 된 대학에서 가르칠 게 아니라고 생각한다.

---

* 영국 워릭셔주의 도시로, 셰익스피어의 출생지다.

메리앤은 컴퓨터 프로그래밍에 대해서는 들어본 적도 없고 관심도 없다. 대신 그에게 언제 투이스(고향)에 올 거냐고 묻는다.

그는 모르겠다고 답한다. 어쩌면 영영 안 갈지도 모른다고 한다. 그리고 그녀에게 남아프리카의 미래가 걱정스럽지 않냐고 묻는다.

그녀는 고개를 내저으며, 영국 신문들이 이야기하는 것처럼 남아프리카의 상황이 나쁘지는 않다고 말한다. 가만히 놔두기만 하면 흑인과 백인은 함께 잘살아갈 거란다. 여하튼 자기는 정치에 관심이 없다고 한다.

그는 그녀에게 '에브리맨'에서 상영하는 영화를 보러 가자고 한다. 그가 전에 본 적이 있고 앞으로도 여러 차례 더 볼지 모를 고다르*의 〈외부인들〉이라는 영화다. 안나 카리나**가 주연이기 때문이다. 그는 일 년 전 모니카 비티에 빠졌던 것처럼 안나 카리나와 사랑에 빠져 있다. 〈외부인들〉은 지적인 영화, 혹은 드러내놓고 지적인 영화가 아니고, 무능력하고 아마추어 같은 범죄 집단에 관한 이야기지만, 그는 메리앤이 그걸 즐기지 못할 이유를 전혀 찾을 수 없다.

---

* 프랑스 영화감독 장뤼크 고다르(1930~).
** 덴마크 배우(1940~). 장뤼크 고다르의 뮤즈이자 아내.

메리앤은 불평하지 않는다. 하지만 그는 영화를 보는 내내 그녀가 옆에서 안절부절못하는 것을 느낄 수 있다. 살짝 쳐다보니 그녀는 영화를 보는 게 아니라 손톱을 물어뜯고 있다. 그는 후에 영화가 좋지 않았느냐고 묻는다. 그녀는 무슨 내용인지 알 수 없었다고 답한다. 자막이 있는 영화를 본 적이 없는 것 같다.

그는 그녀를 데리고 그의 아파트로, 아니 당분간은 그의 것인 아파트로 가서 커피를 대접한다. 열한시가 다 되었다. 시어도라는 자러 들어가고 없다. 그들은 문을 닫고 거실의 두툼한 카펫 위에 다리를 포개고 앉아 낮은 소리로 이야기한다. 그녀는 그의 사촌이 아니지만, 사촌의 친구이고 고국에서 왔다. 그래서인지 그녀의 주변에는 불법의 분위기가 자극적으로 아른거린다. 그는 그녀에게 키스를 한다. 그녀는 마다하지 않는 것 같다. 그들은 서로 얼굴을 맞댄 채 카펫 위로 쓰러진다. 그는 그녀의 단추를 풀고 끈을 끄르고 지퍼를 연다. 남쪽으로 가는 마지막 기차는 열한시 반에 있다. 그녀는 그걸 놓칠 게 분명하다.

메리앤은 동정이다. 마침내 그녀의 옷을 벗겨 큰 더블침대에 눕혔을 때, 그는 그 사실을 알아챈다. 그는 동정인 여자와 자본 적이 없다. 순결이 실질적으로 존재하는 것이라고 생각해본 적도 없다. 이제 그는 교훈을 얻는다. 그들이 사랑을 나누는 동안 메리앤은 피를 흘리고 나중에도 계속 피를 흘린다. 하녀를 깨울까

봐 그녀는 살금살금 욕실로 가서 몸을 씻는다. 그녀가 나가자 그는 불을 켠다. 시트에 피가 묻어 있다. 그의 몸에도 온통 피가 묻어 있다. 돼지처럼 핏속을 뒹굴었다고 생각하자 혐오스러웠다.

그녀가 몸에 수건을 두르고 돌아온다. 그녀가 말한다. "가야 해요." 그가 말한다. "기차가 끊겼어요. 여기서 자고 가면 안 돼요?"

피가 멈추지 않는다. 메리앤은 다리 사이를 수건으로 막은 채로 잠이 든다. 수건이 점점 더 축축해진다. 그는 그녀 곁에 초조하게 누워 있다. 구급차를 불러야 하나? 시어도라를 깨우지 않고 부를 수 있을까? 그런데 메리앤은 걱정하지 않는 것 같다. 하지만 그를 위해서 그런 척하는 거라면 어쩌지? 너무 순진하거나 너무 상대를 믿어서 무슨 일이 일어나는지 제대로 파악하지 못하는 거라면?

그는 잠을 자지 않을 거라고 확신하지만 잠이 든다. 그리고 사람들 목소리와 흐르는 물소리에 잠에서 깬다. 다섯시다. 벌써 새들이 나무에서 지저귀고 있다. 그는 비틀거리며 일어나서 문에 귀를 기울인다. 시어도라의 목소리가 들리더니 메리앤의 목소리가 들린다. 그들이 무슨 말을 하는지는 들리지 않는다. 하지만 그에게 좋은 말일 리가 없다.

그는 시트를 벗긴다. 피가 매트리스까지 스며들어 큼지막한 얼룩을 들쭉날쭉하게 남겨놓았다. 그는 죄의식과 분노를 느끼며 매트리스를 뒤집는다. 얼룩이 발견되는 것은 시간문제다. 그때쯤 그는 이 집에서 나가고 없어야 한다. 그는 반드시 그렇게 할 것이다.

메리앤이 자기 것이 아닌 겉옷을 입고 욕실에서 돌아온다. 그녀는 그의 침묵과 화난 표정을 보고 깜짝 놀란다. 그녀가 말한다. "하지 말라고는 안 했잖아요. 저 사람과 얘기하면 안 되는 이유가 뭐죠? 좋은 여자예요. 좋은 아이아(유모)예요."

그는 전화를 걸어 택시를 부르고, 그녀가 옷을 입는 동안 대놓고 현관에서 기다린다. 택시가 오자, 그는 그녀의 포옹을 피하며 그녀의 손에 1파운드짜리 지폐를 쥐여준다. 그녀는 그걸 당황스럽게 생각하며 이렇게 말한다. "나도 돈은 있어요." 그는 어깨를 으쓱하고 택시 문을 열어준다.

그는 남은 기간 동안 시어도라를 피한다. 아침에 일찍 나가서 늦게 돌아온다. 메시지가 와 있으면 무시한다. 아파트를 맡으며 그는 전남편으로부터 아파트를 지키고, 집에 붙어 있겠다고 했다. 그는 그 약속을 한 번 어겼고 다시 어기고 있다. 하지만 신경쓰지 않는다. 불안한 섹스, 여자들의 속삭임, 피 묻은 시트, 얼룩진 매트리스 같은 수치스러운 모든 걸 뒤로하고 끝내고 싶다.

그는 얼스 코트에 있는 여관으로 전화를 걸어 목소리를 낮추며 사촌을 바꿔달라고 한다. 그녀는 떠났다고 한다. 그녀와 그녀의 친구가 떠났다는 것이다. 그는 전화기를 내려놓고 안도한다. 그들은 무사히 떠났다. 그는 그들을 다시 마주할 필요가 없다.

이제 그가 그 사건을 어떻게 받아들이고, 스스로에게 해주던 자기 삶에 관한 이야기 속에 그걸 어떻게 끼워넣느냐 하는 문제가 남는다. 그의 처신은 불명예스러웠다. 그건 의심의 여지가 없다. 그는 악당처럼 행동했다. 케케묵을지 몰라도 정확한 표현이다. 그는 따귀를 맞아도 싸다. 아니, 누가 침을 뱉어도 싸다. 그의 따귀를 때릴 사람이 아무도 없으니, 그는 틀림없이 스스로를 물어뜯을 것이다. 양심의 가책. 그걸 신들과의 계약이 되도록 하자. 그는 자신을 벌할 것이다. 그 대신 자신의 악당 같은 행동에 관한 이야기가 밖으로 새어나오지 않았으면 싶다.

하지만 결국 그 이야기가 밖으로 새어나온다고 해도 그게 무슨 상관인가? 그는 서로 단단히 차단된 두 세계에 속한다. 남아프리카라는 세계에서 그는 유령이나 다름없다. 빠르게 줄어들어 금세 영원히 사라져버릴 한줌 연기나 다름없다. 런던에서는 무명이나 마찬가지다. 벌써 그는 새로운 거처를 찾기 시작했다. 방을 찾으면 그는 시어도라, 메링턴 가족과 접촉을 끊고 익명의 바다로 사라질 것이다.

하지만 이 부끄러운 일에는 단순한 수치심 이상의 것이 있다. 그는 남아프리카에서는 불가능한 일을 하기 위해 런던에 왔다.

심연을 탐색하러 온 것이다. 심연에 내려가지 않고는 예술가가 될 수 없다. 하지만 심연이라는 건 정확히 무엇일까? 빙판길을 터벅터벅 걸어가고 외로움으로 가슴이 마비된 느낌이 심연이라고 생각했다. 하지만 어쩌면 진짜 심연은 다른 것일지 모른다. 진짜 심연은 예상치 않은 형태로, 예를 들어 이른아침 여자에게 난데없이 심술을 부리는 형태로 올지도 모른다. 어쩌면 그가 탐색하고자 했던 심연은 그의 가슴속에 갇혀 그 안에 내내 있었는지도 모른다. 냉혹함과 무정함과 비열함의 심연. 그가 지금 하고 있는 것처럼, 자신의 기호와 사악함을 자유롭게 내버려뒀다가 나중에 스스로를 괴롭히는 것이 예술가의 자격을 갖추는 데 도움이 될까? 지금으로서는 어떻게 될지 알 수 없다.

적어도 그 사건은 끝났고, 종결되었고, 과거의 것이며, 기억 속에 봉인되었다. 하지만 그것은 사실이 아니다. 완전히 사실은 아니다. 루체른* 소인이 찍힌 편지가 온다. 그는 아무 생각 없이 편지를 열어 읽기 시작한다. 아프리칸스어로 되어 있다. "친애하는 존 오빠에게. 이제는 내가 괜찮아졌다는 걸 알려줘야 할 것 같아 이 편지를 써요. 메리앤도 괜찮아요. 메리앤은 처음에 존 오빠가 왜 전화를 하지 않는지 이해 못했지만, 조금 지나니 쾌활

---

* 스위스 중부의 도시.

해지더군요. 우리는 좋은 시간을 보내고 있어요. 메리앤은 편지를 쓰고 싶지 않대요. 하지만 나라도 편지를 써서 오빠에게 여자들을 그런 식으로 취급하지 않았으면 좋겠다는 말을 하고 싶었어요. 런던에서도 말이죠. 메리앤은 특별한 사람이에요, 그런 취급을 받아서는 안 되는 사람이라고요. 오빠가 사는 삶에 대해 잘 생각해보도록 해요. 사촌 일스 올림."

런던에서도라니, 무슨 말이지? 런던의 기준으로 보아도 그의 행동이 수치스러웠다는 의미일까? 오렌지 프리 스테이트의 황무지에서 이제 막 나온 일스와 그녀의 친구가 런던과 런던의 기준에 대해 뭘 알까? 그는 이렇게 말하고 싶다. 런던은 더 나빠지고 있어. 소 방울 목초지가 있는 곳으로 달아나지 않고 잠시만 이곳에 있어보면, 너 스스로 깨닫게 될 거야. 하지만 그는 그것이 정말로 런던의 잘못이라고 생각하지는 않는다. 그는 헨리 제임스를 읽었다. 그는 나빠지는 것이 얼마나 쉬운지, 긴장만 풀어도 나쁜 것이 어떻게 밖으로 나오는지 알고 있다.

편지에서 가장 가슴을 아프게 하는 부분은 처음과 끝이다. 베스터* 존은 가족한테 하는 말이 아니다. 낯선 사람한테나 하는 말

---

* Beste. 아프리칸스어에서 영어의 Dear와 같은 의미로 쓰이지만 가까운 사이의 경우 Beste 대신 Liewe를 사용한다.

이다. 그리고 "사촌 일스 올림"이라는 마지막 말. 시골 소녀가 그처럼 호된 일격을 가할 수 있으리라고 누가 생각했으랴!

그는 편지를 구겨서 버린다. 그러나 사촌의 편지는 오랫동안 그를 괴롭힌다. 곧 머릿속에서 지워버릴 수 있게 된 실제 편지 속의 말이 아니라, 스위스 우표와 어린아이처럼 둥글둥글한 글씨를 봤음에도 불구하고 봉투를 찢어 열고 편지를 읽고 말았던 그 순간에 대한 기억이 몇 날, 몇 주 동안 그를 괴롭힌다. 바보 같다! 무엇을 기대했던 걸까? 감사의 말이라도 기대했었나?

그는 나쁜 소식을 좋아하지 않는다. 특히 자신에 관한 나쁜 소식을 좋아하지 않는다. 그는 속으로 생각한다. 나는 스스로에게 충분히 모질어. 그러니 다른 사람들의 도움은 필요 없어. 이것은 그가 자신에 대한 비판에 귀를 막고 싶을 때 거듭 써먹는 궤변이다. 재클린이 서른 살 먹은 여자의 입장에서 그를 연인으로 어떻게 생각하는지 이야기했을 때, 그는 그 궤변의 유용성을 깨달았다. 연애가 시들해지기 시작하면 그는 곧바로 발을 뺀다. 그리고 소란스러운 것과 울화를 폭발시키는 것과 뼈아픈 말("당신에 관한 진실을 알고 싶어요?")은 싫어한다. 그래서 그런 것들을 피하기 위해 모든 힘을 동원한다. 진실이란 무엇인가? 그가 스스로에게 미스터리라면, 어떻게 다른 사람들에게 미스터리가 아닐 수 있겠는가? 그는 그의 삶 속 여자들에게 약속할 용의가 있다. 만약 그들이 그를 미스터리로 취급한다면, 그는 그들을 덮인 책으로 취급할 것이다. 그런 전제하에서, 오직 그런 전제하에서만 거래가 가능할 것이다.

그는 바보가 아니다. 연인으로서 그의 경력은 별 특징이 없다. 그도 그걸 안다. 그는 여자의 가슴에 거대한 정열이라고 부를 만한 것을 일으킨 적이 한 번도 없다. 실제로 돌이켜봐도, 그는 정열의 대상이었던 적이, 어느 정도든 진정한 정열의 대상이었던 적이 전혀 없는 것 같다. 그 사실은 분명 그에 대해 무언가를 말해준다. 좁게 생각해서 그가 제공하는 섹스 자체도 다소 변변치 않나 싶다. 그가 받는 것도 변변찮기는 마찬가지다. 누군가에게 잘못이 있다면 그의 잘못이다. 그가 마음 없이 자신을 억제하는데, 어째서 여자는 자신을 억제하면 안 되는가?

섹스가 모든 것의 척도일까? 섹스에서 실패하면 인생의 모든 시험에서 실패하는 걸까? 그렇지 않다면 일이 더 쉬워질 것이다. 하지만 주변을 돌아보면, 섹스의 신을 우러러보지 않는 사람은 없다. 빅토리아시대의 공룡이나 잔재 같은 사람들을 제외하면 말이다. 겉으로는 그렇게도 점잖고 빅토리아풍 같은 헨리 제임스조차 자신의 책에서 결국 모든 것은 섹스라는 사실을 우울하게 암시한다.

그는 작가들을 통틀어 파운드를 가장 신뢰한다. 파운드에게는 정열―그리움의 아픔, 극치의 불꽃―이 넘쳐난다. 하지만 그것은 더 어두운 면이 없는, 혼란스럽지 않은 정열이다. 파운드가 평정을 유지하는 비결은 무엇일까? 히브리 신이 아니라 그리스 신들을 숭배해서 죄의식을 면제받은 걸까? 그게 아니라면 위대한 시에 몹시 젖어 있어서 육체와 감정이 조화를 이루고 있는 걸까? 그 조화로움이 여자들에게 바로 전해져 그를 향해 가슴을 열도록 하는 걸까? 혹은 그것과 반대로, 파운드의 비밀은 행동에서 느껴지는 활기일까? 신이나 시보다는 오히려 미국식 교육에서 연유하는 활기 때문일까? 여자들은 그것을, 남자가 스스로 원하는 것을 알고 있고 그녀와 함께 갈 곳을 확고하지만 다정한 방식으로 책임진다는 표지로 환영하는 걸까? 그것이 여자들이 바라는 걸까? 책임지고 이끌어주기를 바라는 걸까? 그것이 댄서들이 관례를 따르는 이유일까? 남자는 이끌고 여자는 따르고?

사랑에 실패한 이유에 대해 스스로 설명해보자면, 지금은 진부해지고 점점 더 믿을 수 없게 되었지만, 그가 아직 제대로 된 여자를 못 만나서 그렇다는 것이다. 그에게 맞는 여자는 그가 세상에 내보이는 불투명한 외면을 뚫고 그 안의 심연을 볼 것이다. 그 여자는 그의 내부에 숨겨진 강렬한 정열의 자물쇠를 열 것이다. 그 여자가 올 때까지, 운명의 그날이 올 때까지 그는 그저 시간을 보내고 있다. 그것이 메리앤을 무시할 수 있는 이유다.

한 가지 문제가 아직도 그를 괴롭히며 그에게서 떨어지지 않으려 한다. 그의 내부에 있는 정열의 둑을 터뜨릴 여자가 존재한다면, 그녀가 막혀버린 시의 흐름도 풀어줄까? 아니면 반대로, 시인이 되어 그녀의 사랑이 가치 있다고 증명하는 일은 그에게 달린 걸까? 첫번째가 사실이라면 좋겠지만 그렇지 않을 것 같다. 그는 한편으로는 잉게보르크 바흐만, 다른 한편으로는 안나 카리나와 멀찍이서 사랑에 빠졌다. 마찬가지로 그의 반려자도 바보처럼 그와 사랑에 빠지기 전에 그의 작품으로 그를 알아보고 그의 예술과 사랑에 빠져야 할 것이다.

17

케이프타운에 있는 그의 논문 지도교수인 가이 하워스 교수로
부터 연구와 관련된 심부름을 해달라는 편지가 온다. 하워스는
17세기 극작가 존 웹스터의 전기를 집필중이다. 하워스 교수가
원하는 건 웹스터가 젊었을 때 썼다고 추정되는, 대영박물관의
원고 소장 목록에 있는 시 몇 편을 복사해주고, 그 과정에서 'I.
W.'라고 서명된 시가 있으면 웹스터가 썼을지 모르니 함께 복사
해달라는 것이다.

시를 읽어보니 특별한 가치는 없는 것 같지만, 그는 자신에게
그런 일을 시켰다는 사실에 우쭐한다. 그것은 그가 스타일만 보
고도 〈말피 공작부인〉의 저자를 알아볼 수 있을 거라는 암시이
기 때문이다. 그는 엘리엇으로부터 비평가의 기준은 섬세한 변

별력이라는 걸 배웠다. 그리고 파운드로부터 비평가는 단순한 유행에 지나지 않는 것들 속에서 진정한 장인의 목소리를 가려낼 수 있어야 한다는 걸 배웠다. 피아노는 칠 줄 모르지만, 적어도 라디오를 들으며 바흐와 텔레만, 하이든과 모차르트, 베토벤과 슈포어*, 브루크너와 말러의 차이는 구분할 줄 안다. 설령 글을 쓸 수 없다 해도 그는 적어도 엘리엇과 파운드가 인정할 음감은 갖고 있다.

문제는 그가 그렇게 많은 시간을 투자하는 포드 매독스 포드가 진짜 거장이냐 하는 것이다. 파운드는 포드가 영국에서 헨리 제임스와 플로베르를 계승한 유일한 작가라고 치켜세웠다. 하지만 파운드가 포드의 모든 작품을 읽었더라도 그렇게 확신할 수 있었을까? 포드가 그처럼 좋은 작가라면, 어째서 좋은 소설 다섯 편과 더불어 그렇게 많은 쓰레기들이 있는 걸까?

그는 포드의 소설에 관해 논문을 쓰기로 되어 있지만, 포드의 중요하지 않은 소설들은 프랑스에 관한 포드의 책들보다도 흥미롭지 않다. 포드에게는 뒤뜰에 올리브나무가 있고 와인저장실에 맛좋은 뱅 드 페이**가 있는 프랑스 남부의 화사한 집에서 착한 여

---

* 독일 작곡가 겸 바이올린 연주자 루이스 슈포어(1784~1859).

** 프랑스 와인 등급 중 하나.

자와 함께 나날을 보내는 것보다 더 큰 행복은 없다. 포드의 말에 따르면, 프로방스는 유럽 문명에서 우아하고 서정적이고 인간적인 모든 것의 요람이다. 불같은 성격과 매부리코에 아름다운 얼굴의 프로방스 여인들은 북쪽 여인들을 무색하게 만든다.

포드의 말은 신빙성이 있을까? 그가 프로방스를 볼 기회가 있을까? 불같은 프로방스 여인들이 불길이 없는 게 분명해 보이는 그에게 관심을 가져줄까?

포드는 프로방스 문명의 화사함과 우아함이 생선과 올리브오일과 마늘을 먹어서 생긴 것이라고 말한다. 그는 하이게이트에 있는 숙소에서 포드에 대한 경의로, 소시지 대신 생선 스틱을 사서 버터 대신 올리브오일에 튀기고 그 위에 마늘소금을 뿌린다.

그가 쓰고 있는 논문이 포드에 관한 그 어떤 새로운 사실도 밝히지 못할 거라는 점은 분명해졌다. 하지만 그 주제를 버리고 싶지 않다. 시작한 걸 포기하는 것은 그의 아버지가 해왔던 방식이다. 아버지처럼 되고 싶지는 않다. 그래서 그는 깨알 같은 글씨로 쓴 수백 페이지의 메모를 문장으로 연결하는 작업을 시작한다.

그는 돔 천장의 거대한 열람실에 앉아 글을 쓰다가 너무 지치고 지루해지면, 큰 도서관에서만 찾을 수 있는 남아프리카에 관한 옛날 책들을 살펴보는 사치를 누린다. 네덜란드나 독일이나 영국에서 이백 년 전에 출판된 다퍼르, 콜베, 스파르만, 배로, 버첼*처럼 케이프를 다녀온 사람들의 회고록이다.

런던에서 책에 얼굴을 파묻고 앉아 있는 주변 사람들 중 그만이 걸어본 적 있는 발스트라트, 버이텐그라트, 버이텐싱엘 같은 거리들에 대해 읽고 있으려니 야릇한 느낌이 든다. 하지만 옛 케이프타운에 관한 이야기보다 내륙 여행에 관한 이야기가 더 끌린다. 소달구지를 몰고 몇 날 며칠을 가도 사람 한 명 볼 수 없는 그레이트 카루**의 사막을 답사한 이야기다. 즈바르트버그, 리우브리피에르, 드베이카 등, 그는 자신의 조국, 그의 가슴속 조국에 관한 것을 읽는다.

애국심, 이것이 그를 괴롭히기 시작하는 걸까? 결국 그도 나라 없이는 살 수 없는 걸까? 추하고 새로운 남아프리카의 먼지를 발에서 털어내고 나니, 여전히 에덴이 가능하던 옛날의 남아프리카가 그리운 걸까? 주변에 있는 영국인들도 책에서 라이덜 마운트나 베이커 스트리트가 언급되면 감정이 흔들릴까? 그럴 것 같지는 않다. 이 나라, 이 도시는 지금 수세기에 걸친 말들에 둘러싸여 있다. 영국인들은 초서나 톰 존스***의 발자취를 따라 걷는

---

* 차례로 네덜란드 의사 올페르트 다퍼르(1635~89), 독일 곤충학자 헤르만 율리우스 콜베(1855~1939), 스웨덴 자연주의자 안데르손 스파르만(1748~1820), 영국 역사가 존 배로(1735~74), 영국 탐험가 윌리엄 존 버첼(1781~1863).
** 남아프리카공화국 남부 카루분지에 포함된 고원상의 분지.

것을 전혀 이상하게 생각하지 않는다.

남아프리카는 다르다. 몇 권 안 되는 이런 책들이 없다면, 그는 어젯밤 꿈속에서 카루를 보지 않았다고 장담할 수 없을 것이다. 그게 그가 버첼의 두툼한 두 권짜리 이야기를 특히나 자세히 들여다보는 이유다. 버첼이 플로베르나 제임스 같은 거장은 아닐지 몰라도, 그가 쓴 것은 실제로 일어난 일이다. 진짜 소들이 그와 식물표본 상자들을 그레이트 카루의 한 숙소에서 다른 숙소로 싣고 다녔다. 그와 그의 하인들이 잠을 자는 동안, 진짜 별들이 그들의 머리 위에서 반짝였다. 그 사실을 생각만 해도 그는 현기증이 난다. 버첼과 그의 하인들은 죽었고 그들이 탔던 수레들은 사라졌지만, 그들은 실제로 살았고 그들의 여행은 진짜였다. 그가 손에 들고 있는 책, 줄여서 『버첼의 여행기』라고 불리는 책, 구체적으로 대영박물관에 보관되어 있는 이 책이 그 증거다.

『버첼의 여행기』에 의해 버첼의 여행이 진짜였다는 게 증명된다면, 어째서 다른 책들은 다른 여행들, 가정일 뿐인 다른 여행들을 진짜 여행으로 만들면 안 되는 걸까? 물론 이런 논리는 잘못된 것이다. 그래도 그는 해보고 싶다. 버첼처럼 설득력 있는 책을 써서 모든 도서관들의 기본이 되는 이 도서관에 꽂아두고 싶

***영국 소설가 헨리 필딩의 소설 『톰 존스』의 주인공.

다. 만약 책을 설득력 있게 만들기 위해 카루의 돌 위를 덜커덩거리며 굴러가는 수레 밑에 흔들거리는 기름통이 있어야 한다면, 기름통을 있게 할 것이다. 만약 정오에 그들이 가던 길을 멈추고 나무 밑에서 쉴 때 나무에서 울고 있는 매미들이 필요하다면, 매미들도 있게 할 것이다. 그는 기름통이 삐걱거리고 매미들이 우는 것은 쉽게 해결할 수 있다고 자신한다. 어려운 것은 그 책이 책꽂이에 꽂히게 하고 결국 세계의 역사 속으로 들어가게 해줄 아우라를 전체에 부여하는 것이리라. 진실의 아우라.

그가 생각하는 것은 위조품이 아니다. 사람들은 전에 이미 그런 방법을 시도했다. 시골집 다락의 궤짝에서 세월의 때가 묻어 누리끼리하고 습기로 얼룩진 일기장을 발견한 척했다. 그리고 그 일기장에 타타르의 사막이나 무굴제국의 영토를 여행한 내용이 적혀 있는 척했다. 그는 그런 식의 속임수에는 관심이 없다. 그가 직면한 도전은 순수히 문학적인 것이다. 지식의 범위가 버첼이 살았던 1820년대인 책을 쓰는 것이다. 그 시대의 것이긴 하지만 주변 세계에 대한 반응은 버첼과 달리 생생할 것이다. 버첼은 그의 활력과 지성과 호기심과 침착성에도 불구하고 낯선 나라에 가 있는 영국인이었기 때문에, 또한 자신이 두고 온 펨브로크셔와 여자 형제들에게서 마음이 완전히 떠나지 않았기 때문에 주변 세계에 생생히 반응할 수 없었다.

1820년대를 배경으로 글을 쓰려면 훈련을 해야 할 것이다. 그리고 그전에 지금 알고 있는 것보다 덜 알 필요가 있을 것이다. 잊을 필요가 있을 것이다. 하지만 잊기 전에 무엇을 잊어야 하는지 알아야 할 것이다. 덜 알기 전에는 더 알아야 할 것이다. 알 필요가 있는 것을 어디에서 찾을까? 그는 역사가로 훈련을 받은 적이 없다. 여하튼 그가 추구하는 것은 역사서가 아닐 것이다. 역사서는 세속적인 것, 우리가 숨을 쉬는 공기처럼 흔한 세속적인 것에 속하기 때문이다. 그는 지나간 세계의 평범한 지식, 그것이 지식이라는 것을 알기에는 너무 초라한 지식을 어디에서 찾을 것인가?

18

다음 일은 순식간에 일어난다. 복도에 놓인 탁자 위의 우편물 중에 그가 수신자이고 OHMS라고 찍힌 담황색 봉투가 있다. 그는 그걸 방으로 가지고 들어가서 철렁하는 마음으로 열어본다. 편지에 따르면, 이십일 일 내로 노동허가서를 갱신해야 하고, 그러지 않으면 체류 자격을 잃게 된다고 한다. 여권과 고용주가 작성한 I-48 서류를 직접 갖고 가야 허가서를 갱신할 수 있다. 평일 아홉시에서 열두시 삼십분, 한시 삼십분에서 네시 사이에 홀러웨이 로드에 있는 내무성으로 가면 된다.

그러니까 IBM이 그를 배반했다는 말이다. IBM이 내무성에 그가 회사를 그만뒀다고 통보해버렸다.

이제 어떡해야 하지? 그는 남아프리카행 편도 비행기표를 사기에 충분한 돈을 갖고 있다. 하지만 그가 패배한 채 다리 사이로 꼬리를 사린 개처럼 케이프타운에 다시 나타나는 것은 생각할 수도 없는 일이다. 그가 케이프타운에서 할 수 있는 일이 뭐가 있는가? 대학에서 다시 개별지도를 해? 그 일을 얼마나 오래할 수 있지? 이제 장학금을 신청하기에는 나이가 너무 많다. 그는 성적이 더 좋은 어린 학생들과 경쟁하게 될 것이다. 사실 남아프리카로 돌아가면 다시는 탈출하지 못할 것이다. 저녁이면 클리프턴 해변에 모여 와인을 마시며 이비사섬에 갔던 옛날 이야기를 하는 사람들처럼 되어버릴 것이다.

영국에 머물고 싶다면, 그에게는 두 가지 길이 있다. 이를 악물고 다시 교사가 될 수도 있다. 그게 아니면 다시 컴퓨터 프로그래밍을 할 수도 있다.

가정이긴 하지만 세번째 길도 있다. 현재 살고 있는 곳에서 나가 사람들 속으로 사라지는 것이다. 켄트에서 홉 열매를 딸 수도 있고(그런 일에는 서류가 필요치 않다), 공사장에서 일을 할 수도 있다. 유스호스텔이나 헛간에서 잘 수도 있다. 하지만 그는 자신이 그렇게 하지 않을 것임을 안다. 그는 법을 벗어난 삶을 살기에는 너무 무능하다. 너무 소심하고 잡히는 것에 대한 두려움이 너무 크다.

신문에는 컴퓨터 프로그래머를 구하는 광고가 많이 실린다.

영국에는 프로그래머가 충분하지 않은 것 같다. 대부분 재무과 직원을 뽑는 광고다. 그는 그것들은 무시하고 IBM과 경쟁 관계에 있는 크고 작은 회사들의 광고에만 반응한다. 며칠 후, 그는 인터내셔널 컴퓨터 회사에 가서 면접을 보고 그들의 제안을 망설임 없이 받아들인다. 몹시 기쁘다. 다시 일자리를 찾았다. 이제는 안전하다. 이 나라에서 쫓겨나지 않아도 된다.

그런데 한 가지 문제가 있다. 인터내셔널 컴퓨터는 런던에 본부를 두고 있지만, 그들이 그에게 준 일자리는 시골인 버크셔에 있다. 워털루까지 가서 한 시간 동안 기차를 타고 다시 버스를 타야 그곳에 도착한다. 런던에 사는 것은 불가능할 것이다. 로섬스테드에서 있었던 일이 되풀이된다.

인터내셔널 컴퓨터는 새 직원들에게 괜찮은 집을 사는 데 필요한 계약금을 기꺼이 대부해줄 의향이 있다고 한다. 달리 말해, 펜만 한 번 움직이면 그가 자기집을 소유할 수 있게 된다는 뜻이다(그가! 집주인이라니!). 동시에 그건 그가 융자금을 갚기 위해 이후 십 년이나 십오 년 동안 직장에 묶일 수 있다는 뜻이기도 하다. 십오 년 후면 그는 노인이 될 것이다. 단 한 번의 성급한 결정 때문에 인생을 포기하고 예술가가 될 모든 기회를 포기하게 될 것이다. 늘어서 있는 붉은 벽돌집 중에서 작은 집 하나를 자기 것으로 갖게 되면, 그는 흔적도 남기지 않고 영국 중산층으로 흡수될 것이다. 그림을 완성하려면 거기에 아담한 아내와 차만 있으면 된다.

그는 주택 융자를 신청하지 않을 핑계를 댄다. 대신 도시 외곽에 있는 옥탑방을 세낸다. 전직 장교였던 집주인은 지금 주식중매인인데, 아크라이트 대령이라고 불리기를 좋아한다. 그는 아크라이트 대령에게 컴퓨터가 어떤 것이고 컴퓨터 프로그래밍이 어떤 것이며 그걸 통해서 얼마나 좋은 직장을 잡을 수 있는지 설명해준다("앞으로도 번창할 여지가 무궁무진한 분야랍니다"). 아크라이트 대령은 우스꽝스럽게 그를 보핀*이라고 부른다("아파트 위층에 보핀이 살았던 적은 없었소"). 그는 아무 말 없이 그 호칭을 받아들인다.

인터내셔널 컴퓨터에서 일하는 것은 IBM에서 일하는 것과 아주 다르다. 우선 검정 양복을 입지 않아도 된다. 개인 사무실도 있다. 인터내셔널 컴퓨터가 컴퓨터 실험실로 만들어놓은 건물 뒤뜰에 있는 반원형 막사 안의 칸막이방이 그의 사무실이다. 사람들은 그곳을 "장원"이라고 부른다. 그곳은 브랙넬에서 3킬로미터 정도 떨어진, 나뭇잎으로 뒤덮인 차도 끝에 위치한 산만하게 뻗어 있는 낡은 건물이다. 어쩌면 역사가 있는 건물일지도 모

---

* 과학기술 연구에 종사하는 전문 기술자.

르지만 그 역사에 대해 아는 사람은 아무도 없다.

'컴퓨터 실험실'이라는 명칭에도 불구하고 건물 안에는 진짜 컴퓨터가 없다. 프로그램을 만들라고 고용된 그가 프로그램을 만들어 테스트해보려면 케임브리지대학까지 가야 한다. 그 대학은 세 대밖에 없는 아틀라스 컴퓨터* 중 하나를 보유하고 있다. 그 컴퓨터 세 대는 서로 약간씩 다르다. 첫날 아침 그는 앞에 놓인 지시사항을 보고, 아틀라스 컴퓨터가 IBM에 대한 영국의 응답이라는 사실을 알게 된다. 인터내셔널 컴퓨터의 엔지니어들과 프로그래머들이 그것의 원형을 가동시키면, 아틀라스는 세계에서 제일 큰 컴퓨터가 될 것이다. 아니, 적어도 자유시장에서 살 수 있는 가장 큰 컴퓨터가 될 것이다(미국 군대는 아직 성능이 알려지지 않은 컴퓨터들을 갖고 있고, 어쩌면 러시아 군대도 마찬가지일 것이다). 아틀라스는 영국 컴퓨터 산업을 위해, IBM이 회복하는 데 몇 년이 걸릴 일격을 가할 것이다. 그런 것들이 걸린 문제다. 그것이 인터내셔널 컴퓨터가 젊고 뛰어난 프로그래머들을 이 시골 은신처에 모아놓은 이유다. 그도 이제 그들 중 하나가 되었다.

아틀라스가 특별한 점은, 세계의 컴퓨터 중 그것을 특별하게

---

* 2세대 컴퓨터 모델.

만드는 점은, 그것이 일종의 자의식을 갖고 있다는 사실이다. 아틀라스는 정기적으로, 십 초 혹은 일 초마다 자신이 무슨 작업을 하고 있는지, 그리고 그 작업을 최대한 능률적으로 하고 있는지 스스로 질문해 자기 자신에 대한 정보를 수집한다. 만약 능률적으로 하고 있지 않으면, 일을 다시 배치하고 더 나은 순서로 일을 처리해 시간을 절약한다. 시간은 돈이다.

마그네틱테이프가 한 번 돌아가고 나서 컴퓨터가 따를 루틴*을 만드는 것이 그가 해야 할 일이다. 다른 테이프가 돌아가게 하고 컴퓨터가 스스로에게 묻도록 해야 하나? 아니면 반대로 거기에서 끝내고 천공카드나 종이테이프를 읽어야 하나? 아니면 다른 마그네틱테이프에 축적된 출력 결과를 다른 마그네틱테이프에 기록해야 하나? 아니면 그걸로 계산 작업을 해야 하나? 이러한 질문들은 가장 중요한 효율성의 원리에 따라 답해져야 한다. 그는 필요한 만큼의 시간을 갖고 (인터내셔널 컴퓨터가 시간과 경쟁하고 있기 때문에 가급적이면 육 개월 내에) 질문과 답을 컴퓨터가 읽을 수 있는 코드로 바꾸고 그것이 최선인지 테스트하게 될 것이다. 동료 프로그래머들도 각각 비슷한 업무와 비슷한 스케줄에 따라 움직인다. 그사이 맨체스터대학의 엔지니어들은

---

* 컴퓨터가 수행하는 일련의 작업 혹은 처리 순서.

전자 하드웨어를 완벽하게 만들어내기 위해 밤낮으로 일할 것이다. 모든 것이 계획대로 된다면, 아틀라스는 1965년에 생산에 들어갈 것이다.

시간과의 경쟁. 미국인들과의 경쟁. 그것은 그가 이해할 수 있는 것이고, 점점 더 많은 돈을 벌려는 IBM의 목표를 위해 전념하는 것보다 그가 더 성심성의껏 할 수 있는 일이다. 그리고 프로그래밍 자체도 흥미롭다. 그것은 정신적인 창의력을 필요로 한다. 또한 그것이 잘 수행되게 하기 위해서는 두 단계로 이루어진 아틀라스의 내부 언어에 대한 작업 지시도 필요하다. 아침에 그는 자신을 기다리는 작업들에 대한 기대를 품고서 사무실에 도착한다. 그리고 정신을 바짝 차리려고 커피를 연거푸 마신다. 가슴이 뛰고 머리가 소용돌이친다. 시간이 어떻게 가는지 모르겠다. 그래서 먹으라고 말해줘야 점심을 먹는다. 저녁이 되면 아크라이트 대령의 집으로 서류들을 갖고 가 자신의 방에서 밤늦게까지 일한다.

그는 생각한다. 그러니까 바로 이것이 나도 모르게 내가 준비하고 있었던 거로구나! 수학이 나를 이곳으로 이끌었구나!

가을이 가고 겨울이 온다. 그는 그것을 거의 의식하지 못한다. 그는 더이상 시를 읽지 않는다. 대신 체스에 관한 책들을 읽고 체스의 거장들이 하는 게임에 관심을 가지며 〈옵서버〉에 실린 체스 문제를 푼다. 그는 잠을 제대로 못 잔다. 때로는 프로그 래밍에 관한 꿈을 꾸기도 한다. 그의 내부에 변화가 일어났다. 그는 그 변화를 초연하게 지켜본다. 잠을 자는 동안 뇌가 문제를 푸는 그런 과학자들처럼 되는 걸까?

그는 다른 변화도 알아챈다. 갈망이 없어졌다. 내부에 있는 정 열을 해방시켜줄 신비롭고 아름다운 이방인을 탐색하는 일은 더 이상 그의 마음을 빼앗지 못한다. 그것은 부분적으로, 런던에 돌 아다니는 여자들과 비견할 만한 무언가가 브랙넬에 없기 때문인 게 틀림없다. 하지만 갈망의 끝과 시의 끝 사이의 연관성을 생각 해보지 않을 수 없다. 그가 성장하고 있다는 의미일까? 성장한다 는 게 이런 걸까? 성장이란 갈망으로부터, 정열로부터, 모든 영 혼의 전념으로부터 벗어나는 걸까?

그와 같이 일하는 사람들—예외 없이 남자들이다—은 IBM에 있는 사람들보다 더 흥미롭다. 더 활기가 있다. 어쩌면 더 영리 한 것도 같다. 그가 이해할 수 있다는 의미에서, 그러니까 학교 에서 영리한 것과 비슷한 의미에서 말이다. 그들은 '장원' 식당 에서 함께 점심식사를 한다. 생선과 감자튀김, 소시지와 으깬 감 자, 소시지 파이, 감자와 양배추 볶음, 아이스크림을 곁들인 루 바브 타르트 등 괜찮은 음식들이 나온다. 그는 음식이 마음에 든 다. 가능하면 두 번 먹는다. 그것이 하루의 주된 식사다. 저녁에 집에 가서는 (아크라이트 대령의 집에 있는 그의 방을 집이라고 할 수 있다면) 귀찮게 요리하지 않고 치즈를 바른 빵을 체스판 위에 놓고 대충 먹는다.

동료 중 가나파시라는 이름의 인도인이 있다. 가나파시는 종종 늦게 출근한다. 어떤 날은 아예 오지도 않는다. 출근해서 아주 열심히 일하는 것 같지도 않다. 칸막이방 안에서 책상에 발을 올리고 앉은 그는 꿈을 꾸고 있는 듯 보인다. 결근을 한 이유에 대해서는 아주 서투른 핑계만 댈 뿐이다("몸이 좋지 않았어요"). 그럼에도 불구하고 혼나지 않는다. 그렇게 가나파시가 인터내셔널 컴퓨터에서 아주 소중한 존재라는 사실이 드러난다. 그는 미국에서 공부했고 컴퓨터과학 분야 미국 학위를 갖고 있다.

팀원들 중 그와 가나파시만이 외국인이다. 그들은 날씨가 좋으면 점심을 먹고 구내에서 산책을 한다. 가나파시는 인터내셔널 컴퓨터와 아틀라스 프로젝트를 비난한다. 그리고 영국에 온 것이 자신의 실수였다고 말한다. 영국인들은 크게 생각하는 법을 모른다고 한다. 미국에 남았어야 한다는 것이다. 그는 남아프리카에 사는 것은 어떻고, 자신이 남아프리카로 간다면 전망이 어떻겠냐고 묻는다.

그는 가나파시가 남아프리카로 가는 것을 만류한다. 그는 남아프리카는 아주 퇴행적이고 컴퓨터도 없다고 말한다. 백인이 아닌 외국인은 환영받지 못한다는 말은 하지 않는다.

날씨가 나빠진다. 날마다 비가 오고 강풍이 몰아친다. 가나파시는 전혀 출근하지 않는다. 아무도 이유를 묻지 않아 그는 직접 알아보기로 한다. 그처럼 가나파시도 집주인이 되는 옵션을 피해 간 모양이다. 가나파시는 공영 아파트 삼층에 살고 있다. 문을 두드려도 한참 동안 응답이 없다. 그러다가 가나파시가 문을 연다. 파자마에 가운을 걸치고 샌들을 신고 있다. 안에서 온기와 썩은 냄새가 진동한다. 가나파시가 말한다. "들어와요, 들어와! 추운데 어서 들어와요!"

거실에는 텔레비전과 그 앞에 놓인 팔걸이의자, 그리고 불이 달궈진 전기히터 두 대 외에는 아무 가구도 없다. 문 뒤에 검은 쓰레기봉투가 쌓여 있다. 냄새는 거기에서 난다. 문을 닫자 냄새가 정말 역겹다. 그가 묻는다. "쓰레기봉투를 밖으로 내놓는 게 어때요?" 가나파시가 얼버무린다. 그리고 출근하지 않은 이유도 말해주지 않는다. 사실 이야기하고 싶은 생각이 없는 것 같다.

그는 가나파시의 침실에 여자가, 시골 처녀가 있는지 궁금하다. 버스에서 만나던, 같은 아파트단지에 사는 활달하고 작은 타자수나 가게 점원이 안에 있는지 궁금하다. 혹은 인도 여자가 있는지도 모를 일이다. 어쩌면 가나파시가 결근을 한 이유가 단지 그것 때문인지도 모른다. 아름다운 인도 여자와 함께 살면서, 아틀라스를 위해 프로그램을 짜는 것보다 그녀와 사랑을 나누고 몇 시간 동안 오르가슴을 미루며 탄트라 경전을 실습하는 것이 더 좋을지도 모른다.

하지만 그가 떠나려고 하자 가나파시가 고개를 저으며 이렇게 제안한다. "물 좀 줄까요?"

가나파시는 그에게 수돗물을 내준다. 차와 커피가 떨어져서 그렇단다. 음식도 떨어졌다고 한다. 바나나를 제외하고는 음식을 사지 않는단다. 요리도 안 하고 요리를 좋아하지도 않으며 요리하는 법도 모른다고 한다. 쓰레기봉투에는 대부분 바나나 껍질이 들어 있다. 바나나와 초콜릿, 그리고 차가 있으면 차를 먹고 산다고 한다. 가나파시는 그런 식으로 살고 싶지는 않다고 한다. 인도에서는 집에서 살았고, 그의 어머니와 누이들이 그를 돌봤다. 미국 오하이오주 콜럼버스에서는 규칙적으로 음식이 나오는 기숙사에 살았다. 식사시간 사이에 배가 고프면 밖에 나가 햄버거를 사 먹었다. 기숙사 밖 거리에 이십사 시간 문을 여는 햄버거집이 있었다. 영국과 달리 미국에서는 모든 것이 늘 열려 있었다. 그는 난방조차 제대로 안 되는, 미래가 없는 나라 영국에 오지 말았어야 했다고 말한다.

그는 가나파시에게 아프냐고 묻는다. 가나파시는 그의 걱정을 무시한다. 몸을 따뜻하게 하려고 가운을 걸치고 있을 뿐이란다.

하지만 그는 납득이 안 된다. 바나나에 대해 알게 되자 가나파시가 새롭게 보인다. 가나파시는 참새처럼 작고 살은 한 점도 없다. 얼굴은 수척하다. 아픈 게 아니라면 적어도 굶어죽어가고 있다. 홈 카운티* 중심부에 있는 브랙넬에서 한 사람이 굶어죽어가고 있다. 끼니도 잇지 못할 만큼 너무 무능력해서 말이다.

그는 가나파시에게 다음날 점심을 함께 먹자고 청한다. 그리고 아크라이트 대령의 집에 어떻게 찾아오는지 정확하게 알려준다. 그리고 밖으로 나가 토요일 오후에 문을 연 가게를 찾아 비닐에 싸인 빵, 콜드미트**, 냉동 완두콩을 산다. 다음날 정오, 그는 식사를 준비해놓고 기다린다. 가나파시는 오지 않는다. 가나파시는 전화기가 없기 때문에 그가 할 수 있는 일은 음식을 가나파시의 아파트까지 갖고 가는 것 말고는 없다.

말도 안 되지만 그게 가나파시가 원하는 건지도 모른다. 자기한테 음식을 갖다주기를 바라는지도 모른다. 가나파시도 그처럼 버릇없이 자란 영리한 아이다. 가나파시도 그처럼 어머니와 어머니가 주는 질식할 듯한 편안함으로부터 달아났다. 하지만 가나파시의 경우 달아나면서 자신의 에너지를 전부 고갈시켜버린

---

* 런던 남부에 위치한 카운티들을 총칭하는 말.

** 쇠고기, 돼지고기, 닭고기 따위를 쪄서 그대로 식히거나 요리하여 식힌 것.

듯하다. 이제 그는 구출되기를 기다리고 있다. 어머니나 그녀와 비슷한 누군가가 와서 자신을 구해주기를 바란다. 그렇지 않으면 기력이 다해 쓰레기로 가득한 아파트에서 죽고 말 것이다.

인터내셔널 컴퓨터에 이 사실을 알려야겠다. 가나파시는 작업 스케줄링 루틴이라는 핵심적인 일을 맡고 있다. 만약 가나파시가 죽으면 모든 아틀라스 프로젝트가 지연될 것이다. 하지만 어떻게 인터내셔널 컴퓨터에게 가나파시의 괴로움을 이해시킬 수 있을까? 무엇 때문에 지구 먼 곳의 사람들이 축축하고 우울한 섬, 아무 연고도 없고 못 견디게 싫은 이곳까지 와서 죽는지, 영국에 있는 누가 이해할 수 있을까?

다음날, 가나파시는 평상시처럼 자기 사무실 책상에 있다. 약속을 지키지 못한 것에 대해서는 아무 말도 하지 않는다. 식당에서 점심을 먹을 때, 그는 기분이 좋은 상태다. 흥분하기까지 한다. 그는 모리스 미니*를 사려고 복권을 샀다고 한다. 복권을 백 장이나 샀단다. 인터내셔널 컴퓨터에서 주는 많은 월급을 갖고 달리 뭘 하겠느냐는 것이다. 당첨이 되면, 기차 대신 함께 차를 타고 케임브리지로 가서 프로그램 테스트를 할 수 있을 거라고 한다. 혹은 하루 만에 런던까지 갔다 올 수 있을 거란다.

---

* 영국 자동차 회사 모리스 모터스에서 만든 자동차 모델명.

이 모든 일에 그가 이해하지 못하는 무언가, 인도인적인 무언가가 있을까? 가나파시는 서양인과 한 식탁에서 식사를 하는 것이 금기인 계급에 속하는 걸까? 만약 그렇다면, '장원'의 식당에서 그가 먹는 대구튀김과 감자튀김은 어찌된 걸까? 점심 초대를 더 격식에 맞게, 더 확실하게 글로도 보내야 했을까? 가나파시는 오지 않음으로써, 그가 충동적으로 초대했지만 사실은 원하지 않는 손님을 현관문에서 맞으며 당혹감을 느끼지 않도록 배려했던 걸까? 그가 가나파시를 초대했을 때, 그것이 진짜 확실한 초대가 아니라 단지 초대를 향한 몸짓이며, 가나파시가 진정 예의를 갖추고 싶다면 그 제안을 감사하게 생각하면서도 초대한 이로 하여금 식사를 준비하는 수고를 하지 않게 하는 것이라는 인상을 줬던 걸까? 그들이 같이 먹었을 상상 속의 식사(콜드미트와 삶아서 버터를 바른 냉동 완두콩)가 그와 가나파시 사이에서 실제로 오고간 콜드미트와 삶은 냉동 완두콩과 같은 가치를 지닐까? 그와 가나파시 사이의 모든 것이 전과 같을까, 전보다 좋아질까, 아니면 나빠질까?

가나파시는 사티아지트 라이에 대해 들어본 적은 있지만 그의 영화를 본 것 같지는 않다고 말한다. 그에 따르면, 인도 국민 중 소수만이 그런 영화에 관심이 있을 것이라고 한다. 일반적으로 인도인들은 미국영화를 보는 걸 선호하고, 인도영화는 아직도 아주 원시적인 수준이라고 한다.

만약 체스 게임, 미국과 비교해 영국을 부정적으로 이야기한 일, 아파트를 불시에 찾아간 일 따위가 가나파시를 아는 것이라고 할 수 있다면, 가나파시는 그가 단순히 안면이 있는 것 이상으로 알고 있는 최초의 인도인이다. 가나파시가 그저 영리한 게 아니라 지적인 사람이라면 둘 사이의 대화는 틀림없이 나아질 것이다. 그는 사람들이 컴퓨터 산업 종사자들만큼 영리할 수 있지만 차나 집값 외에는 다른 것에 전혀 관심이 없다는 사실에 계속 놀란다. 그는 그것이 영국 중산층의 악명 높은 속물근성이라고 생각했는데, 가나파시도 나을 게 없다.

세상에 대한 이런 무관심은 생각하는 것처럼 보이는 기계들을 너무 많이 접해서 생긴 결과일까? 언젠가 그가 컴퓨터 산업을 떠나 문명사회에 복귀하면 어떻게 될까? 그렇게 오랫동안 컴퓨터와의 게임에 최고의 에너지를 허비하고 나면, 대화를 제대로 이어갈 수나 있을까? 컴퓨터와 보낸 세월에서 얻은 게 있을까? 적어도 논리적으로 생각하는 건 배우지 않았을까? 그때쯤이면 논리가 제2의 본성이 되어 있을까?

그는 그렇게 믿고 싶지만 그럴 수 없다. 결국 그는 컴퓨터 회로에 구현될 수 있는 형태의 사고에 대한 존경심이 전혀 없다. 컴퓨터와 관련이 되면 될수록, 그에게는 더욱 체스 게임처럼 느껴진다. 인공적인 규칙들에 의해 정의되는 아주 작은 세계, 민감한 기질의 아이들을 끌어들여서 그처럼 반쯤 미치게 만들어, 늘 자신이 게임을 하고 있다고 착각하지만 사실은 게임이 그들을 갖고 노는 그런 세계.

그는 그 세계로부터 탈출할 수 있다. 그러기에 너무 늦지는 않았다. 탈출하지 않으면 주변의 젊은이들이 차례로 그러듯 그도 그것과 화해하게 될 것이다. 그러면 결혼과 집과 차에 만족하고 삶이 현실적으로 제공해주는 것에 만족하며 일에 에너지를 쏟으면 된다. 그는 현실원칙이 얼마나 잘 작동하는지, 직장을 가진 남자가 외로움 때문에 어떻게 푸석한 머리와 두툼한 다리의 여자한테 안착하게 되는지, 아무리 그럴 것 같지 않아 보이던 사람들 모두가 어떻게 결국 짝을 찾게 되는지 보는 것이 유감스럽다. 그가 문제인 걸까? 그렇게 간단한 문제일까? 그가 시장에서의 자기 가치를 과대평가하고 자신을 속여, 실제로는 아파트 단지의 유치원 선생이나 신발가게의 지배인하고나 어울리는데도 불구하고 조각가나 배우와 어울린다고 믿었던 걸까?

결혼. 아무리 희미하게라도 그가 결혼에 끌리는 느낌을 받을 거라고 누가 상상이나 했으랴! 그는 굴복하지 않으려 한다. 아직은 아니다. 그러나 그것은 그가 유리창에 빗방울이 부딪히는 소리가 들려오는 긴긴 겨울 저녁, 아크라이트 대령의 집 가스난로 앞에 앉아서 라디오를 듣고 빵과 소시지를 먹으면서 생각해보는 선택지일 뿐이다.

19

비가 내린다. 식당에는 그와 가나파시 둘뿐이다. 그들은 가나
파시의 휴대용 체스 세트로 속성 체스를 두고 있다. 늘 그렇듯
가나파시가 그를 이기는 중이다.

"당신은 미국에 가야 해요." 가나파시가 말한다. "당신은 여기
서 시간을 허비하고 있어요. 우리 모두가 시간을 허비하고 있는
거라고요."

그는 고개를 저으며 말한다. "그건 현실적이지 않아요."

그는 미국에서 직장을 잡는 것에 대해 한 번 이상 생각해보고
그러지 않기로 했다. 신중한 결정, 그러나 올바른 결정. 그는 프
로그래머로서 딱히 재능이 없다. 아틀라스 팀에 소속된 동료들
은 학위가 없을지언정 머리는 그보다 더 명석하다. 컴퓨터와 관

런된 문제들에 대해 그보다 더 빠르고 예리하게 이해한다. 회의를 할 때도 그는 자기주장을 거의 펴지 못한다. 사실 그는 늘 이해하지 못한 것을 이해한 척한 뒤 나중에 혼자서 이해해보려고 한다. 미국 회사가 어째서 그 같은 사람을 원하겠는가? 미국은 영국이 아니다. 미국은 비정하고 가차없다. 속임수를 써서 기적적으로 직장을 잡게 된다 해도 곧 들통날 것이다. 게다가 그는 앨런 긴즈버그를 읽었고 윌리엄 버로스를 읽었다. 그는 미국이 예술가들을 어떻게 대하는지 안다. 그들을 미치게 만들고 가두고 쫓아낸다는 사실을 안다.

"대학에서 장학금을 받으면 되잖아요." 가나파시가 말한다. "나도 받았으니 당신도 문제없을 거예요."

그는 상대를 빤히 응시한다. 가나파시가 정말로 그렇게 순진한 사람일까? 냉전이 계속되고 있다. 미국과 러시아는 인도인과 이라크인과 나이지리아인의 마음과 정신을 얻으려 경쟁하는 중이다. 대학 장학금으로 그들을 유인하는 것이다. 백인의 마음과 정신은 그들에게 관심의 대상이 아니다. 어디에도 맞지 않는 아프리카 백인의 마음과 정신은 더더욱 관심 대상이 아니다.

"생각해볼게요." 그는 이렇게 말하고 화제를 바꾼다. 그는 그것에 대해 생각해볼 마음이 없다.

〈가디언〉 1면에 미국식 군복을 입은 베트남 군인이 불바다를 무기력하게 바라보고 있는 사진이 실려 있다. 헤드라인은 **자살 폭탄 공격에 파괴된 미군기지다**. 베트콩 공병 한 무리가 빨래이 꾸에 있는 미국 공군기지에 철조망을 절단하고 침투해 비행기 스물네 대를 폭파하고 연료저장 탱크에 불을 질렀다. 그리고 그 과정에서 자신들의 목숨을 버렸다.

그에게 신문을 보여주며 가나파시는 기뻐서 어쩔 줄 몰라한 다. 자신이 옳았다는 느낌이 밀려드는 모양이다. 그가 영국에 도 착한 이래, 영국 신문들과 BBC 방송은 베트콩은 수천 명씩 죽는 반면 미국인들은 상처 하나 입지 않고 빠져나오는 미국의 기막 힌 전술에 관한 뉴스를 내보냈다. 행여 미국에 대한 비판의 목소 리가 있더라도 그것은 밖으로 거의 표현되지 않는다. 그는 전쟁 에 관한 기사를 거의 읽을 수 없다. 그런 점들이 그를 너무 넌더 리나게 만든다. 그런데 이제 베트콩이 의심할 나위 없이 영웅적 인 반격을 시작했다.

그와 가나파시는 베트남에 대해 이야기해본 적이 없다. 그는 미국에서 공부한 가나파시가 미국을 지지하거나 인터내셔널 컴 퓨터에 있는 다른 사람들처럼 전쟁에 무관심할 거라 생각했다. 그런데 지금, 갑자기, 가나파시의 미소와 반짝이는 눈빛에서 은 밀한 얼굴을 보게 된다. 미국적 효율성을 좋아하고 미국 햄버거를 그리워함에도 불구하고 가나파시는 베트남 편이다. 베트남인은 그의 아시아 형제이기 때문이다.

그것이 전부다. 그것으로 끝이다. 그들 사이에 전쟁에 관한 언급은 더이상 없다. 하지만 그는 가나파시가 영국에서, 홈 카운티에서, 존중심도 못 느끼는 프로젝트를 하면서 무엇을 하고 있는지 점점 더 궁금해진다. 아시아에서 미국인들과 싸우는 것이 더 좋지 않을까? 가나파시에게 이 말을 해줘야 할까?

그는 어떤가? 가나파시의 운명이 아시아에 있다면, 그의 운명은 어디에 있는가? 베트콩이 출신과 상관없이 그를 받아줄까? 군인이나 자살폭탄 테러범이 아니라면 평범한 기자로라도 받아줄까? 아니면 베트콩의 친구이자 동맹자인 중국인들은 어떨까?

그는 런던에 있는 중국 대사관에 편지를 쓴다. 중국인들은 컴퓨터를 사용하지 않을 것 같아, 컴퓨터 프로그래밍에 대해서는 아무 말도 하지 않는다. 그는 중국에 가서 영어를 가르쳐 세계 투쟁에 기여하고 싶다고 쓴다. 급료는 전혀 중요하지 않다고 쓴다.

그는 편지를 부치고 답장을 기다린다. 그사이 그는 『중국어 독학』을 사서 이를 악문 듯 이상한 소리가 나는 표준 중국어를 연습하기 시작한다.

며칠이 흐른다. 중국인들에게서는 아무 답장도 없다. 영국의 비밀경찰들이 그의 편지를 가로채 없애버린 걸까? 그들은 대사관으로 가는 모든 편지를 가로채 없애는 걸까? 그렇다면 중국인들이 런던에 대사관을 둘 필요가 있을까? 혹은 그의 편지를 가로챈 비밀경찰이 브랙넬의 인터내셔널 컴퓨터에 근무하는 남아프리카인이 공산주의 성향을 갖고 있다는 메모를 덧붙여 편지를 내무성에 보냈을까? 그는 정치 때문에 직장을 잃고 영국에서 쫓겨나게 되는 걸까? 그렇다면 그는 이의를 제기하지 않을 것이다. 그것은 운명이다. 그는 운명을 받아들일 준비가 되어 있다.

런던에 갈 때면 그는 여전히 영화관에 간다. 하지만 시력이 나빠지면서 점점 더 즐거움이 줄어든다. 앞줄에 앉아야 자막을 읽을 수 있다. 그리고 앞줄에 앉아도 눈을 찡그리고 봐야 한다.

그는 안경사한테 가서 검정 뿔테안경을 맞춰서 쓰고 나온다. 거울을 보니, 아크라이트 대령이 말한 웃기게 생긴 보핀과 훨씬 더 닮았다. 한편 그는 창밖을 보고 나뭇잎 하나하나를 식별해낼 수 있다는 사실에 깜짝 놀란다. 그가 기억하기로 나무는 늘 흐릿한 녹색이었다. 전부터 계속 안경을 썼어야 했나? 그래서 그렇게 크리켓을 못했던 걸까? 그래서 늘 공이 어딘가에서 느닷없이 튀어나오는 것처럼 보였던 걸까?

보들레르에 따르면, 우리는 결국 우리의 이상적인 자아처럼 보이게 된다고 한다. 우리가 갖고 태어난 얼굴은 우리가 원하는 얼굴, 은밀한 꿈속의 얼굴에 서서히 묻힌다. 거울 속에 보이는 길고 애처로운 얼굴, 부드럽고 연약한 입술, 이제는 안경알 너머로 가려진 멍한 눈은 꿈속의 것일까?

안경을 끼고 보는 첫번째 영화는 파솔리니*의 〈마태복음〉이다. 마음이 심란해진다. 가톨릭 학교를 오 년간 다닌 그에게 기독교의 메시지는 영원히 호소력을 상실했다고 생각했다. 그러나 그렇지 않다. 영화에 나오는 창백하고 여윈 예수, 자신의 몸을 만지려는 손길을 피하고 맨발로 걸으며 예언하고 호통치는 예수는 언제나 과도한 동정심을 품은 모습이던 예수와 달리 진짜다. 그는 예수의 손에 못이 박힐 때 몸을 움츠린다. 그리고 무덤이 텅 비었다는 사실이 드러나고, 슬픔에 빠진 여인들에게 천사가 "그분이 일어나셨으니 이곳에서 찾지 마라"고 말하고, 미사곡이 울려퍼지면서 이 세상의 평범한 사람들, 다리를 절뚝거리거나 불구인 사람들, 멸시당하고 거부당한 사람들이 환희로 가득한 얼굴로 달려오거나 절뚝거리며 좋은 소식을 함께 나눌 때, 자신의 가슴도 터져버렸으면 싶다. 그가 이해하지 못하는 환희의 눈물, 세상 밖으로 다시 나올 수 있기 전에 은밀히 닦아내야 하는 환희의 눈물이 볼에 흘러내린다.

---

* 이탈리아 시인, 소설가이자 영화감독인 피에르 파올로 파솔리니(1922~75).

언젠가 그는 시내에 갔을 때, 채링 크로스 로드에 있는 중고서점의 진열대에서 보라색 표지의 두툼하고 작은 책을 발견한다. 올림피아출판사에서 펴낸 사뮈엘 베케트의 『와트』다. 올림피아출판사는 악명이 높다. 그 출판사는 파리에 있는 안전한 피난처에서 영국과 미국의 독자들을 위해 영어로 된 포르노를 출판한다. 하지만 부업으로 가장 대담하고 전위적인 글들도 출판한다. 가령 블라디미르 나보코프의 『롤리타』가 그렇다. 그런데 「고도를 기다리며」와 「종반전」의 저자인 사뮈엘 베케트가 포르노를 쓸 것 같지는 않다. 그렇다면 『와트』는 어떤 종류의 책일까?

그는 책장을 넘겨본다. 파운드의 『시선집』처럼 통통한 세리프체로 인쇄되어 있다. 그에게 친밀함과 충실함을 환기시키는 활자다. 그는 책을 사서 아크라이트 대령의 집으로 온다. 첫 페이지부터 그는 자신이 무언가 깨달았음을 알아챈다. 침대에 걸터앉아 창문으로 쏟아져 들어오는 빛 속에서 그걸 읽고 또 읽는다.

『와트』는 베케트의 희곡들과 전혀 다르다. 충돌도 없고 갈등도 없으며, 이야기를 하는 목소리의 흐름, 의심과 망설임에 계속 방해받는 흐름만이 있을 따름이다. 그 흐름의 속도는 그의 마음의 속도와 정확히 맞는다. 또한 『와트』는 우습기까지 하다. 그는 너무 우스워서 배꼽을 잡고 웃는다. 그리고 끝에 이르자 다시 처음부터 읽기 시작한다.

사람들은 어째서 그에게 베케트가 소설을 썼다는 이야기를 해주지 않았지? 그는 어떻게 베케트가 늘 주변에 있었음에도 포드처럼 글을 쓰고 싶다고 상상할 수 있었을까? 포드에게는 늘 그도 좋아하지는 않지만 인정하기를 망설였던, 허식적인 요소가 있었다. 그것은 포드가 웨스트엔드 어디에서 최고의 운전용 장갑을 사고 메도크 와인과 본 와인을 어떻게 구분하는지 아는 것에 부여하는 가치와 관련된 것이다. 반면 베케트는 계급이 없거나 계급 밖에 있다. 그도 그렇게 되고 싶다.

그들이 만드는 프로그램은 케임브리지에 있는 아틀라스 컴퓨터를 이용해, 그것에 우선권을 갖고 있는 수학자들이 잠을 자는 밤에 테스트해야 한다. 그래서 그는 서류와 천공테이프 뭉치, 잠옷, 칫솔이 든 작은 가방을 챙겨 이삼 주마다 기차를 타고 케임브리지로 간다. 케임브리지에 가 있는 동안에는 인터내셔널 컴퓨터 회사 비용으로 로열호텔에 묵는다. 그는 저녁 여섯시부터 아침 여섯시까지 아틀라스로 작업을 한다. 그리고 이른아침 호텔로 돌아와 아침을 먹고 잠을 잔다. 오후에는 자유롭게 시내를 돌아다니기도 하고 영화관에 가기도 한다. 그러고 나면 거대한 격납고처럼 생긴 건물, 아틀라스가 있는 수학 실험실로 돌아가 그날 밤 할당된 일을 하러 갈 시간이 된다.

그는 판에 박힌 일에 아주 잘 맞는다. 기차여행도 좋고 호텔 객실의 익명성도 좋고 베이컨, 소시지, 달걀, 토스트, 마멀레이드, 커피가 나오는 푸짐한 아침식사도 좋다. 양복이 필요 없으니 거리에 있는 학생들과도 쉽게 어울릴 수 있다. 심지어 학생처럼 보이기도 한다. 당직 엔지니어를 제외하면 그는 밤새도록 거대한 아틀라스 컴퓨터와 함께 외롭게 지낸다. 그가 쓴 컴퓨터 코드들이 테이프 판독기를 통과하는 것을 지켜보고, 마그네틱테이프 디스크가 돌아가기 시작하면서 제어장치의 불빛이 그의 명령에 따라 깜빡이기 시작하는 것을 지켜보면 일종의 힘이 느껴진다. 유치한 것은 알지만, 보는 사람이 아무도 없으니 안심하고 그 느낌을 즐길 수 있다.

때때로 그는 아침까지 수학 실험실에 남아 수학과 교수들과 의논해야 한다. 아틀라스 소프트웨어에 관한 진정 새로운 모든 것은 인터내셔널 컴퓨터가 아니라 케임브리지에 있는 소수의 수학자들에게서 나오기 때문이다. 어떻게 보면 그는 케임브리지 수학과에서 그들의 아이디어를 이행하기 위해 고용한, 컴퓨터 산업 소속의 전문 프로그래머 중 하나일 뿐이다. 그리고 같은 의미로, 인터내셔널 컴퓨터는 컴퓨터를 설계에 맞게 만들기 위해 맨체스터대학이 고용한 엔지니어들로 구성된 회사다. 그렇게 보면 그는 훌륭한 젊은 과학자들과 동등한 입장에서 이야기할 자격이 있는 협력자가 아니라, 대학이 급료를 지불하는 숙련된 기술자일 뿐이다.

그들은 정말로 대단하다. 때때로 그는 벌어지는 일을 보고도 믿을 수 없어서 고개를 절레절레 흔들곤 한다. 식민지 이류대학의 평범한 졸업생인 그에게, 일단 입을 열기 시작하면 그의 머리를 어찔어찔하게 만드는, 수학 박사학위를 가진 일류 학자들과 이야기를 나누는 것이 허용된다. 그가 몇 주 동안 멍청하게 씨름한 문제들이 그들에 의해 순식간에 풀린다. 어쩌다 한 번씩 그들은 그가 문제라고 생각한 것 이면에서 진짜 문제를 찾아낸다. 그들은 그의 입장을 생각해서, 그도 진짜 문제를 알고 있는 것처럼 행동한다.

이들은 컴퓨터 논리의 고차원적인 영역에 너무 정신을 빼앗긴 나머지 그가 얼마나 어리석은지 보지 못하는 걸까? 혹은—그는 분명 그들에게 전혀 의미 없는 존재일 테니, 그가 알 수 없는 이유로—고맙게도 그가 그들과 같이 있으면서 체면을 구기지 않도록 배려해주는 걸까? 그게 문명이라는 걸까? 아무리 하찮은 사람일지라도 체면을 구기지 않도록 해주는 무언의 약속이? 그는 일본이라면 그럴 거라 믿을 수 있다. 그런데 영국도 마찬가지일까? 어떤 경우든, 얼마나 존경스러운가!

그는 유서 깊은 케임브리지대학에서, 위대한 사람들과 격의 없이 이야기를 나누고 있다. 그에게 수학 실험실 열쇠, 건물 옆문 열쇠까지 주어졌다. 무엇을 더 바랄 수 있겠는가? 하지만 그것에 도취되어 허황된 생각에 빠지는 것은 경계해야 한다. 운이 좋아서 여기에 있을 뿐 다른 이유는 없다. 케임브리지에서 공부를 할 수도 없었을 것이고 장학금을 받을 만큼 뛰어난 적도 없었다. 스스로를 고용된 사람이라고 계속 생각해야 한다. 그러지 않으면 옥스퍼드의 몽환적인 뾰족탑들 사이에서 주드 폴리*가 그랬던 것처럼 협잡꾼이 되고 말 것이다. 그의 작업은 머지않아 끝날 것이다. 그는 열쇠를 반납해야 할 것이다. 케임브리지로 오는 일도 끝날 것이다. 하지만 가능할 때만이라도 그걸 즐기자.

---

* 영국 소설가 토머스 하디(1840~1928)의 장편소설 『이름 없는 주드』의 주인공.

20

영국에서 세번째로 맞는 여름이다. 점심식사를 마친 뒤 그와 다른 프로그래머들은 청소 도구함에서 찾은 테니스공과 낡은 방망이로 '장원' 뒤 잔디에서 크리켓을 하기로 한다. 그는 학교를 떠난 후 크리켓을 한 적이 없다. 단체로 하는 스포츠는 시인과 지식인의 삶에 어울리지 않는다고 생각해 하지 않기로 했기 때문이다. 그런데 지금 자신이 아직 그 게임을 얼마나 좋아하는지 깨닫고 놀란다. 즐길 뿐만 아니라 잘하기까지 한다. 어렸을 때는 그렇게나 숙달되지 않던 타격도 이제 저절로 편하고 부드럽게 된다. 공은 부드러운데 그의 팔은 더 강해져서 두려워할 이유가 없기 때문이다. 그는 동료들보다 잘한다, 훨씬 더 잘한다. 타자로서도 그렇고 투수로서도 그렇다. 그는 스스로 이렇게 묻는다. 이 젊은 영국인들은 학창시절을 어떻게 보냈을까? 식민지인인 그가 그들에게 그들의 게임을 가르쳐줘야 하나?

체스에 대한 집착이 시들해지고 있다. 그는 다시 독서를 시작한다. 브랙넬 도서관은 그 자체로는 작고 불충분하지만, 사서들이 지역 도서관 상호대차를 통해 그가 원하는 책은 무엇이든 구해준다. 그는 논리의 역사에 대해 읽으며, 논리는 인간의 발명이지 존재를 구성하는 구조의 일부가 아니고, 따라서(중간단계가 많이 있겠지만 그런 것들은 그가 나중에 보완할 수 있을 것이다) 컴퓨터는 단순히 (찰스 배비지*가 이끄는) 소년들이 다른 소년들의 즐거움을 위해 발명한 장난감이 아닐까 생각한다. 그는 양자택일either-or 논리처럼 좋은, 다른 많은 논리들이 있다고 확신한다(그러나 얼마나 많을까?). 그의 생계수단인 그 장난감의 위협, 즉 그것을 장난감 이상의 것으로 만드는 위협은 이것이다. 그것을 사용하는 사람들의 두뇌 속에 있는 양자택일적인 방식들을 불살라버리고 그들을 2진법의 논리 속에 영원히 가둬버릴 것이라는 사실이다.

그는 아리스토텔레스와 페트루스 라무스**와 루돌프 카르나프***

---

* 영국 수학자(1791~1871).

** 프랑스 철학자(1515~72).

*** 미국 철학자(1891~1970).

를 열심히 들여다본다. 자신이 읽는 대부분을 이해하지 못하지만, 그는 이해하지 못하는 데 익숙하다. 그가 지금 찾고 있는 것은 오직 양자택일이 선택되고 그리고/또는and/or이 버려지는 역사의 순간이다.

그에게는 텅 빈 저녁시간을 위한 책들과 프로젝트들(이제 완성되어가지만 지지부진한 논리의 포드 논문)이 있고, 점심시간에 하는 크리켓이 있고, 그리고 이 주마다 세계에서 가장 강력한 컴퓨터인 아틀라스와 혼자서 밤의 사치를 누리며 로열호텔에 묵는 일이 있다. 독신남성의 삶이 반드시 그런 거라면, 이보다 더 좋을 수 있을까?

그런데 어두운 그림자가 하나 있다. 그가 마지막으로 시를 쓴 지 일 년이 지났다. 그에게 무슨 일이 벌어진 걸까? 예술이 비참함 속에서 태어난다는 게 사실일까? 글을 쓰기 위해 다시 비참해져야 하는 걸까? 희열의 시도 있지 않을까? 점심시간의 크리켓에 대한 시도 희열의 한 형식이 아닐까? 그것이 시라면, 시가 어디에서 자극을 받느냐가 중요할까?

아틀라스는 텍스트를 다루기 위해 만들어진 기계가 아니지만, 그는 한밤중을 이용해 파블로 네루다 스타일의 구절 수천 행을 출력한다. 너새니얼 탄이 번역한 파블로 네루다의 「마추픽추 정상」에 나오는 가장 강력한 말들의 목록을 어휘집으로 삼아 조합한 것이다. 그는 두툼한 종이 다발을 호텔로 가져와서 자세히 들여다본다. "찻주전자에 대한 향수." "셔터의 열정." "분노의 기수들." 현재 그가 가슴에서 우러나오는 시를 쓸 수 없다면, 시를 만들어내기에 적합한 마음 상태가 아니라면, 적어도 컴퓨터가 만든 구절로 이루어진 모조 시들을 묶어낼 수는 있지 않을까? 그렇게 글을 쓰는 활동을 함으로써 다시 글쓰는 것을 배울 수 있지 않을까? 글을 쓰는 데 기계의 도움을 받는 게 공정할까? 다른 시인들에게, 죽은 거장들에게 공정한 일일까? 초현실주의자들은 종이쪽에 단어를 써서 모자에 넣고 섞은 다음, 무작위로 꺼내 시구를 만들었다. 윌리엄 버로스는 페이지들을 잘라 섞어 조합한다. 그도 그런 종류의 일을 하고 있는 게 아닐까? 혹은 그가 가진 엄청난 자원—자기 마음대로 할 수 있는 이렇게 큰 컴퓨터를 영국, 아니 세계의 어느 시인이 갖고 있을까?—이 양을 질로 바꿔줄까? 하지만 컴퓨터의 발명이 작가와 작가의 마음 상태를 관련 없는 것으로 만들어 예술의 본질을 바꿔버렸다는 주장이 제기되진 않을까? 제3프로그램을 통해 쾰른 라디오 스튜디오에서 연주하는 음악을 들은 적이 있다. 전자음, 길거리의 소음, 오래된 녹음의 일부, 단편적인 말 등이 뒤섞인 음악이었다. 시가 음악과 보조를 맞출 때가 된 것은 아닐까?

그는 자신의 네루다식 시들을 추려 케이프타운에 있는 친구에게 보낸다. 그 친구가 자신이 편집자로 있는 잡지에 그걸 싣는다. 지역신문에서 컴퓨터 시 중 하나를 조롱 섞인 논평과 함께 재수록한다. 하루나 이틀 동안 케이프타운에서, 그는 셰익스피어를 기계로 대치하고자 하는 야만인으로 악명을 떨치게 된다.

케임브리지와 맨체스터에 있는 아틀라스 컴퓨터 외에 제3의 아틀라스도 있다. 브랙넬에서 멀지 않은 올더마스턴 외곽에 위치한 국방부 산하 원자력 무기 연구소에 있다. 아틀라스에서 실시한 소프트웨어 테스트가 완료되고 이상이 없으면, 그것은 올더마스턴 컴퓨터에 설치된다. 그것을 만든 프로그래머들이 설치하게 되어 있다. 하지만 이 프로그래머들은 먼저 보안검사를 통과해야 한다. 각자에게 기다란 질문지가 주어진다. 가족과 개인사와 근무 경험 등에 관해 쓰라는 것이다. 그리고 자신들을 경찰에서 나왔다고 소개하지만 군 정보부에서 나온 듯한 남자들이 프로그래머의 집을 찾아온다.

영국 프로그래머들은 허가를 받으면 방문시에 목에 두를, 자신의 사진이 들어 있는 카드를 받는다. 올더마스턴 정문에 도착하면 컴퓨터 건물까지 인솔된다. 거기서부터는 자유롭게 돌아다닐 수 있다.

하지만 가나파시와 그는 외국인이어서, 혹은 가나파시가 설명한 것처럼 미국인이 아닌 외국인이어서 승인이 나지 않는다. 따라서 올더마스턴 정문에 가면 그들 두 사람 각자에게 호위병이 따라붙는다. 그 호위병들은 그들을 이곳저곳으로 데리고 다니고 늘 지켜보면서도 대화는 사절한다. 화장실에 가면 호위병이 칸막이 문 앞에 서서 기다린다. 음식을 먹을 때도 뒤에 서 있다. 다른 인터내셔널 컴퓨터 직원들 외에는 어느 누구와의 대화도 허용되지 않는다.

돌이켜보니 IBM에서 근무할 때 폼프레트 씨와 얽혔던 일과 TSR-2 폭격기 개발을 진행시키는 것에 관여했던 일은 너무 사소하고 우스운 것 같아 쉽게 마음이 놓인다. 그런데 올더마스턴은 전혀 다른 문제다. 그는 몇 주에 걸쳐 도합 열흘을 그곳에서 보낸다. 그가 일을 끝낼 때쯤, 테이프 스케줄링 루틴이 케임브리지에서처럼 잘 작동한다. 그의 임무는 끝났다. 틀림없이 그 루틴들을 설치할 수 있는 다른 사람들이 있었겠지만, 그걸 만들고 속속들이 알고 있는 그처럼 잘하지는 못할 것이다. 다른 사람들은 그 일을 할 수 있었지만 하지 않았다. 그도 핑계를 대고 안 할 수도 있었지만(예를 들어, 무표정한 얼굴의 호위병들에게 모든 행동을 감시당하는 부자연스러운 환경과 그것이 그의 심리에 미치는 영향을 지적할 수도 있었을 것이다) 그렇게 하지 않았다. 폼프레트 씨는 농담이었을지 몰라도 그는 올더마스턴이 농담인 척할 수는 없다.

그는 올더마스턴 같은 곳을 본 적이 없다. 그곳의 분위기는 케임브리지와 전혀 다르다. 그가 일하는 칸막이방은 다른 칸막이방이나 그 안에 있는 모든 것들처럼 싸구려에 실용적이고 추하다. 이리저리 흩어진 낮은 벽돌 건물들로 이뤄진 부지 전체가 아무도 쳐다보지 않고 굳이 신경써서 쳐다보지도 않을 걸 알고 있는 장소답게, 전쟁이 일어나면 지구 표면에서 날아가버릴 것을 알고 있는 장소답게 추하다.

이곳에도 케임브리지 수학자들처럼, 혹은 거의 비슷한 수준으로 영리한 사람들이 있을 게 틀림없다. 그가 복도에서 언뜻 본 일부 사람들, 그가 대화를 나누는 게 허용되지 않는 감독관, 연구교관, 1단계에서 3단계까지의 기술교관, 고위 기술교관 같은 사람들은 분명 케임브리지 졸업생들이다. 그는 지금 설치하는 루틴을 직접 짰지만, 그 뒤에 있는 계획은 케임브리지 사람들이 세웠다. 그들은 수학 실험실 컴퓨터의 사악한 손이 올더마스턴에 있다는 걸 모를 리 없는 사람들이었다. 케임브리지 사람들의 손이 그의 손보다 훨씬 더 깨끗하지는 않다. 그럼에도 불구하고 이 문을 통과하고 이곳 공기를 마심으로써 그는 군비확대 경쟁에 일조하고 냉전의 공범자가 되었다. 게다가 잘못된 편에 서서 말이다.

요즘 시험은 더이상 그가 학교에 다닐 때처럼 적당한 예고와 함께 치러지지 않고, 또 굳이 그걸 시험이라고 일컫지도 않는 것 같다. 하지만 이런 경우, 준비가 안 되어 있음을 이유로 내세우기는 어렵다. 올더마스턴이라는 말을 처음 들었을 때부터 그는 올더마스턴이 시험이 될 것이고, 자신이 그걸 통과하지 못할 것이며, 자신에게는 통과하는 데 필요한 무언가가 부족하다는 걸 알았다. 그는 올더마스턴에서 일을 함으로써 자신을 악에 내어줬다. 어떻게 보면 영국인 동료들보다 더, 참여를 거절하면 단기 체류자이자 외부인인 그보다 훨씬 더 심각하게 경력이 위태로워질 영국인 동료들보다 더 악랄하게 자신을 내어줬다. 한편으로는 영국과 미국, 다른 한편으로는 영국과 러시아 사이의 전쟁에서 말이다.

경험. 이것이 그가 자신을 스스로에게 정당화하기 위해 기대고 싶은 말이다. 예술가는 가장 고귀한 것에서부터 가장 저급한 것까지 모든 걸 경험해봐야 한다. 최상의 창조적인 기쁨을 경험하는 것이 예술가의 운명인 것처럼, 그는 비참하고 추하고 굴욕적인 삶의 모든 것을 떠안을 준비를 해야 한다. 그가 런던에서 겪은 것들, 즉 IBM에서 일하던 흐리멍덩한 나날들과 1962년의 차가운 겨울과 거듭되는 굴욕적인 일들은 경험을 위한 것이었다. 그 모든 게 시인의 영혼을 시험하는 삶의 단계였다. 마찬가지로 올더마스턴―그가 일하는 비참한 칸막이방, 플라스틱 가구, 난로 뒤에 비친 방의 모습, 등뒤의 무장한 남자―도 그저 경험이라고, 심연 여행의 또다른 단계라고 생각할 수도 있다.

그런데 그 이유는 한순간도 그를 납득시키지 못한다. 그저 궤변일 뿐이다. 말도 안 되는 궤변이다. 그가 아스트리트와 그녀의 곰인형과 함께 잠을 자는 것이 도덕적 비열함을 알기 위해서였다고 하는 것처럼, 자기를 정당화하기 위해 거짓말을 하는 것이 지적인 비열함을 알기 위해서라고 주장한다면, 궤변은 더 경멸스러워질 뿐이다. 그것에 대해서는 할말이 아무것도 없다. 무자비할 만큼 정직하게 말하면, 그것에 대해 할말이 아무것도 없다는 것에 대해서도 할말이 없다. 무자비한 정직함에 대해 말할 것 같으면, 무자비한 정직함이란 배우기 어려운 기술은 아니다. 반대로 그것은 세상에서 가장 쉬운 것이다. 독이 있는 두꺼비의 독이 자신에게는 독이 되지 않듯이, 사람은 자신의 정직함에 맞설 딱딱한 껍질을 곧 개발하게 된다. 이성에 죽음을, 말에 죽음을! 중요한 것은 옳은 이유에서든 그른 이유에서든, 혹은 아무런 이유가 없든, 옳은 일을 하는 것뿐이다.

해야 할 옳은 일을 생각해내는 것은 어렵지 않다. 무엇이 옳은 것인지 오래 생각할 필요도 없다. 그는 마음만 먹으면, 거의 의심할 여지 없이 확실하게 옳은 일을 할 수 있을 것이다. 그런데 그를 멈칫하게 만드는 것은 옳은 일을 하면서 시인이 될 수 있느냐 하는 문제다. 옳은 일을 함으로써 어떤 종류의 시가 나올지 거듭 생각해봐도, 텅 빈 공허만이 보인다. 옳은 일은 무료하다. 그래서 그는 난관에 봉착해 있다. 무료하기보다는 차라리 나쁘고 싶다. 그런데 그는 무료하기보다는 차라리 나쁘고자 하는 사람을 존경하지 않고, 자신의 곤경을 언어로 말끔히 옮겨놓을 수 있는 영리함을 존경하지도 않는다.

크리켓과 책이 있음에도 불구하고, 동이 틀 때 그의 창문 아래에 있는 사과나무에서 새들이 늘 즐겁게 노래함에도 불구하고, 주말을 보내기가 여전히 힘들다. 특히 일요일이 그렇다. 그는 일요일 아침 잠에서 깨는 게 두렵다. 판에 박힌 일을 하는 것이 일요일을 견디는 데 도움이 된다. 주로 밖으로 나가 신문을 사와서 소파에서 읽은 뒤 체스 문제를 오려내는 일이다. 하지만 신문은 아침 열한시쯤이면 대충 다 읽는다. 여하튼 일요일 증보판을 읽는 것은 시간을 죽이는 너무 뻔한 방식이다.

그는 시간을 죽이고 있다. 월요일이 빨리 오도록, 월요일과 함께 일이 주는 안도감이 빨리 오도록 일요일을 죽이려 하고 있다. 하지만 더 큰 의미에서, 일도 시간을 죽이는 하나의 방식이다. 사우샘프턴에 발을 디딘 이래 그가 했던 모든 것은, 자신의 운명이 도착하기를 기다리는 동안 시간을 죽이는 일이었다. 남아프리카에서는 운명이 오지 않을 거라고 생각했다. 운명은 유럽의 대도시에만 살기 때문에 런던이나 파리, 어쩌면 빈에서만 올 거라고(신부처럼 올 거라고!) 생각했다. 그는 거의 이 년 동안 런던에서 기다렸고 견뎠다. 그런데 운명은 저멀리 있었다. 이제, 런던을 견딜 수 있을 만큼 강하지 못했던 그는 서둘러 시골로 피신을, 전략적인 피신을 해버렸다. 영국의 시골이긴 하지만, 워털루에서 한 시간도 안 되는 거리에 있지만, 운명이 시골까지 찾아와줄지는 확실하지 않다.

물론 속으로는 그가 오게 만들지 않으면 운명이 찾아오지 않을 거라는 걸 안다. 앉아서 글을 써야 한다. 그게 유일한 방법이다. 하지만 그는 때가 무르익을 때까지 글쓰기를 시작할 수 없다. 아무리 빈틈없이 준비해도, 그러니까 탁자를 깨끗이 닦고 램프를 제대로 놓고 빈 종이의 옆쪽에 줄을 긋고 눈을 감고 앉아 마음을 비우고 준비를 하고 있어도 말은 그를 찾아오지 않을 것이다. 아니, 많은 말들이 올 테지만 제대로 된 말들, 그가 그것의 무게로, 그것의 자세와 균형으로 운명의 문장임을 즉시 알아볼 문장은 아닐 것이다.

그는 텅 빈 종이와 이런 식으로 맞닥뜨리는 것을 싫어한다. 이제 그것을 피하기 시작할 정도로 싫어한다. 그는 매번, 소득 없는 시간의 끝에 내려오는 절망의 무게와 자신이 또 실패했다는 사실을 견딜 수 없다. 이런 식으로 거듭 스스로에게 상처를 입히지 않는 게 좋을 것이다. 너무 약하고 너무 절망해 있어서 부름이 와도 거기에 응답할 수 없을지도 모른다.

그는 작가로서의 실패와 연인으로서의 실패가 너무나 평행을 이루고 있고, 그것들이 결국 똑같은 것일지 모른다는 사실을 잘 알고 있다. 그는 남자이자 시인이자 창조자이자 능동적인 원리다. 그런 남자가 여자의 접근을 기다려서는 안 된다. 반대로 여자가 남자를 기다려야 한다. 여자란 왕자가 입맞춤을 하면 깨어날 때까지 잠을 자는 사람이다. 여자는 햇볕의 애무에 벌어지는 싹이다. 그가 행동하지 않으면 사랑이든 예술이든 아무것도 일어나지 않을 것이다. 하지만 그는 의지를 신뢰하지 않는다. 그가 혼자서는 글을 쓸 수 없고 외부로부터 어떤 힘의 도움을, 뮤즈라고 불리곤 하던 힘의 도움을 기다려야 하는 것처럼, 여자가 그의 운명이라는 암시(어디로부터? 그녀로부터? 그의 내부로부터? 위로부터?) 없이 그녀에게 의지만으로 접근할 수는 없는 노릇이다. 만약 그가 다른 마음으로 여자에게 접근한다면, 아스트리트와 그랬듯이 또다시 비참한 관계에 휘말리는 결과를 낳고 말 것이다. 거의 시작도 하기 전에 회피를 시도하던 바로 그 관계처럼 되고 말 것이다.

똑같은 것을 더 잔인한 방법으로 말할 수도 있다. 사실 수백 가지 방법들이 있다. 그는 그 방법들을 나열하며 여생을 보낼 수도 있을 것이다. 하지만 가장 잔인한 방법은 두렵다고 말하는 것이다. 글쓰기가 두렵고, 여자가 두렵다고 말하는 것이다. 그는 〈앰빗〉이나 〈어젠다〉에 실린 시들을 읽고 얼굴을 찌푸릴 수는 있지만, 적어도 그것들은 인쇄가 되어 세상에 나와 있다. 그걸 쓴 사람들이 텅 빈 종이 앞에 있는 그처럼 까다롭게 머뭇거리며 수년의 세월을 보내지 않았다고 어찌 말할 수 있을까? 그들도 머뭇거렸다. 하지만 결국 그들은 냉정을 되찾고 자신이 쓸 수 있는 최대한의 것을 써서 부치고, 거절을 당하는 수모나 자신의 작품이 냉혹한 활자로 인쇄되어 빈약함이 드러나는 수모를 견뎠다. 마찬가지로 이 남자들 역시 아무리 변변찮더라도, 지하철에서 어떤 아름다운 여자에게 말을 걸 구실을 찾아냈을 것이다. 그리고 그녀가 고개를 돌려버리거나 친구에게 이탈리아어로 코웃음 치는 말을 하면, 침묵으로 퇴짜를 견뎌낼 방법을 찾아냈을 것이다. 그리고 다음날, 다른 여자한테 다시 접근했을 것이다. 그렇게 하는 것이다. 세상은 다 그렇게 돌아가는 것이다. 그리고 어느 날 이 남자들, 이 시인들, 이 연인들은 제아무리 아름다운 여자라 해도 그들에게 응수해오는 행운을 누릴 것이다. 그것이 다른 것으로 이어지고 그들의 삶, 두 사람의 삶은 변화할 것이다. 그렇게 될 것이다. 연인으로서, 작가로서, 실패하고 또 실패할 각오

와 더불어 일종의 우둔하고 둔감한 완강함을 갖추는 것 말고 무엇이 더 필요할까?

그의 문제는 실패할 준비가 되어 있지 않다는 것이다. 그는 시도하는 모든 것에서 A나 알파나 백 퍼센트나 여백에 큼직하게 엑설런트!라고 쓰인 것을 원한다. 우스꽝스럽다! 유치하다! 그런 이야기는 들을 필요도 없다. 그도 안다. 그럼에도 불구하고. 그럼에도 불구하고 그는 그렇게 할 수 없다. 오늘은 아니다. 어쩌면 내일. 어쩌면 내일, 그런 기분이 들어 용기를 내게 될지 모른다.

그가 더 따뜻한 사람이라면, 삶이든 사랑이든 시든, 틀림없이 모든 게 더 쉬워질 것이다. 하지만 따뜻함은 그의 본성이 아니다. 여하튼 시는 따뜻함에서 나오는 게 아니다. 랭보는 따뜻하지 않았다. 보들레르도 따뜻하지 않았다. 사실, 필요한 경우에는 뜨거웠다. 삶에서도 뜨거웠고 사랑에서도 뜨거웠다. 그러나 따뜻하지는 않았다. 그도 뜨거울 수는 있다. 그런 믿음을 버리지는 않았다. 하지만 현재로서는, 불명확한 현재로서는, 차갑다. 차갑고 냉담하다.

그리고 이 같은 열기의 부족, 가슴의 부족에 따른 결과는 무엇일까? 그 결과는 일요일 오후, 버크셔 시골 오지에 있는 집의 위층 방에 혼자 앉아 있는 것이다. 들판에는 까마귀들이 까악거리고 머리 위로는 회색 안개가 떠 있는데, 혼자 체스를 두고, 나이가 들어가고, 소시지를 구워 빵과 함께 저녁식사를 떳떳하게 할 수 있는 저녁이 되기를 기다리면서 말이다. 열여덟 살 때 그는 시인이었을지 모른다. 그런데 지금은 시인도 아니고 작가도 아니고 예술가도 아니다. 그는 컴퓨터 프로그래머다. 서른 살 먹은 컴퓨터 프로그래머들이 없는 세계의 스물네 살 먹은 프로그래머다. 서른 살이 되면 프로그래머를 하기에는 너무 나이가 많다. 무언가 다른 직업으로 바꾸거나—예를 들어 사업가가 될 수도 있겠다—자살을 하거나, 둘 중 하나다. 그가 영국에, 영국 사회에, 영국 컴퓨터 산업에 발을 딛고 있는 것은 오직 젊기 때문이고, 그의 뇌신경들이 아직 다소간 오류 없이 작동하기 때문이다. 그와 가나파시는 동전의 양면이다. 가나파시가 배가 고픈 것은 조국 인도로부터 떨어져 있기 때문이 아니라 제대로 먹지 않기 때문이다. 컴퓨터과학 석사학위를 갖고 있음에도 불구하고 비타민과 무기물과 아미노산에 대해 알지 못하기 때문이다. 점점 힘이 약해지는 체스 게임 종반에 옴짝달싹 못한 채 움직일 때마다 막다른 골목과 패배 속으로 더 깊숙이 들어가기 때문이다. 조만간 구급차가 가나파시의 아파트에 도착해 그의 얼굴에 시트를 덮고 그를 들것에 실어 나올 것이다. 가나파시를 데려가고 나면, 그도 데려갈지 모른다.

"시인을 이해하고 싶은 사람은
시인의 나라에 가야 한다"

2003년 노벨문학상 수상자 J. M. 쿳시는 1940년, 남아프리카 공화국의 서남단에 위치한 케이프타운에서 네덜란드계 백인, 즉 아프리카너Afrikaner로 태어났다. 당연히 그의 모국어는 아프리카너들이 사용하는, 네덜란드어가 세월이 흐르면서 변형된 아프리칸스어Afrikaans였다. 그럼에도 그는 초등학교에서 대학교까지 아프리칸스어가 아니라 영어를 사용하는 학교에 다녔다. 어머니가 우겨서 그랬다. 우리가 그의 소설들을 영어로 읽을 수 있게 된 것은 그의 어머니 덕이다.

그가 1940년에 아프리카너로 태어났다는 것은 남아프리카의 요동치는 역사 속에서 태어났다는 말이기도 하다. 인종분리정책으로 악명이 높은 아프리카너 정권이 남아프리카에 들어선 것은

1948년이었다. 물론 이전에도 유색인들에 대한 차별이 없었던 것은 아니지만, 아프리카너 정권처럼 그렇게 합법의 형태를 빌린 사악한 정책, 즉 아파르트헤이트 정책을 악질적으로 시행하지는 않았다. 아파르트헤이트는 자크 데리다의 말을 빌리면 "세계의 몸에 난 사악한 종기"였다. 그것은 소수인 백인들이 절대다수인 흑인들을 인권의 사각지대로 몰아넣고 그들의 인권을 유린하는 비윤리적인 폭력이었다.

쿳시는 그 폭력과 불의의 역사를 살아야 했다. 싫어도 어쩔 수 없었다. 집에서도, 학교에서도, 사회에서도 폭력과 불의의 그림자는 그를 따라다녔다. 그는 피부가 검은 것이 유죄인 나라에서 운좋게도 백인으로 태어난 사람이었다. 검은 피부는 태어나면서부터 낙인이었고 흰 피부는 태어나면서부터 축복이었다. 한 쪽은 노예였고 다른 쪽은 주인이었다. 그것이 그의 실존이었다. 역설적이게도, 그러한 실존이 그의 문학적 기반이었다. 아파르트헤이트로 인해 발생한 불의와 고통과 절망이 문학의 토양이 된 것이었다. 초기작에서부터 최근작에 이르기까지 그의 소설을 관통하는 윤리의식이 바로 여기에서 태어났다.

그가 살았던 삶은 고뇌와 시련과 도덕적 몸부림의 삶이었다. 그의 자전소설 삼부작인 『소년 시절』(1997), 『청년 시절』(2002), 『서머타임』(2009)은 남아프리카의 현실이 그를 얼마나 힘들게 했는지를 생생하게 보여준다. 『소년 시절』과 『청년 시절』이 특히 그러하다. 삼부작 중 마지막인 『서머타임』에도 힘들었던 삶이 나름대로 투영되어 있긴 하지만, 작가가 죽고 없는 경우를 상정한 미래형 스토리로 되어 있어서 『소년 시절』과 『청년 시절』에 투영된 것과 비교하면 치열함의 정도가 훨씬 덜하다. 이것이 우리가 『소년 시절』과 『청년 시절』에 더 주목해야 하는 이유다.

『소년 시절』이 쿳시의 유년기인 1950년에서 1953년까지를 시대적 배경으로 한다면, 『청년 시절』은 쿳시가 케이프타운대학교에 다닐 때인 1959년부터 런던으로 가서 컴퓨터 프로그래머로 취직하고 석사학위논문을 쓰던 1960년대 초반까지, 즉 쿳시가 미국으로 건너가기 전까지를 시대적 배경으로 한다. 둘 다 자전적인 이야기인 셈이다. 『청년 시절』에 국한시켜 얘기하자면, 쿳시가 케이프타운대학교에 다닌 것도 사실이고 영국으로 건너가 IBM과 인터내셔널 컴퓨터에서 프로그래머로 일하고 케이프타운대학교 석사과정에 들어가 영국작가인 포드 매독스 포드의 소설에 관한 석사학위논문을 쓴 것도 사실이다.

이처럼 스토리가 작가가 거쳐온 삶의 행적과 무관하지 않다면, 자연스럽게 다음과 같은 질문을 하지 않을 수 없게 된다. 스토리에 나오는 모든 일이 실제로 있었던 일일까? 그리고 존이

라는 인물의 말과 행동, 생각과 느낌을 작가의 것으로 받아들일
수 있을까? 결론부터 말하자면 그렇지 않다. 『소년 시절』이 그
렇듯이 『청년 시절』 중 일부는 사실이고 일부는 허구다. 이것
이 『청년 시절』 원서 뒤표지의 ISBN 번호 옆에 작은 글씨로 픽
션FICTION이라고 쓰여 있는 이유다. 판에 따라서는 전기/자서
전Biography/Autobiography이라고 쓰여 있기도 한데, 이것은 『청년
시절』이 전기/자서전을 넘나드는 애매모호하고 혼종적인 장르
에 속한다는 것을 단적으로 말해준다.

나는 1998년 『소년 시절』이 출판된 직후에 쿳시를 만나 인터
뷰를 하면서 『소년 시절』을 자서전이자 소설로 분류해도 되는지
물은 적이 있었다. 그는 "『소년 시절』의 10분의 9에 해당하는 부
분의 진실을 증언할 수 있는 살아 있는 유일한 사람"은 자신뿐이
라며 "소설과 자서전 사이에 분명한 선이 있다고 생각하지 않는
다"고 말했다. 당시에는 몰랐지만, 그의 말은 2002년에 출간된
『청년 시절』에도 정확히 적용될 수 있는 말이었다.

그러니 독자는 순진하게 『청년 시절』에서 전기적인 요소만을
찾아내려고 해서는 안 될 것이다. 사적인 삶을 지키기로 따지자
면 둘째가라면 서러울 정도로 '전설적인' 쿳시가 자신의 은밀한
부분을 무턱대고 내보일 리는 만무하다. 우리가 그의 사적인 삶
에 대해 아는 것이 극히 미미한 것은 그가 그것을 보여주기를 원

치 않았기 때문이다. 어쩌면 그는 유명 작가들 중 사생활이 가장 베일에 싸인 작가 중 하나일 것이다. 그럴 만큼 대중의 호기심어린 시선으로부터 비껴나 있다는 말이다. 그는 엘리엇이 그랬던 것처럼, 예술을 "개성의 표현이 아니라 개성으로부터의 탈출"이라고 믿었다. 예술은 그에게 "감정을 풀어놓은 게 아니라 감정으로부터의 탈출"이었다. 이런 작가가 자신의 과거를 액면 그대로 드러냈을 리가 없다. 한 가지 구체적인 예를 들자면 이렇다. 『청년 시절』에는 존이 결혼하지 않고 방황하는 것으로 나온다. 그런데 작가는 인터내셔널 컴퓨터에 근무하던 1964년 당시, 이미 결혼한 상태였다. 더 정확한 순서를 얘기하면, 그는 1962년에는 IBM에 근무했고 1963년에는 케이프타운으로 돌아가서 결혼을 하고 석사학위논문을 완성해서 제출했다. 그리고 1964년에는 아내와 함께 영국으로 돌아가 인터내셔널 컴퓨터에서 근무했고, 1965년에는 박사과정을 위해 미국으로 건너갔다. 이것은 『청년 시절』에 나오는 존의 삶과 작가의 실제 삶이 조금은 비슷하지만 완전히 부합하지 않는다는 점을 명백히 말해주는 대목이 아닐 수 없다. 달리 말해, 이것은 『청년 시절』에 나오는 모든 것을 사실에 부합하는 것으로 받아들여서는 안 된다는 경고이기도 하다. 어떤 것이 허구이고 어떤 것이 사실인지에 대해 과도하게 집착하지 말고 스토리의 본질에 집중할 필요가 있다는 말이다.

그렇다면 스토리의 본질은 무엇일까. 존이 처한 심리적 현실이다. 예를 들어, 존이 남아프리카라는 좁고 편협한 '시골' 케이프타운에서 대도시 런던으로 공간이동을 해야 했던 내적 필요와 진실이 스토리의 본질이다. 이것이 사실/허구의 문제보다 훨씬더 중요하다. 『소년 시절』과 마찬가지로, 『청년 시절』에도 '시골생활의 풍경'이라는 부제가 붙은 이유가 바로 여기에 있다. 그렇다. 남아프리카라는 '시골'을 떠나 런던이라는 대도시로 가야만했던 내적 필요와 진실이 『청년 시절』의 한복판에 있다. 존이 남아프리카를 떠나야 했던 것은 두 가지 이유에서였다. 하나는 남아프리카라는 나라에 염증을 느끼고 어떻게든 그 편협하고 협소한 '시골'을 떠나고 싶어서였고, 다른 하나는 자신이 흠모하는 포드 매독스 포드, 헨리 제임스, 에즈라 파운드, T. S. 엘리엇이사는 런던에 가고 싶어서였다. 그러니까 심리적, 정치적, 예술적동기가 결합되어 런던으로 가게 되었다는 말이다. 『청년 시절』의 중심에 자리잡고 있는 것이 바로 이것이다.

남아프리카는 존에게 상처였다. 피부색이 다르다는 이유 하나만으로 한쪽이 다른 쪽을 억압하는 인종적 현실이 예민한 감성을 지닌 이십대의 젊은이에게 상처가 아니고 무엇이었으랴. 존은 모든 인간관계를 왜곡시키고 인간으로서 품위를 잃게 만드는아파르트헤이트 정권으로부터, 그리고 그 정권이 지배하는 나라로부터 어떻게든 벗어나고 싶었다. 인종도, 국가도, 가족도 훌훌 털어내고 싶었다. 그리고 시인이 되고 싶었다. 특히 자신이 존경하는 엘리엇이나 파운드 같은 시인이 되고 싶었다. 엘리엇과 파운드가 문화적, 역사적 의미에서 '시골'이나 다름없는 미국을 떠나 런던으로 와서 시인이 되었듯이, 쿳시도 '시골'이나 다름없는 남아프리카를 떠나 런던으로 가서 시인이 되고 싶었다. 런던의 어떤 점이 그들을 끌어들이고 그들을 위대한 시인으로 만들었는지 직접 가서 확인하고 싶었다. 이것이 그가 페르시아 시인 하피즈의 영향을 받아 쓴 시들을 모은 괴테의 『서동시집 West-östlicher Divan』에 나오는 시구("시인을 이해하고 싶은 사람은 누구든/ 시인의 나라에 가야 한다")를 『청년 시절』의 제사題詞로 삼은 이유였다. 그렇다, 그는 시인을 이해하고 싶어 시인의 나라로 간 것이었다.

문제는 런던이 그리 만만하거나 이상적인 곳이 아니라는 데 있었다. 런던은 결코 아웃사이더를 환대하는 곳이 아니었다. 존은 남아프리카를 탈출하는 덴 성공했을지 모르지만, 그가 런던에서 성취할 수 있는 것은 거의 아무것도 없었다. 런던은 아웃사이더를 품어주기는커녕 차갑고 냉랭하고 적대적이었다. 그가 진정한 의미에서 인사이더가 될 가능성은 아예 없었다. 더군다나 예술가들은 그가 사는 세계에서는 볼 수 없었고 따라서 그가 예술계로 진입할 가능성도 거의 없었다. 그러다보니 어디에 내놓을 만한 시를 쓸 수도 없었고 산문을 쓸 수도 없었다. 몇 편의 어설픈 시와 한 편의 어설픈 소설이 이 기간에 그가 쓴 것의 전부였다. 만약 오랜 세월 후에 노벨문학상을 타게 될 예술가의 초상을 『청년 시절』에서 기대했던 독자라면 실망이 크지 않을 수 없는 대목이다. 여하한 종류의 발전도 없고 드라마도 없고 대단원도 없을 뿐만 아니라, 페이지를 넘길 때마다 나오는 것은 실패요 절망이요 좌절이니 그럴 수밖에 없다. 런던에서의 삶은 존에게 실패였다. 그가 깨달은 것은 런던이 엘리엇이나 파운드의 시가 환기하는 지적이고 개방적이고 예술적인 도시가 아니라는 사실이었다. 런던은 그가 떠나온 케이프타운과 다르지 않은 '시골'이었다. 그가 정의하는 '시골'이 닫히고 편협한 곳이라는 의미이니 런던도 그에게는 시골이나 다름없었다.

남아프리카는 런던까지 그를 따라왔다. 애써 떨치고 런던에 왔건만 남아프리카는 귀신이나 유령처럼 그를 따라왔다. 남아프리카는 "그의 목을 감고 있는 알바트로스"였다. 그래서 "편히 숨을 쉴 수 있도록 어떻게든 그것을 없애고 싶"었다. 그러나 그것은 가능한 일이 아니었다. 역설적이게도, 남아프리카를 멀리하려고 할수록 남아프리카는 그를 끌어당겼다. 구심력이 원심력을 압도했다. 그래서 그가 대영박물관에서 남아프리카에 관한 이백 년 전의 여행기들을 찾아내 읽기 시작한 것은 자기도 모르게 구심력에 끌렸기 때문이었다. 그는 다퍼르, 콜베, 스파르만, 배로, 버첼의 여행기를 읽으면서 그들처럼 아웃사이더가 아니라 자신과 같은 인사이더가 그런 얘기를 쓰면 어떨까 싶었다. 조금은 다른 스토리가 나올 것 같았다. 그들의 것보다는 더 진짜인 스토리가 나올 것 같았다. 『청년 시절』에는 나와 있지 않지만, 이때 읽었던 남아프리카 관련 여행기들이 십여 년이 흐른 후 발표한 그의 첫 소설 『어둠의 땅』의 일부가 되었다.

이렇듯 『청년 시절』에서 어떤 것이 허구냐 사실이냐를 따지는 것은 무익한 일이다. 어쩌면 모든 것이 허구이고, 모든 것이 사실일지 모른다. 모든 것이 허구인 것은 일부가 사실에 기초한 것이라 하더라도 스토리텔링을 하는 과정에서 불가피하게 수반되는 허구화 때문이고, 모든 것이 사실인 것은 많은 것들이 허구임에도 그 허구를 통해 작가가 자신의 분신인 존이 살았던 분위기와 진실을 포착하기 위해 고뇌에 고뇌를 거듭하기 때문이다. "모든 글은 자서전이다. 모든 자서전은 스토리텔링이다"라는 쿳시의 말은 이런 맥락에서 나온 말이다.

결국 중요한 것은 쿳시가 다른 자리에서 말한 것처럼, "화자가 진실성 있게 들리느냐 하는 문제"다. 『청년 시절』에서 확실한 게 하나 있다면, 존이라는 인물을 묘사하는 화자가 너무 진실성 있게 들려 그의 이야기가 허구일 수 없겠다는 느낌을, 세부적인 것은 사실이 아닐지라도 전체적으로는 진실에 가깝다는 느낌을 독자에게 준다는 것이다. 제임스 조이스의『젊은 예술가의 초상』에 나오는 것처럼 자신을 옭아매는 모든 것들을 분연히 떨치고 예술의 세계로 나아가는 작가의 모습을 기대했던 독자에게는 실의와 좌절과 절망이 반복되는 스토리가 주를 이루는『청년 시절』이 다소 실망스러울지 모르지만, 이것은 역으로 쿳시가 과거의 자기 모습과 관련하여 그만큼 진실했다는 말이기도 하니 오히려 단점이 아니라 장점이라고 해도 무방할 듯하다. 결국 스토리의 지향점은 진실의 미화가 아니라 아무리 남루한 것일망정, 있는 그대로의 진실을 제시하는 데 있을 테니 말이다. 진실은 인위적인 충만함에 있는 게 아니라 현실적인 결핍과 부족과 억압에 있는 것인지 모른다. 그가 모든 것이 껍질을 벗고 알맹이와 알몸만 남은 듯한 사뮈엘 베케트의 문학에서 일말의 동질감을 느끼고 베케트에게서 심오한 영향을 받게 된 것은 어쩌면 그래서였는지 모른다. 실패와 좌절과 실의의 미학이라고나 할까.

그럼에도 불구하고 나는『청년 시절』에서 미래의 위대한 소설가가 절망과 고뇌 속에서 태어나고 있다는 느낌을 받는다. 나만이 그런 느낌을 받는 걸까?

나는 1998년 1월부터 2000년 1월까지 케이프타운대학교 영문과의 객원교수로 가 있었다. 쿳시가 지금은 오스트레일리아로 이주해 살고 있지만, 당시에는 그 대학 영문과 교수로 있었다. 그와의 인연은 그렇게 학교에서 시작되었다. 그는 내게 정말로 따뜻한 사람이었다. 사람들이 의아하게 생각할 정도로 첫 만남부터 그랬다. 좀처럼 인터뷰를 허락하지 않는 그를 인터뷰할 수 있었던 것도 그의 따뜻한 배려 덕이었다. 그 인연을 계기로 나는 그의 소설을 번역하기 시작했고 지금도 그러고 있다. 이십 년이 흘렀으니, 나로서는 적지 않은 시간과 노력을 그의 소설 번역에 쏟은 셈이다. 이렇게 할 수 있었던 것은 그를 학자로서도 존경하고 소설가로서도 존경하고 인간으로서도 존경하기 때문이다. 하나 더 고백하자면, 나는 그의 소설을 읽고 가르치고 번역하기 시작하면서 문학을 보는 눈이 넓어졌다. 더 솔직히 말하면, 문학을 보는 눈이 바뀌었다. 그에게 감사할 일이 하나 더 늘었다는 말이 되겠다.

매번 그랬던 것처럼 『청년 시절』을 번역할 때도 작가의 도움을 많이 받았다. 쉴새없이 뭔가를 사유하고 글을 쓰는 작가라는 것을 알기에 되도록 질문을 하지 않으려 했지만, 원어민에게 묻고 확인해도 해결할 수 없는 것들은 그의 의견을 구하지 않을 수 없었다. 거짓말처럼 빠르게, 그리고 언제나처럼 따뜻하게 나의 질문에 응답해준 작가에게 고마움을 전한다. 내가 생각하는 최고의 작가 중 하나를 가까이하면서 번역할 수 있다는 사실에 감사할 따름이다. 그런 마음으로 번역에 최선을 다하려고 애썼지만, 아름다움을 가장하지도 않고 아무런 치장도 하지 않아서 더욱 깊고 진실성 있게 느껴지는 그의 산문 스타일을 우리말로 제대로 살려냈는지 잘 모르겠다.

왕은철

1940년   남아프리카공화국 케이프타운에서 변호사인 아버지와 교
　　　　　사인 어머니 사이에서 태어나다. 아버지는 네덜란드 이민
　　　　　자의 후손이었고, 어머니는 폴란드계 독일 이민자의 후손
　　　　　이었다.

1942년   아버지가 남아프리카공화국 군인으로 제2차세계대전에
　　　　　참전해 중동과 이탈리아에서 복무하다.

1943년   남동생 데이비드 쿳시가 태어나다.

1945년   아버지가 전쟁에서 돌아오다. 가족이 케이프타운 폴스무
　　　　　어에 정착하고, 쿳시는 폴스무어초등학교에 입학하다.

1946년   아버지가 케이프 지방행정청에서 직장을 구하다. 가족이
　　　　　로즈뱅크로 이사가게 되어 쿳시는 로즈뱅크초등학교로 전
　　　　　학을 가다.

1948년   아버지가 케이프 지방행정청에서 실직하고 우스터에 있는
　　　　　스탠더드 캐너스사로 자리를 옮기다. 가족이 리유니언 파
　　　　　크로 이사하고 쿳시는 1949년 4월에 우스터초등학교로 전
　　　　　학을 가다.

1952년   아버지가 케이프타운 굿우드에 변호사 사무실을 개업하
　　　　　다. 가족이 플럼스테드로 이사하고 쿳시는 세인트조지프

가톨릭 학교로 전학을 가다.

1956년   세인트조지프 가톨릭 학교를 졸업.

1957~   케이프타운대학교에 입학해 영문학과 수학을 전공하다.
1961년   하워스 교수의 배려로 문예창작 과목을 수강하고 교내 잡
지에 시를 발표하다. 1961년 11월, 사우샘프턴을 향해 배
로 떠나다. 영국에서 케이프타운대학교 문학사학위를
받다.

1962년   런던 IBM에서 컴퓨터 프로그래머로 일을 시작하다. 장학
금을 받고 케이프타운대학교 문학석사과정에 등록해 대영
박물관 열람실에서 포드 매독스 포드 연구에 매진하다. 하
이퍼텍스트 시를 실험하다.

1963년   케이프타운으로 돌아와 학창시절 알고 지내던 필리파 주
버와 재회해 6월에 결혼식을 올리다. 포드 매독스 포드에
관한 논문을 완성하여 제출하다. 처음에는 영국의 교사직
을, 다음에는 프로그래머로 일자리를 지원하다. 미국의 박
사과정에 대해 알아보다.

1964년   필리파와 영국으로 떠나다. ICT사(International Computers
and Tabulators, Ltd)에서 일을 시작하다.

1965년   케이프타운대학교와 미국에 있는 대학교의 박사과정에
동시에 지원하다. 케이프타운대학교에서 모더니즘에 관
한 박사과정을 제안받지만 거절하다. 풀브라이트 장학금
을 받고, 미국 내 여러 대학에서 제안을 받으나 최종적으
로 텍사스대학교를 선택하다. 필리파와 함께 미국으로 건

너가 텍사스대학교에서 언어학과 문학 박사과정에 들어가다.

1966년　아들 니콜라스가 태어나다.

1968~
1969년　사뮈엘 베케트에 관한 논문을 완성하던 중에 뉴욕주립대학교 조교수로 임용되었으나 비자 문제 때문에 계약기간이 제한되다. 캐나다와 홍콩에 임용 지원을 하고, 브리티시컬럼비아대학교에서 제안을 받지만 거절하다. 비자 연장을 받기 위해 노력하나 베트남전쟁 반대 시위에 참여한 전력 때문에 계속 무산되다. 딸 기셀라가 태어나다.

1970년　『어둠의 땅Dusklands』 집필을 시작하다. 뉴욕주립대학교 교수 45명이 대학의 경영방식과 캠퍼스 내 경찰 배치에 반대하는 시위로 헤이스 홀을 점령한 '헤이스 홀 사건'에 가담해 불법침입과 법정모독으로 유죄판결을 받다. 그해 12월 필리파와 자녀들은 남아프리카로 돌아가다.

1971년　끝내 비자를 연장하지 못해 남아프리카로 돌아가다. 가족과 함께 쿳시 가문의 농장과 가까운 곳에 정착하다. '헤이스 홀 사건' 유죄판결이 번복되지만 미국 재입국비자를 받을 가능성이 거의 없어지다.

1972년　케이프타운대학교 영문과 교수가 되다.

1973년　『어둠의 땅』 집필을 마치지만 몇몇 출판사로부터 출간을 거절당하다.

1974년　요하네스버그에 있는 출판사 레이번 프레스에서 『어둠의 땅』을 출간하다. '책 태우기'라는 제목의 소설을 집필하기 시작하나, 일 년 후 중단하다.

1975년   네덜란드 소설 『사후의 고백*Een Nagelaten Bekentenis*』을 영어로 번역 출간하다.

1976년   『나라의 심장부에서*In the Heart of the Country*』 집필을 시작하다.

1977~   『나라의 심장부에서』를 출간하고 남아프리카 최고의 문학
1979년   상인 CNA상을 수상하다. 『야만인을 기다리며*Waiting for the Barbarians*』 집필을 시작해 텍사스대학교, 버클리대학교, 캘리포니아대학교에 안식년을 보내는 동안 완성하다. 『마이클 K*Life & Times of Michael K*』 집필을 시작하다.

1980년   필리파와 이혼. 『야만인을 기다리며』를 출간하다. 후에 평생 반려자가 된 영문과 교수 도러시 드라이버와 만나기 시작하다. 『야만인을 기다리며』로 두번째 CNA상 수상.

1982년   『포*Foe*』 집필을 시작하다.

1983년   『마이클 K』를 출간하고 부커상을 수상하다. 아프리칸스어 소설 『바오밥나무로의 탐험*Die Kremetartekspedisie*』을 영어로 번역 출간하다.

1984년   케이프타운대학교 영문과 정교수로 임명되다. '자서전 속의 진실'이라는 제목으로 정교수 취임 기념 강연을 하다. 『마이클 K』로 세번째 CNA상 수상.

1985년   『포』 집필을 마치다. 어머니가 세상을 떠나다. 『마이클 K』로 에트랑제 페미나 상 수상.

1986년   『포』 출간. 남아프리카 소설가 안드레 브링크와 함께 남아

프리카공화국 시 모음집 『부서진 땅*A Land Apart*』을 출간하다. 존스홉킨스대학에서 방문교수로 지내다. 『철의 시대 *Age of Iron*』 집필을 시작하다.

1987년　예루살렘상 수상. 회고록 『소년 시절*Boyhood*』 집필을 시작했다가 중단하다.

1988년　아버지가 세상을 떠나다. 당시 케이프타운대학교 영문과 교수로 재직하던 데이비드 애트웰과 함께 『이중 시점: 에세이와 인터뷰*Doubling the Point: Essays and Interviews*』 집필을 시작하다.

1989년　아들 니콜라스가 세상을 떠나다. 『철의 시대』 집필을 마치다. 1980년부터 쓰기 시작한 남아프리카 백인의 글쓰기에 관한 에세이를 모은 『백인의 글쓰기*White Writing: On the Culture of Letters in South Africa*』를 출간하다. 존스홉킨스대학교에서 또 한번 방문교수를 지내다.

1990년　『철의 시대』를 출간하고 선데이 익스프레스 소설상을 수상하다. 필리파가 세상을 떠나다.

1991년　『페테르부르크의 대가*The Master of Petersburg*』 집필을 시작하다. 하버드대학교에서 방문교수로 지내다. 도러시 드라이버와 오스트레일리아에 장기간 체류하다.

1992년　『이중 시점: 에세이와 인터뷰』를 출간하다.

1994년　『페테르부르크의 대가』를 출간하다.

1995년　『추락*Disgrace*』 집필을 시작하다. 『페테르부르크의 대가』로 아이리스 타임스 국제소설상 수상. 텍사스대학교, 시카

고대학교 등 여러 대학교에서 정기적으로 방문교수로 지
내기 시작하다. 이즈음 오스트레일리아 이민을 알아보기
시작하다.

1996년 『모욕 주기: 검열에 관한 에세이 *Giving Offense: Essays on
Censorship*』를 출간하다. 〈뉴욕 리뷰 오브 북스〉 등 여러
잡지에 정기적으로 서평을 기고하기 시작하다.

1997년 『엘리자베스 코스텔로 *Elizabeth Costello*』에 대한 구상을
시작하다. 『소년 시절』을 출간하다.

1999년 『추락』을 출간하고 두번째 부커상을 수상하다. 프린스턴
대학교에서 했던 태너 강연을 토대로 『동물들의 삶 *The
Live's of Animals*』을 출간하다.

2000년 『추락』으로 커먼웰스상 수상.

2001년 오스트레일리아 대사관으로부터 이민 비자를 받다. 케이
프타운대학교 교수직에서 퇴임하다.

2002년 오스트레일리아로 이민. 도러시 드라이버와 함께 애들레
이드에 정착하다. 애들레이드대학교 영문학부 명예연구원
이 되다. 『청년 시절 *Youth*』을 출간하다.

2003년 노벨문학상 수상. 『엘리자베스 코스텔로』 출간. 시카고대
학교 교환교수를 겸임하다.

2004년 『슬로우 맨 *Slow Man*』을 집필하다. 네덜란드 시집 『뱃사공
과 풍경: 네덜란드의 시 *Landscape with Powers: Poetry from
the Netherlands*』를 번역하고 출간하다. 도러시 드라이버
와 함께 스탠퍼드대학교 방문교수로 초대받다. 『서머타임

Summertime』 집필을 시작하다.

2005년 『슬로우 맨』 출간. 남아프리카공화국 국가 훈장을 수여받다. 『어느 운 나쁜 해의 일기*Diary of a Bad Year*』 집필을 시작하다.

2006년 오스트레일리아에 귀화하다.

2007년 『어느 운 나쁜 해의 일기』 출간. 2002년과 2005년 사이에 쓴 서평들을 모아 『내면 활동*Inner Workings*』을 출간하다.

2008년 폴 오스터와 교류하기 시작하다.

2009년 『서머타임』을 출간하다.

2010년 동생 데이비드가 워싱턴에서 세상을 떠나다. 네덜란드 국가 훈장을 받다.

2011년 세 권의 허구화된 회고록 『소년 시절』『청년 시절』『서머타임』을 모은 『시골생활의 풍경*Scenes from Provincial Life*』 출간.

2012년 『예수의 어린 시절*The Childhood of Jesus*』 집필을 시작하다.

2013년 폴 오스터와의 서신을 담은 『바로 여기*Here and Now: Letters 2008-2011*』 출간. 『예수의 어린 시절』 출간.

2016년 『예수의 학창시절*The Schooldays of Jesus*』 출간. 아라벨라 커츠와의 서신을 담은 『좋은 이야기*The Good Story: Exchanges on Truth, Fiction and Psychotherapy*』 출간.

2017년 『최근의 에세이*Late Essays: 2006-2017*』를 출간하다.

지은이 **J. M. 쿳시**

1940년 남아프리카공화국 케이프타운에서 태어났다. 1974년 『어둠의 땅』으로 데뷔했고, 1977년 『나라의 심장부에서』로 남아프리카 최고 문학상인 CNA상을 받았으며, 1980년 『야만인을 기다리며』로 세계적 명성을 얻었다. 『마이클 K』와 『추락』으로 부커상을 두 차례 수상했고, 에트랑제 페미나 상, 예루살렘상 등 많은 상을 받았다. 2003년 노벨문학상을 수상했다. 그 밖의 주요 작품으로 『철의 시대』 『슬로우 맨』 등이 있다.

옮긴이 **왕은철**

『현대문학』을 통해 문학평론가로 등단했으며 유영번역상, 전숙희문학상, 한국영어영문학회학술상, 생명의신비상 등을 수상했다. 현재 전북대학교 영문과 교수로 재직중이다. 『피의 꽃잎들』 『페테르부르크의 대가』 『연을 쫓는 아이』 등 40여 권의 역서가 있으며, 『문학의 거장들』 『J. M. 쿳시의 대화적 소설』 『애도 예찬』 『타자의 정치학과 문학』 『트라우마와 문학, 그 침묵의 소리들』 등의 저서가 있다.

문학동네 세계문학
청년 시절

초판 인쇄 2018년 8월 27일 | 초판 발행 2018년 9월 7일

지은이 J. M. 쿳시 | 옮긴이 왕은철 | 펴낸이 염현숙

책임편집 정혜림 | 편집 황현주 오동규 이현정
디자인 김현우 이원경 | 저작권 한문숙 김지영
마케팅 정민호 정진아 함유지 김혜연 박지영 김수현 | 홍보 김희숙 김상만 이천희
제작 강신은 김동욱 임현식 | 제작처 한영문화사(인쇄) 신안제책사(제본)

펴낸곳 (주)문학동네
출판등록 1993년 10월 22일 제406-2003-000045호
주소 10881 경기도 파주시 회동길 210
전자우편 editor@munhak.com | 대표전화 031) 955-8888 | 팩스 031) 955-8855
문의전화 031) 955-3576(마케팅) 031) 955-8861(편집)
문학동네카페 http://cafe.naver.com/mhdn | 트위터 @munhakdongne
북클럽문학동네 http://bookclubmunhak.com

ISBN 978-89-546-5285-8 03840

www.munhak.com

존재의
중추신경을
건드리는 작가

J. M. 쿳시
John Maxwell
Coetzee

페테르부르크의 대가
왕은철 옮김

격동의 러시아에 대한 치밀한 묘사, 집요하게 파헤치는 내면의 어둠, 노벨문학상 수상 작가 쿳시의 손에서 재탄생한 도스토옙스키! 선과 악, 진실과 거짓, 정상과 비정상, 쾌락과 고통을 가르는 선을 넘나들고 뒤집으며 이어지는 예술 창작의 근원적 욕구에 대한 치열하고도 집요한 사유가 빛을 발한다.

나라의 심장부에서
왕은철 옮김

J. M. 쿳시 문학의 발원! 국내 초역! 쿳시에게 남아프리카공화국 최고 문학상인 CNA상을 안겨준 작품. 첫 장편 『어둠의 땅』과 더불어 쿳시가 이후 펼치게 될 문학세계를 아우르는 문제작으로 꼽힌다. 메마른 식민의 땅 아프리카의 심장부에서 비틀린 가족 로망스를 붙안고 닿지 않는 존재의 정체성을 찾아 유영하는 독백의 드라마.